세드릭
Cédric Lunea

엘리자베스 2세
Elisabeth II

로테
Charlotte Soller

Character
등장인물

엘렌
Eléonore Bonnefoi

브루노
Bruno de Médicis

팔마
Falma de Médicis

블랑슈
Blanche de Médicis

"당신도, 폐하도 모두 구할 겁니다. 맡겨주십시오, 아버지."

Contents

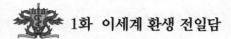# 1화 이세계 환생 전일담

서기 20XX년 일본.

일본의 약학 연구를 선도하는 국립 T대학 대학원 약학연구과.

전 세계적으로 유명한 성과를 올리는 최첨단 연구 환경의 연구실에 준교수로 근무하고 있는 한 약학자가 있었다.

"선생님, 제약 회사에서 공동 연구를 상담하러 왔습니다. 그리고 다음 달 국제 학회에 이용할 비행기를 예약해뒀습니다. 그리고 예산 집행 보고서를 메일로 보내놨으니 확인 부탁드립니다."

준교수실 책상으로 향후 스케줄을 확인하기 위해 온 비서에게 그는 커피를 마시며 대답했다.

"이번 달도 예정이 빡빡하네. 다음 달은… 다음 달도 학회가 연속이군. 어디서 조정을 할까?"

"저, 선생님. 예정도 그렇지만 몸은 괜찮으세요? 어제도 밤샘을 하셨잖아요?"

비서가 그의 몸을 걱정했다. 그러는 사이에 준교수실 문을 노크하는 소리가 들렸다.

"야쿠타니 선생님, 바쁘신데 죄송합니다. 논문 좀 봐주실 수 있을까요?"

"연구가 안 풀려서 데이터를 가져왔는데 상담 좀 받을 수 있을까요?"

여러 대학원생과 연구자도 야쿠타니 준교수실을 연신 찾아왔다.

그는 싫은 기색 하나 없이 그들을 대하고 모든 일에 완벽하게 대응했다.

"그래, 내일까진 해두지."

"성과 보고서를 썼습니다. 확인하고 사인 좀 해주세요."

"으음, 벌써 읽어봤으니 사무 쪽으로 돌려줘."

숨 돌릴 틈도 없이 일을 하다 보니 시계는 벌써 심야를 가리키고 있었다.

"아니, 벌써 시간이 이렇게 됐나."

영양 보조 식품을 저녁 대신 해치운 뒤, 건조한 식감을 커피로 넘기며 최신 영어 논문을 맹렬한 속도로 읽고 세계의 연구 성과를 실시간으로 파악한다. 여러 연구 데이터를 동시에 처리하며 한눈도 팔지 않고 연구에 매진한다. 그런 그는 연구에 열심인 성격이 결실을 이뤄 지금까지 난치병에 효과적인 신약을 세상에 선보여왔다.

그의 성과를 전 세계가 열망했고, 사람들은 그의 활약에 기대를 보냈다.

그의 밑에는 수많은 연구자와 일, 연구 자금이 모였고, 그는 격무에 몸을 던졌다.

책상 위에 늘어놓은 알람 중 하나가 울린다.

"자, 내 실험을 할 시간이군."

밤낮 없이 대학 연구실에 틀어박히는 건 언제부턴가 그의 일상이 되었다. 젊은 나이에 준교수 자리에 오르면 연구자보다 교육자로서의 측면도 요구되기 마련이다. 학생을 대상으로 한 강의와 실습도 있고, 연구 지도자로서 학생이 한 연구도 살펴봐줘야 한다. 교수가 떠넘기는 과제도 있는데다 회의도 늘어나고 교과서 집필 의뢰, 학회 초대 강연도 거절할 수 없다. 여러 개의 공동 연구도 맡아야 하고, 일본과 해외를 오가야 한다.

하지만 그는 어디까지나 창약(瘡藥) 연구 현장에서 자신의 연구 테마에 집중하고 싶었다.

그래서 연구 시간이 줄어든 것을 메우기 위해 밤이나 휴일을 이용했다.

그렇게 피나는 노력으로 짜낸 시간을 써서 자신의 신약 개발에 성공하면, 다시 일거리는 눈덩이처럼 불어난다. 그야말로 그는 연구를 위해 자신의 인생 전부를 바치고 있었다.

자신이 만든 약으로 지구상에서 모든 병을 없애고 싶다.

좀 더, 좀 더, 조금 더 사람들을 치료하고 싶다. 그런 이상을 가슴에 품으며.

장식미 없는 그의 책상에 딱 하나 액자가 놓여 있다.

액자 속 사진 안에서는 해수욕을 즐기는 아홉 살과 네 살의 남매가 씩씩하게 웃고 있었다. 모르는 사람은 "자제분이세요?"라고 묻기도 하지만, 그는 애매하게 둘러대며 알려주지 않았다.

그곳에 담긴 건 어린 그 자신과 그의 여동생이었다.

동생은 네 살 때 뇌종양에 걸렸고, 그는 그 후 2년간 동생의 병상을 지켰다. 수술에 방사선 치료, 항암제 투여 등 힘든 치료를 견디다 결국에는 걸을 수 없게 되어 의식이 몽롱한 와중에도 열심히 병마와 맞서며 치유를 믿었던 동생. 하지만 그런 그녀를 비웃기라도 하듯이 암은 그녀의 몸을 좀먹어 들어갔고, 삶을 향한 기력을 가져갔다. 그리고 그녀의 미래를 영원히 빼앗아가고 말았다. 지식도,

힘도 없는 소년이었던 그가 할 수 있는 것이라고는 그저 쇠약해져 가는 그녀를 격려하고, 옆을 지키고, 쾌유를 믿고서 손을 잡고 지켜보는 것밖에 없었다.

그리고 그녀는 죽었다.

수술로 뇌 속의 암을 모두 제거하지 못했다고 나중에 의사에게서 들었다.

제거하지 못한 암에 약이 효과가 없었다는 말을, 지금은 돌아가신 부모님에게서 들었다. 어쩔 수 없었다, 운이 없었다고 부모님은 체념하듯 말했다.

어른들의 말은 소년이었던 그의 마음을 자극했다.

『포기해? 운이 나빴다고?』

수술로 제거하지 못했다 해도 먹기만 하면 듣는 약이 있으면 되는 거 아냐. 단순한 해결법이라고 그는 생각했다. 그리고 그의 마음속에서 동생의 죽음이라는 사건은 인생의 전환점이 되었다.

『그렇다면 만들어주겠어. 부작용이 적은, 지금 존재하는 것보다 조금이라도 더 잘 듣는 약을.』

이런 감정을 더 이상 느끼고 싶지 않다. 소중한 사람을 잃고 마음이 찢어지는 고통을 다른 사람이 맛보는 것도 싫다. 전 세계 곳곳에서 사람들을 괴롭히는 병과 그 병이 초래하는 죽음.

다른 사람에게 떠넘기고 도망칠 수 없는 개개인의 질환과의 싸움.

그 싸움을 진심으로 도울 수 있는, 일시적인 위로가 아니라 진심으로 환자에게 힘이 되는 든든한 무기를 만들고 싶다.

사람이 병에 걸리는 건 우연이자 운명일지 몰라도, 약이 효과가 있는 건 필연이길 바랐다.

자신이 창약의 최전선에 서서 전 세계에서 병을 하나씩 몰아내겠다.

그는 그런, 약학자로서는 조금 불손한 이상을 지금도 여전히 가슴에 품고 있었다.

과로와 격무로 종종 건강을 해치고 기력이 깎여나갈 때마다, 그는 동생의 사진을 멍하니 바라보며 존재하지 않는 동생의 미래와 그녀의 행복을 상상했다.

우직하게, 한결같이 어느새 세계의 최첨단에 서서 돌진하고 있는 약학의 길. 질환 박멸과 사람들을 병마에서 구제하는 것. 그것은 그의 인생을 건 투쟁이었다.

하지만 환자를 위해서라곤 해도 그는 연구실과 학회에서 대다수의 시간을 보내고 있었고, 환자와 직접 접할 기회를 잃은 지 오래였다.

"수고하셨습니다. 선생님은 오늘도 철야하실 건가요?"

그와 마찬가지로 밤늦게까지 일하던 여성 조교가 미안하다는 듯이 말을 걸며 퇴근 인사를 했다.

"수고했어요. 아, 응. 오늘은 뺄 수가 없어. 신약 효과를 조사하고 있거든. 투약 후 한 시간마다 데이터를 뽑고 있지."

"어제도 그렇게 말씀하셨잖아요. 매일 뺄 수가 없으시네요."

"응, 그러네. 뭐, 어쩔 수 없지."

"몸 망가져요. 학생이나 연구원한테 말해서 다른 사람한테 일을 넘기셔야죠. 야쿠타니 선생님처럼 못할지는 몰라도 그것도 교육의 일환이라고요."

"내 몸 상태는 알아서 관리하고 있어. 잠도 조금씩 자고 있고. 조금도 낭비할 수 없다고."

그는 볼썽사납게 하품을 하고 기지개를 켰다. 지나치게 조교의 걱정을 사는 건 좋지 않다는 자각은 갖고 있었다.

"우린 약학자니까."

그 말을 들은 여성 조교는 진심으로 걱정된다는 듯이, 약간의 체념을 섞어 한숨을 쉬었다.

"저도 약학자로서 말씀드리는 건데요, 야쿠타니 선생님은 너무 일을 많이 하세요."

"응… 알아, 고마워. 프로젝트가 어느 정도 정리되면 일을 좀 줄이도록 할게."

그렇지만 그는 일을 줄인 만큼 또 새로운 일을 가져오는, 문제 있는 성격이었다.

"그렇게 해주세요. 진짜로 그렇게 하셔야 해요."

조교는 그를 걱정하고 있었다. 과로하고 있다는 자각이 없는 것 같아서였다.

"환자를 생각하면 아무래도 결과를 빨리 내고 싶어져서 말이야."

그는 언제나 그렇게 말한다. 환자를 위해서라고.

"그 심정은 이해하지만 너무 심하세요."

심야의 실험실 입구에 사원증을 겸한 카드 키를 대자, 전자음이 나며 문이 열린다. 개인 인증을 거쳐 들어서자, 형광등 아래에 혼자 선 그는 거의 평상복이 되어버린 흰 가운을 걸쳤다.

"환자를 위해서라…."

환자. 그는 자신의 입에서 튀어나온 말에 막연한 공허함을 느끼고 있었다. 그건 그에게 언제나 가장 먼저 생각하는 것이면서도 언제부턴가 멀어진 것이기도 했다.

그가 함께하는 건 환자가 아니라 어마어마한 양의 약품과 장치, 그리고 수수한 연구를 마주하는 날들이다.

'나는 정말 환자를 위해서 이러고 있는 걸까.'

최신 기기를 활용해 유전자와 생체물질에서 원자료를 해석해서 좀 더 의미 있는 것으로 정리해 나간다.

'내가 만든 약은 환자에게 전달되고 그 사람들을 치유하고 있을까?'

실험을 마치고 힘이 빠진 손으로 플라스틱 장갑을 폐기한다.

"3시 42분 종료. 다음은 4시 42분에 개시해야 하나."

메모지가 다 떨어져 오른 손목에 장치 측정 시각을 수성 펜으로 적는다.

'마지막으로 환자와 마주하고 대화를 나눈 게 언제더라.'

그런 자문을 수도 없이 되풀이하며 그는 흰 가운을 벗고 다음 실험으로 매끄럽게 넘어갈 수 있도록 신분증을 가슴 주머니에 꽂고 연구실 소파에 누워 침낭에 몸을 묻은 채 평소처럼 잠깐 선잠에 들었다.

알람은 한 시간 후로 세팅되었다.

"나중에는 동네 약제사라도 되려나…, 몸이 망가지지 않는다면."

주위에서 그에게 보내는 기대와 몇 년 후까지 일정이 찬 수많은 연구 프로젝트, 준교수로서의 그를 둘러싼 속박이 한동안은 은퇴를 허락해주지 않을 것 같았지만.

한 시간 후, 울리기 시작한 알람 소리가 그를 깨우지는 못했다.

그는 그 세계에서 영원한 잠에 들었다.

사인은 급성 심근경색, 전형적인 과로사였다.

극한의 생활은 마침내 끝이 났다. 그의 육체는 한계를 맞이한 것이다.

약학자이자 항상 환자를 생각하면서도 환자 옆을 지키지 못하고, 자신을 돌보는 것도 잊었던 그가 살아온 것은 그런 인생이었다.

야쿠타니 칸지.

향년 31세였다.

 ## 2화 전생한 약학자와 이세계

참을 수 없는 구역질과 최악의 각성, 그리고 온몸으로 퍼지는 통증을 느끼며 그는 눈을 떴다. 세팅해둔 알람 소리가 들리지 않는다. 늦잠을 잔 걸까, 당황하고 있는데 하나씩 정보가 들어왔다.

돌로 된 방의 낮은 천장. 돌 벽에는 붉은색 태피스트리가 걸려 있다.

창은 작아서 대낮인데도 안은 어두웠다. 방 안쪽에 자리한 난로에선 장작이 타닥타닥 소리를 내며 타고 있었다. 그가 누워 있는 침대 시트는 거칠고 지푸라기 같은 냄새가 났다. 침낭의 감촉은 아니었다.

'어… 여긴 연구실이 아닌데? 어째서?'

연구실에서 선잠에 들었는데 도대체 어디로 옮겨진 거지, 그는 당황했다.

"영차, 영차."

침대 옆에는 열심히 움직이고 있는 소녀가 있었다.

"여긴…?"

불편함을 느끼며 그는 소녀에게 물었다.

"팔마 님은 벼락을 맞으셨어요! 기억, 나시나요?"

소녀는 얼굴을 들이대며 그를 걱정스럽다는 듯이 살펴보았다.

"번개가 번쩍이는가 싶더니 팔마 님이 쓰러지셔서…. 눈을 뜨셔서 다행이에요."

"낙뢰…."

연구실을 벗어난 기억이 없는데 낙뢰라고? 어디서? 그의 머릿속에 수많은 의문이 떠올랐다.

소녀의 나이는 열 살 정도로, 순진하게 웃고 있었다. 낙뢰 현장을 목격했다고 했다.

그녀는 소박한 드레스에 하얀 앞치마를 두르고 있었다. 아름답고 윤기 나는 핑크골드색 긴 머리카락이 어깨를 가리고 있다. 머리에는 하얀 두건을 쓴, 빨려 들어갈 것 같은 벽안의 귀여운 미소녀였다. 코스프레라도 하는 건가, 상상력이 부족한 그는 그런 생각을 했다.

'연구실에서 나와서 낙뢰를 맞았는데 코스프레 소녀가 구해줬나?'

그는 황급히 일어나려고 했지만 이완됐던 온몸의 근육이 허락하지 않았다.

"아니, 그게, 기억이 흐릿해서… 넌 누구지?"

그 말을 들은 소녀의 얼굴에서 미소가 사라지고 쓸쓸한 표정이

서렸다.

"혹시 저도 잊어버리신 건가요? 그, 그렇죠! 보통이랑 다른 파란 벼락을 맞았으니까, 그렇겠죠."

'도대체 어떤 상황이었던 거야? 뭘 하다 낙뢰를 맞은 거지?'

벼락을 맞았다는 상황 자체를 그는 받아들이기 힘들었다. 연구실에서 나오질 않았으니 맞을 리가 없는데. 하지만 그녀는 자세한 건 모르는 것 같았다.

"이러고 있을 수 없어, 어서 대학에 돌아가야 하는데."

"대학이라면 제국 약학교를 말씀하시는 건가요?"

"어?"

"기억에 혼란이 있나 보네요."

그녀는 헛기침을 하더니 의젓한 얼굴로 치맛자락을 살짝 들고 공손히 절을 했다.

"그럼 다시 한번 제 소개를 하겠습니다. 하녀인 샤를로트입니다. 평소처럼 로테라고 불러주세요. 주인나리를 모신 어머니와 함께 어릴 때부터 저택에서 일해왔습니다. 뭐든지 말씀만 하세요. 아셨죠, 팔마 님?"

이 저택에 기거하며 모녀가 같이 일을 하고 있나 보다. 아이가 하녀라니 말도 안 되는 소리다. 경찰에 데리고 가야 한다고 생각하고 있는데 "팔마 님, 팔마 님" 하고 다시 그를 부른다. 재차 부르는 소리에 그는 깨달았다.

"팔마란 게 혹시 날 말하는 거야?"

'뭐야, 무슨 제약 회사 이름 같은 그 이름은.'

그는 미묘한 기분이 들었다. 방금 이 낯선 여자아이가 붙여준 별

명인가.

"네, 팔마 드 메디시스 님이십니다."

드 메디시스.

중세 피렌체의 지배자였던 메디치가의 프랑스식 발음과 비슷하다고 느꼈다. 도대체 얼굴이 일본인인데 누구랑 착각하는 걸까, 한바탕 의문을 늘어놓는데 불길한 예감이 찾아왔다.

"거울 좀 보여줄 수 있을까?"

혹시 사람을 잘못 본 게 아닐지도 모른다는 불길함 예감이.

"얼굴은 다치지 않으셨으니까 걱정 안 하셔도 되는데요? 지금 가져올게요."

굳이 거울을 보지 않더라도 그의 예전 몸과는 다른 건 명백했다. 손과 팔다리가 너무 작았다. 아무리 봐도 어린애였다. 애초에 인종도 다른 것 같았다. 황인종의 피부색이 아니다.

"우왓!"

작은 손거울 안을 살펴보니 금발벽안에 단정한 외모를 가진 백인 소년이 얼빠진 표정으로 건너다보고 있었다. 나도 모르게 뺨을 꼬집었다.

"설마, 이게 나야?"

말을 안 듣는 몸에 채찍질을 해가며 침대에서 일어나 창으로 다가가 밖을 내다보았다.

유럽을 방불케 하는 이국적인 거리 풍경이 시야에 들어왔다. 조금 멀리 펼쳐진 것은 예스러운 복장을 입은 사람들이 오가는 대로. 그 위를 달리는 마차. 활기 넘치는 시장. 종루에서 들려오는 종소리. 창 바로 아래에는 대정원이 펼쳐져 있었다.

"오늘 코스프레 축제라도 열리나?"

"무슨 말씀이세요? 늘 보는 제국의 거리 풍경인데요."

"제국?"

"네, 산 플루브 제국이요."

그런 나라는 지구상에 존재하지 않는다.

"올해가 서력 몇 년이지?"

"1145년이에요. 서력은 아니지만요."

그의 입이 멍하니 벌어졌다.

넋이 나간 그를 걱정한 로테가 슬금슬금 다가와 뒤에서 가볍게 두드려줬다.

"괜찮으세요? 몸이 안 좋으신가요? 꼼짝을 안 하시네요."

"미안, 괜찮지 않아."

'이게 꿈이 아니라면 난 새로 태어난 건가?'

환생이라는 비과학적 현상은 믿지 않는 그였지만, 몸이 다른 사람이 되고 막상 그 당사자가 되고 나니 믿지 않을 수가 없었다.

'환생이라. 어쩌다 죽은 거지? 과로사… 겠지, 아마도.'

자세한 사인은 떠오르지 않았지만, 과로사를 했을지 모른다는 건 제일 먼저 상상이 갔다. 그만큼 그의 근무 시간은 길었기 때문이다. 그가 기억하는 마지막 기억 속에서 여성 조교가 말했던 것처럼 인간으로서의 한계를 초월한 상태였다.

냉정하게 근무 시간을 계산했으면 하루에 20시간이 넘었을 거다. 침낭에서 잤으니까. 하지만 직장 때문이 아니라 자기가 좋아서 무제한으로 근무를 했던 거다. 자기 몸을 돌보지 않은 워커홀릭의 말로였다.

'죽은 순간은 기억이 안 나지만, 그러고 보니….'

그가 마지막으로 연구실 소파에 누운 뒤에 자아가 육체를 떠나 우주 끝으로 돌아가는 꿈을 꾼 것도 같다. 그 뒤로 시간이 얼어붙은 공간 속에서 헤엄치며 시간을 보내다 누군가의 부름을 받았고, 그 후에 유성이 되어 이 세계에 떨어졌다. 유성은 지상에 도달할 때엔 벼락이 되어… 그런 사실인지 아닌지 애매모호한, 꿈 비슷한 기억도 있기는 했다.

'어디까지가 꿈이고 어디까지가 현실이야?'

더 이상 아무것도 알 수가 없었다. 그가 누구인지도, 그를 환생시킨 위대한 존재가 있었는지조차도.

죽었다.

그리고 새로 태어났다. 그래, 좋다. 받아들여야 한다고 그는 체념했다.

'안 돼! 좋긴 뭐가 좋아!'

그래도 꿈이지 않을까 하는 한 줄기 희망도 버릴 수 없었다.

'제발 꿈이어라! 생전에 남기고 온 그 데이터를 아직 논문으로 마무리하지 못했다고!'

그렇게 전생에 대한 미련이 가득했기 때문이었다.

현실성 체크라는 걸 떠올렸다. 그 자리에서 일어나는 현상이 꿈속에서 벌어진 일인지 확인하는 방법이다. 숨을 멈춘다. 꿈속이라면 괴롭지도 않고, 계속 숨을 쉴 수 있다. 하지만 그는 1분 후에 요란하게 기침을 터트리고 말았다.

"푸앗…! 콜록, 콜록."

진지하게 숨을 멈췄던 그의 시야에 핑크색 소녀가 끼어들었다.

"뭐하시는 거예요? 그 놀이, 재미있어 보이네요."

로테는 티끌 없이 생글생글 웃는다. 하녀라는 비참한 인상을 주는 경우에 처한 것치고는 밝은 성격이었다.

"아니, 노는 거 아냐. 그렇게 보이겠지만."

'이 세계는 현실인가? 낙뢰를 맞아 전생의 기억이 돌아온 거야?'

무의식중에 머리를 감싸 쥐자, 가냘픈 소녀의 팔이 그의 팔에 겹쳐졌다. 그걸로 깨달았지만, 팔마의 두 팔에는 붕대가 둘둘 감겨 있었다.

"팔이 왜 이래?!"

"아, 팔마 님! 갑자기 움직이시면 안 돼요. 아프지 않으세요?"

"이거 풀어도 돼? 얼얼한데."

"글쎄요. 팔마 님은 어떻게 생각하세요? 전 약에 대해선 잘 몰라서요."

"푼다?"

붕대를 풀자 팔에는 검붉은 연고가 발라져 있었다. 연고를 붕대로 닦자 어깨에서 팔뚝에 걸쳐 벼락의 전류에 탄 화상 자국이 생생하게 나 있었다. 두 팔 모두 다.

상흔을 본 로테는 두 손으로 입을 가리고 하늘색 눈동자를 휘둥그레 떴다.

"우아, 약신(藥神)님의 성문(聖紋) 같네요."

그리고 그 상처를 향해 기도하는 몸짓을 했다. 그는 소녀의 그 모습에서 확실한 신앙을 느꼈다.

"왜 기도하는 거야?"

"낙뢰의 상흔이 그렇게 보여요. 약신님이 지켜주신 걸 거예요. 약신님께 감사의 기도를 드려야죠."

고마운 일이에요, 다 신의 은총입니다, 말하며 로테는 눈물을 글썽였다. 로테는 약신이라는 신을 믿는 것 같았다. 약신교의 신자인가, 그의 머릿속은 의문으로 가득했다.

"낙뢰로 생긴 상처라면 벼락이 피부를 타고 화상을 입혀 생긴 리히텐베르크 도형인데."

그는 무슨 큰 오해가 생기기 전에 풀기로 했다.

일반적으로 낙뢰를 맞고 살아남은 사람들 중에는 그 몸에 언뜻 보면 신비한 벼락 모양의 상흔이 남는 경우가 있다. 비슷한 상황에서 상처를 입으면 누구나 그럴 거다. 지구에서는, 그런데….

"네?"

"아, 아니, 뭐라고 해야 하지."

로테가 귀엽게 고개를 갸웃거리는 걸 보고 그는 "벼락이 지나간 자국"이라고 말을 바꿨다. 하지만 그녀는 약신의 축복을 받은 성인(聖印)이라고 믿어 의심치 않았다. 사람이 벼락을 맞으면 살 수 없다고 했다.

'뭐, 그렇기는 한데.'

그녀가 하는 말도 이해는 됐기 때문에 그는 괜한 말을 삼갔다.

"아, 참. 달콤한 과자를 가져왔어요. 좀 드세요! 기분도 좋아지실 거예요."

로테는 웨이퍼처럼 생긴 것과 빈 은잔을 그의 앞에 놓았다.

"맛있어 보이는데. 잘 먹겠습니다. 너도 먹지그래?"

"안 돼요! 하녀가 주인님을 두고 이런 비싼 걸 먹을 수는 없죠."

말은 그렇게 했지만, 로테는 당장에라도 침을 흘릴 기세였다. 감

정이 그대로 얼굴에 드러나는 성격인가 보다.

"사양할 것 없어. 여러 가지 의미에서 가슴이 꽉 차서."

"으으, 팔마 님이 꼭, 꼭 먹으라고 하신다면! 같이 먹겠습니다!"

이 세계에서는 과자는 비싸서 고용인들은 좀처럼 먹기 힘든 건가 보다. 그만큼 로테는 굉장히 기뻐했다.

"하나 더 먹지그래?"

"아, 그건! 꼭 먹어야 하나요? 꼭이요?"

너무나 맛있게 먹는 걸 보고 그도 그녀가 기뻐하는 얼굴이 보고 싶어서 반 이상을 그녀에게 줬다. 그녀가 맛있게 먹는 모습을 지켜보는 것만으로도 기분이 좋아졌다.

"혀가 녹아버릴 것 같아요…. 아, 목 안 마르세요, 팔마 님? 신술 (神術)은 그대로 쓸 수 있으시죠? 저도 생성한 물을 마실 수 있을까요? 팔마 님이 만들어주시는 물은 굉장히 맛있거든요."

로테는 소박한 나무잔을 내밀며 팔마에게 졸랐다.

"뭐? 물? 신술?!"

놀라서 목소리가 꺾여 나올 뻔했다. 다른 사람으로 환생한 이상, 이 세계의 지식을 습득해 이 세계에 익숙해지는 길 말고는 살아갈 방도가 없다. 그녀의 말에 맞춰줘야 한다고 생각은 했지만, 모르는 건 모르는 거다.

"팔마 님은 물의 신술을 다루셨어요. 설마 신술을 잊으셨나요?"

그렇게 잘하셨었는데! 그녀의 얼굴이 순식간에 창백해졌다.

"혹시 이대로 못 쓰면 나는 어떻게 되는 거지?"

"그런 건 생각하고 싶지도 않지만…."

신술이란 걸 쓸 수 있는 게 귀족 계급의 증거로, 신술을 쓰지 못하면 귀족으로 인정받지 못하고 저택에서 쫓겨나 평민으로 추방된다고 했다.

"저, 비밀로 해둘게요! 아무것도 몰라요! 과자를 얻어먹은 것도 있으니까! 아아, 이건 큰 은혜네요!"

로테는 두 손을 흔들면서 아무것도 모른다고 눈을 감았다. 뭘 해도 애교가 있었다.

"그렇게 고마워할 것 없어. 어떻게 하지? 잠시만 날 혼자 있게 해줄 수 없을까? 신술이 뭔지 떠올려볼게."

떠올리기 위해 혼자 있고 싶다기보다는 상황을 이해하기 위해 혼자 있고 싶었다.

"그러네요. 편히 쉬세요. …그리고 보니 물의 생성은 마음에 물의 모습을 떠올리는 걸로 발동시켜 그 손에 솟아나게 한다고 팔마님이 직접 말씀하셨었어요. 참고가 될까요?"

이런 귀중한 정보를 주고서는, 빨랫감을 처리하고 부탁한 물건을 사 온다면서 그녀는 방을 나갔다.

◆

"하아, 이걸 어쩌지."

신술을 못 쓴다는 걸 주위에 들킨다면 저택에서 쫓겨나 객사하게 되려나. 만약 저택에서 쫓겨난다면 길바닥을 떠돌기 전에 일자리를 잡아야 한다. 이 세계에서 뭘 할 수 있을까. 유사시에는 전쟁에라도 참가해야 하는 걸까, 그렇게 생각하니 팔마는 마음이 무거웠다.

그래서 그는 밑져야 본전이란 심정으로 신술의 회복을 시도했다.

"물…!"

그는 그릇 모양으로 모은 두 손에 의식을 집중하며 물을 뇌리에 그렸다.

물. 일본의 약학자였던 그의 물 분자에 대한 이해는 깊다. 화합물의 성상에서부터 분자 상태 등 구석구석 잘 이해하고 있다. 하지만 지금 그 지식이 무슨 도움이 될까.

'안 되나.'

물을 만들려고 시도한 지 제법 시간이 흐른 것 같다. 그러자 혈류로 열이 오르기 시작한 건지, 팔에 난 반점에 이변이 일어나기 시작했다. 어느새 반점은 창백하고 힘차게, 마치 네온처럼 강렬한 빛을 내뿜고 있었다.

'이 발광은 뭐지?'

긴장과 경이로움에 팔마의 두 손에 땀이 배어나왔다. 땀치고는 양이 많았다.

"땀… 아냐, 물, 물인가?!"

솟아나는 물이 멈추질 않는다. 그의 몸속이라기보다는 다른 차원의 힘을 불러낸 것 같은 감각이었다. 방을 물바다로 만들지 않기 위해 그는 황급히 창 밖으로 달려가 손을 밖으로 내밀었다. 방심하자마자 분수처럼 물이 뿜어 나왔다.

"그만, 그만, 스톱! 정지!"

어떻게 멈춰야 하는지 모르겠다. 일단 물의 이미지를 뇌리에서 완전히 제거하자 겨우 그 생성은 멈추었다.

"후우… 됐다."

팔마는 안도하며 크고 길게 한숨을 내쉬었다.

"팔마 님!"

밖에서 소프라노의 싱그러운 목소리가 들려왔다. 창 아래를 살피자 로테가 허브 밭에서 올려다보며 손을 흔들고 있었다. 이쪽을 올려다보며 앳되고 순진함을 그대로 그린 듯한 환한 미소를 지으며 손을 흔들고 있다.

"그 물은! 생각이 나셨군요."

"미안, 젖었어?"

"젖었어요! 시원하고 기분 좋아요! 옷 갈아입고 바로 갈게요!"

비가 와서 정원의 허브에 물을 안 줘도 되겠어요! 로테는 그렇게 말하며 환하게 웃었다. 흠뻑 젖었는데도 그녀는 팔마가 회복한 걸 기뻐했다. 착한 아이라고 팔마는 생각했다.

"다행이다. 그나저나… 이 세계는 도대체 뭐지?"

한숨을 돌리고 나자 팔마는 점점 무서워지기 시작했다. 자기 몸에 일어난 이 황당무계한 일에 놀라움을 넘어 공포를 느꼈고, 소름이 돋았다.

"손에서 물이 나오다니? 이게 말이 돼? 사람이!"

'공기 중의 수증기를 모으는 능력이 있나? 하지만 손에서 솟아났는데… 양을 봐선 체액도 아니고.'

아무리 머리를 굴려봐도 이해가 되지 않았다.

"어떤 원리로 이렇게 되는 거지, 이세계인은."

창에서 고개를 집어넣고선 역시 이곳은 다른 물리 법칙이 작용하는 이세계인지도 모른다고, 팔마는 진지하게 생각했다.

"그런데 이 능력은 물뿐인가?"

가만히 자신의 것이란 게 믿어지지 않는 작은 두 손을 보았다.

집중해서 물 구조식을 떠올리기만 해도 물이 생성되다니. 그게 꼭 물일 필요는 없지 않을까 하는 생각도 들었다.

"이미지로 구현할 수 있다고 한다면 다른 화합물도 만들 수 있지 않을까?"

문득 침대 옆에 놔둔 은컵이 눈에 들어왔다.

"해볼까?"

독을 탔을 때 바로 변색해 위험을 알 수 있도록 지구에서는 고귀한 신분의 사람은 은식기를 사용했다.

그는 컵을 쥐고서 조금 전보다 힘을 조절해 컵 안에 이미지를 집중해 보냈다. 그러자 화합물을 받은 컵이 즉시 까맣게 변색되기 시작했다. 은과 반응하는 황화물이 생성됐다는 증거였다.

"…되잖아. 이게 뭐야. 아, 어쩌지? 까매졌네."

소중한 식기를 더럽히면 로테에게 미안하다. 경우에 따라선 그녀가 독을 탔다는 의혹을 살지도 모른다.

"사라져, 사라져! '황화물' 사라져라!"

옷소매로 문지르며 무심결에 나온 말이었다.

그러자 컵 안에 달라붙어 있던 황화물은 바로 사라지고 매끄러운 은의 광택이 돌아왔다. 닦아서 사라진 게 아니었다. 저절로 검은색이 사라진 것이다.

'사라졌어?!'

팔마는 컵을 내던졌다.

"물질을 마음대로 생성하고 없앨 수 있다고? 말도 안 돼."

몇 번 황화물을 꺼냈다가 없애길 반복하는 사이에 그런 결론에 도달할 수밖에 없었다.

이번에는 독극물이 아닌 설탕을 만들어 핥아보았다. 달았다.

소금을 만들어 핥아보았다. 짰다.

쇳덩어리, 쇠의 맛.

금덩어리. 잇자국이 났다.

그 외에도 다양한 시도를 해보았다.

손에 보낸 이미지의 양만큼 물질이 만들어졌다.

"세상에….."

팔마는 눈앞에서 차례로 일어나고 있는 기적에 경악했다. 지금까지 그가 익혀온 상식이 따라오질 못하고 있었다. 하지만 화합물 구조를 명확하게 이미지로 그리지 못하는 것, 즉 너무 복잡한 것은 구현하지 못했다.

왼손으로 만든 건 오른손으로 없앨 수 있다.

왼손이 창조, 오른손이 소거.

구현해 만들어낸 게 아니더라도 원소를 알면 없앨 수 있다. 그러니까 그곳에 존재하는 것도 단순 화합물이라면 없앨 수 있다. 지구상에 있던 원소는 그 성질을 그대로 갖고 있는 것 같았다.

"괴… 굉장해!"

원리는 모르겠지만, 물질 창조 능력과 물질 소거 능력을 가진 건 확실해 보였다.

"이거, 신술을 쓸 수 있는 사람은 다 이런가?"

자기만 이런 게 가능할 것 같지는 않았다.

"일본에 가져가 원리를 분석해보고 싶어지는 능력이네."

만약 일본에서 이 능력을 썼다면 연구가 많이 진척됐을 텐데.

그 연구도, 이 연구도.

이 능력의 원리를 알아내 유용하게 활용할 수 있을지도 모른다. 희소 금속과 합성하기 어려운 화합물도 비용 생각을 않고서 만들어 낼 수 있다. 그렇게 자꾸 일 생각만 하게 된다.

"하지만… 돌아갈 수가 없잖아."

그는 한바탕 망상에 빠진 뒤에 힘없이 두 손을 바라보았다. 그리고 어떤 사실을 깨달았다.

"응? 이게 뭐지?"

왼쪽 손목에 연구실에서 장치 측정이 끝난 시간을 적어둔 자국이 남아 있었다. 'RUN4 3:43'라고 거울에 비춘 것처럼 반대로 적은 글씨가 적혀 있었다. 반대라는 점을 제외한다면 연구실에서 마지막으로 남긴 메모에 확실한 그의 필적이었다.

'우와… 이거 내 글씨인데.'

팔마는 그 숫자를 보고 몰려오는 향수에 잠겼다. 딱 하나, 지구와 연결되어 있는 증거를 보는 것만 같았다.

"하지만 난 오른쪽 손목에 썼잖아. 난 왼손잡이니까."

수성 펜으로 적은 메모는 피부를 조금만 문질러도 사라진다. 지구와의 연결 고리가 사라지는 건 너무나 싱거웠다.

'난 분명히 지구에서 온 지구인이었어. 하지만 이제 돌아가는 건 포기하는 수밖에 없나….'

그는 이 세계가 어느 우주에 있는지조차 모른다. 그리고 그런 곳에 오게 됐으니 아무리 미련이 있어도 이젠 지구로 돌아갈 수 없다.

"전생은 잊고 이 세계에 익숙해지도록 노력하자."

이 세계에서 새로운 인생을 살자고 그는 속으로 다짐하는 수밖에 없었다.

◆

"신술을 쓸 수 있어서 천만다행이에요! 이제 일단 안심이네요."

팔마 덕분에 흠뻑 젖어버린 작업복을 갈아입고 방으로 달려온 로테는 깡충거리며 침대 시트를 갈았다. 이 세계의 침대는 상류 가정이라 해도 상자 안에 건초를 깔고 그 위를 시트로 덮은 소박한 것이었다. 매트리스와 스프링이 발명되려면 시간이 더 필요한가 보다.

"고마워, 시트는 내가 깔게."

자기 일은 스스로 하자 싶어서 팔마가 시트를 받아 들고 침대를 정돈하려는데, 로테가 놀라서 굳어버렸다. 비상식적인 짓을 한 걸까 싶어 팔마는 시트에서 손을 뗐다.

"왜 그래?"

"팔마 님이 시트를 까시다니, 안 돼요! 엄마한테 혼나요! 이건 제 일이니까 거기서 쉬고 계세요. 아셨죠?"

"아, 어, 그런 거야?"

그걸로 급료를 받는 거니까 돕지 말아달라고 했다. 하지만 그녀는 마음은 기쁘니까 고맙다며 깊이 머리를 숙여 감사를 전하는 걸 잊지 않았다.

"신술이 돌아와서 다행이에요, 팔마 님. 나머진 조금씩 생각이 날 겁니다!"

팔마의 빨래를 서랍에 넣으며 로테는 팔마를 격려하는 노래 등을 흥얼거렸다. 목소리가 참 예뻤다.

"팔마 님이 신술을 못 쓰게 되면 어쩌나, 한순간이라도 걱정한 제가 바보였어요."

"그러고 보니 이 집의 가업은 뭐야?"

로테는 손을 멈추고 자세를 바로 한 뒤, 살짝 새침을 떨며 자랑스럽게 말했다.

"드 메디시스가는 궁정 약사 가문입니다."

약사 가문.

물질 구현화 능력을 쓸 수 있고 예전 세계와 물리 법칙은 다르다 해도 과학과 약학 지식은 있다. 지구와 이세계는 그 법칙이 다를지 모르지만, 익숙해지면 어떻게든 되겠지.

'일단 먹고살 길은 있을 것 같네.'

그는 그렇게 생각했다.

그 후에는 로테의 도움을 받아 팔마는 현 상황 파악에 나섰다.

로테에게서 가족에 대한 것과 이 세계에 대한 설명을 들으면 들을수록,

'왠지 옛날 프랑스 같네.'

팔마는 그런 인상을 받았다.

언어와 문화, 의상 등은 중세에서 근세 시대의 프랑스를 방불케 했다.

애칭이 로테인 샤를로트는 상급 고용인(시녀)인 카트린의 딸. 평민이다.

카트린이 팔마를 돌보고, 로테는 어머니를 따라 팔마의 방에 드나들고 있다. 그녀는 다섯 살 때부터 저택에서 일을 해왔고 지금은 아홉 살. 하인 경력이 길어서 그런지 나이에 비해 딱 부러졌다. 경어도 잘 쓰고 행동거지도 아름다웠다.

붙임성은 있지만 관록이 배어 있는 동작 하나하나에서는 기품마저 느껴졌다.

"혹시 말이야, 강제 노동 같은 건 시키지 않나? 함부로 부려먹거나 때리거나 하진 않아? 끼니 때엔 어떤 걸 먹는데? 고기나 생선은?"

팔마가 그런 질문을 하자, 로테는 입을 삐죽거렸다.

"왜요? 주인어른께서 잘 지내게 챙겨주고 계시는데요."

주인을 나쁘게 말하지 못하는가 보다 생각한 팔마는 물었다.

"자유로워지고 싶지 않아? 학교에 가고 싶진 않은 거야?"

"친절하시네요. 하지만 읽고 쓰는 법은 저택에서 배웠고, 휴가도 있어서 전 만족하고 있어요. 이 저택에서 다른 덴 아무 데도 가고 싶지 않을 만큼요."

팔마는 하인이라고 하면 노예 노동과 같다고 상상했는데, 아무래도 대우 좋은 고용 관계인지 모녀가 모두 납득하고서 일하는 중인 것 같았다. 의식주를 보장해주는데다 급료도 나온다. 중노동을 하는 것도 아니고, 휴식 시간과 점심시간도 있어 저택에서 일하는 데엔 큰 불편함이 없다고 했다. 노동자 권리도 나름대로 보장이 되어 있어 언제 저택을 떠나든 자유라고 했다.

"그렇구나. 그럼 다행이고."

"네! 여태까지 해왔던 것처럼 잘 부탁드려요! 저택에서 쫓겨나면 곤란하거든요!"

"나야말로 잘 부탁해."

그 외에도 관리인과 집사를 필두로 저택 내외에 백 명 가까운 고용인들이 배치되어 있다고 했다.

저택은 석조 건물로 디귿 자 모양의 바로크 양식 과도기와 흡사했다. 저택은 오래되어 역사가 느껴졌지만, 세월 속에서도 아름답게 관리되어 있었다.

"그런데 집에 대해 가르쳐줄 수 있을까?"

"그럼요!"

팔마는 저택의 구조에 대해 로테에게 물었다.

건물은 3층 구조로, 여기에 지하 창고와 다락방이 추가로 있고, 부지 면적은 자그마한 성 못잖은 넓이를 자랑한다.

1층은 현관 로비와 응접실, 대연회장, 식당.

2층이 부모와 아이들의 방. 아버지의 서재 겸 집무실.

팔마의 방은 안뜰에 접한 2층에 있었다.

3층은 관리인, 집사의 방. 도서실, 창고, 약초 보관고.

하인들은 다락방에 살고 있다.

저택이 너무 넓은데다 사용하지 않는 방과 주인만 들어갈 수 있는 방이 있어 로테도 모든 방에 다 가본 것은 아니라고 했다.

"확실히 명가이긴 하네…."

"네, 자랑스러운 저택이죠! 세워진 지 2백 년이 넘는답니다."

로테는 뭘 물어봐도 밝고 씩씩하게 대답하는 게 천진난만했다.

"나에 대해서도 물어봐도 될까?"

"제가 아는 거라면요."

"내 이름 말이야. 팔마(의약품) 메디시스(의사, 약사)라니… 너무 거창한 것 같지 않아?"

약을 과도하게 어필하잖아! 팔마는 바닥에 구멍을 파고 소리치고 싶을 만큼 부끄러웠다. 그의 전생의 이름도 야쿠타니(주1)로 약이란

주1) 야쿠타니: 藥谷. 약의 계곡이라는 의미.

한자가 들어가지만, 그건 무시하기로 했다.

"아마 특이한 이름이겠지?"

성에 직업명을 붙이는 건 그나마 이해가 갔다. 지구에서도 서구권에서는 그러니까. 하지만 이름에까지 인간답지 않은 이름을 붙이는 건 반칙 아닌가, 팔마는 생각했다.

'누가 붙여준 이름이지? 아마 특이한 사람일 거야.'

팔마는 걱정이 됐다. 부모와 잘 지낼 수 있을까.

"후후, 확실히 특이하긴 하죠. 하지만 형님은 팔레 님이신데요."

팔레는 알약이란 뜻이다. 팔마의 얼굴이 진지해졌다.

'나보다 더 가엾은 사람이 있었군. 이세계판의 독특한 이름이잖아.'

"주인어른께서 장래를 기대하고 계시답니다! 팔레 님도, 팔마 님도요!"

약학에 대한 아버지의 숨 막힐 정도의 열정에 팔마는 살짝 질색을 했다.

"형도 참 고생이 많겠어."

"그런가요? 팔레 님은 자신의 이름을 무척 자랑스러워하시는데요. 그런데 오늘 밤엔 주인어른이 저택에 돌아오실 거예요. 팔마 님과 함께 식사를 하신다고. …아."

"왜? 왜 그래?"

로테가 손을 파닥거리며 당황하는 걸 보고 팔마는 긴장했다.

"호호호, 혹시 지금까지 익힌 약학 지식은 다 잊어버리셨나요?"

"그런 것 같은데."

"어떡하죠! 그건 엄~청 큰일인데요!"

"그렇게 큰일이야?"

"생각해내세요!"

로테의 말에 팔마는 의기의식을 느끼고 방에 갖춰진 책장에 죽 꽂힌 책들을 한 권씩 꺼내 휘리릭 읽어보았다. 서적들은 모두 필사본으로, 의학서와 약학서는 매우 비싸다는 사실, 그럼에도 불구하고 차남인 팔마의 책장 전용으로 두꺼운 서적이 수십 권이나 꽂혀 있다는 사실을 봤을 때 집은 상당히 유복하다는 걸 짐작할 수 있었다.

"주인어른은 팔마 님에게 약학에 대해 기습 질문을 자주 하시니까 조심하세요."

그가 들어오기 전 팔마 소년은 유년기부터 약사로서 영재 교육을 받았었나 보다. 이러한 서적에 있는 약은 모두 팔마 소년의 기억에 들어 있을 거고, 조합 방법도 외우고 있을 거라고 로테는 역설했다.

'그거 큰일이잖아! 오늘은 낙뢰로 기억이 안 난다고 둘러댄다 하더라도 그걸로 넘어가지 않을지도 모르고, 계속 기억을 못한다면 의심을 살 거야. 이러고 있을 때가 아니다.'

벼락치기로라도 서둘러 암기를 해야겠다 싶어 초조해했지만, 그럴 필요는 없었다.

"어? 이거 본 적 있는 것 같은데. 이것도. 생각이 난다."

팔마 소년이 축적한 지식 덕분인지, 그는 의학서와 약학서도 모두 읽을 수 있었고, 어렴풋이나마 내용을 떠올릴 수 있었다.

"그나저나 이건."

"어려운가요? 어려워 보여요!"

로테가 끔찍하다는 듯이 모을 움츠렸다. 그녀는 글자가 책 한 면을 빼곡하게 채우고 있으면 어렵다고 느끼는 것 같았다.

'이거 너무 심한데.'

그가 손에 든 다양한 서적에 적힌 것들은 모두 끔찍했다. 잘못된 치료법과 수술법, 독물로 가득한 약 조제법. 의료라고도 할 수 없는 신에게 기도를 올리는 방법, 병을 지배하는 별을 읽는 법, 수비술 해독법 등등, 하나같이 잘못된 방향으로 가득했다.

신술이라는 뭔지 알 수 없는 것이 있는 세계라는 전제가 없다면 완전히 주술이다.

지구에서도 근대가 될 때까지 비슷한 게 있었는데, 그것과 같은 상태였다.

그런 것들이 의료로서 활개를 치고 있었다.

책을 몇 권 읽어본 결과, 이 세계에서는 '병은 신이 주신 시련'이라는 생각이 근본에 깔려 있고, 의학, 약학과 종교, 점성술은 밀접하게 연결이 되어 있었다. 기도에 매달리거나 별의 움직임에 우왕좌왕하는 등, 치료 결과로 환자가 죽는다 해도 의사와 약사들은 신이 내린 벌이라고 말하며 책임을 지지 않는다.

'아니, 이세계 사람들은 이런 치료법으로 낫는 거야? 지구인과 신체 구조가 달라서 신술로 치료해도 효과가 있나? 지구인에겐 독인데 이세계인에겐 잘 들어?'

그런 추측 하에 증례 보고에서 실제 환자의 치유율을 계산해봤지만, 상당히 낮았다. 지구의 중세 수준과 별반 다를 게 없었다.

'이거 효과가 없잖아.'

이 세계의 의학과 약학 지식은 비참했다. 치유율이 높다면 몰라도 모든 사람이 이렇게 수상한, 주술과 다를 게 없는 민간요법에 경도되어 있다고 생각하니 팔마는 참을 수가 없었다.

'이 세계의 의료는 암흑시대구나.'

건강한 사람이라도 치료라 칭한 행위로 죽겠다.

"팔마 님, 눈 피곤하지 않으세요? 조금 쉬세요….'

심각한 얼굴을 한 팔마를 본 로테가 걱정스럽게 말을 건넸다.

"걱정해줘서 고마워, 조금만 더 읽은 뒤에."

몇 시간 내내 책을 붙잡고 있는 팔마를 지켜보던 로테는 정성껏 간식을 나르며,

"공부를 열심히 하시는군요, 팔마 님은. 그 모습이 참 멋져요."

이렇게 동경의 시선을 보냈다. 로테는 글을 읽고 쓸 줄은 알아도 진득하게 공부하는 습관도 없을뿐더러 집중력이 굉장히 짧았다. 겨우 한 살 위인데 자기랑은 너무 다르다며 존경하는 것 같았다.

얼마나 시간이 흘렀을까.

어두컴컴해진 방에서 팔마는 절망적인 기분으로 책을 닫았다.

"이 세계 사람들을 위해서라도 어떻게든 해야 해."

올바른 지식이 있으니 여러 사람들에게 전하기만 해도 죽음을 피할 사람이 생길 거다.

가짜가 아닌 진짜로 효과가 있는 약을 먹으면 무시할 수 없는 수의 생명을 구할 수 있다. 대규모 역병을 물리치는 것도 지식만 있다면 불가능한 일은 아니다.

전생의 그는 연구에 매진하느라 환자가 아닌 약하고만 마주하는 일상을 살았고, 그가 만든 약을 전해준 환자의 곁을 지키지 못했다. 전생에서의 후회를 가슴에 담고 이번에야말로 병에 신음하는 사람들의 옆을 지키고 싶다. 그 손으로 조금이라도 좋으니까 가까운 사

람들을, 인연을 맺은 사람들을 한 명씩 구하고 싶다고 그는 강하게 바랐다.

어쩌면 그걸 위해 전생의 기억을 갖고 환생한 걸까, 그런 생각이 그의 뇌리를 스쳐 지나갔다.

 ### 3화 수습 궁정 약사, 팔마 드 메디시스

힘차고 요란한 팡파르 소리가 저택 안에 울려 퍼졌다.

"뭐가 시작되려는 거지?"

"팔마 님, 식사 시간이에요."

약학 서적을 읽던 그를 부르러 온 로테가 서두르라며 1층 대연회실로 재촉했다.

"배고프네. 로테도 먹으러 갈래?"

뭘 하든 배는 고픈 법이다.

"고용인들은 주인님들 식사가 끝난 뒤에 먹어요. 그러니까 어서 드세요!"

"그렇구나! 알았어. 빨리 갈게."

성장기인 로테도 어서 저녁을 먹고 싶겠지. 그래서 서두르라고 재촉하는 거다.

식당에 모인 가족들의 면면을 팔마는 처음으로 확인했다.

"일어났구나. 잘 자기에 내버려뒀는데."

"네, 조금 전에 일어났습니다. 걱정해주신 덕분입니다."

처음에 말을 건 사람은 금색 수염을 늘어뜨린 파란 눈의 남자. 눈빛이 예리한 키가 크고 늘씬한 인물이었다. 저택의 주인이자 팔마의 아버지다.

브루노 드 메디시스.

그는 대대로 왕후귀족을 전문으로 진찰하고 약을 처방하는 궁정 약사로, 제국의 중심부에 있는 산 플루브 제국 약학교의 총장을 맡고 있다. 물 속성의 신술사다.

이 세계에서는 특수 기능을 가진 우수한 귀족에게 '존작'이라는 작위가 수여된다. 계급은 존작, 공작, 후작, 백작, 자작, 남작 순이다. 그러니까 존작인 그는 대귀족인 셈이었다. 확실히 로테 말처럼 대귀족다운 위엄이 있었다.

"어머, 완쾌되어 다행이구나. 어쩌나 싶었는데."

그렇게 말을 건 것은 은발벽안으로 청초한 분위기의 귀부인.

베아트리스, 어머니다.

명문 귀족 출신으로, 바람 속성 신술사라고 했다.

"오라버니, 이제 괜찮아? 안 아파?"

금발벽안에 곱슬머리를 허리까지 늘어뜨리고서 애교스럽게 팔마를 부르는 여자아이.

블랑슈, 네 살짜리 여동생이다.

어리지만 브루노와 같은 물 속성 신술사다. 어린 나이에도 이런 미모라니. 크면 필시 한 미모 할 거라고 팔마는 확신했다.

팔마가 이름 건으로 동정을 보내는 형 팔레는 현재 자리를 비운 상태다. 형은 세계 최첨단의 의약 대학, 먼 이국의 노바르트 의약 대학교에서 약학을 배우고 있는 엘리트. 전교생 기숙사제여서 1년에 한두 번밖에 못 돌아온다.

그런 가족이 한자리에 모여 넓은 식당의 큰 테이블에 모두 둘러

앉았다.

브루노는 탁자 위에 준비된 도기 중 손 씻는 용도의 수반에 물 신술로 맑은 물을 따랐다.

동생인 블랑슈도 자기 수반에 한껏 물을 따르고 어머니의 수반도 채워줬다. 어머니는 귀족이지만 속성이 다르기 때문에 물을 만드는 건 딸이 할 일이다.

팔마도 평정을 가장하며 그의 앞에 있는 수반에 물을 받아 손을 씻었다.

식탁보 위에는 바로 빵과 칼과 스푼이 놓여 있다. 최연소인 블랑슈가 신에게 기도를 올리고, 식구들이 복창한 뒤 식사가 시작되었다.

'아, 음식이 생각보다 맛있네.'

향신료를 가득 넣은 닭고기를 비롯해 들토끼 스튜 등이 차례로 나왔다. 팔마는 로테에게서 들은 테이블 매너를 지키며 천천히 먹으려고 노력했다.

'그러고 보니 난 너무 일만 하느라 제대로 식사를 한 적도 없었지.'

한입씩 맛을 음미하며 이세계의 미각에 입맛을 다졌다.

그는 생전에 식사 시간도 아까워 영양 보조 식품과 비타민제 같은 것만 먹었다. 영양과 칼로리만 채워주면 아무거나 좋다, 소화만 되면 뭐든 똑같다는 생각이었기 때문에 그의 전생에서의 식생활은 극한적일 정도로 효율적이었고, 식사라는 건 살아가기 위해 보급하는 에너지에 불과했다.

예전 같았으면 그 시간을 존중하지 않고 연구실에 돌아갔겠지만 식사라는 행위를 통해 정신적인 여유를 갖는 것은 인간의 풍요로운 정신으로 이어진다. 그런 기본적인 것을 배운 기분이었다.

'이런 시간을 소중히 여겼어야 했나….'

이 이세계에서는 일상을 보내는 데만도 필연적으로 슬로 라이프를 실현할 수 있을 것 같다. 시간이 느리게 흐른다. 자동차도, 비행기도 없는 그런 세계. 문명이 과하게 발전하지 않은 곳에서 다른 사람과의 관계를 소중히 여기며 자연스러운 모습 그대로 느긋하게 살아가는 그런 인생도 나쁘지 않을 것 같다. 이번엔 정말 나 자신을 돌보며 살아야지. 내 인생을 즐기자. 팔마는 처음으로 그런 생각을 가졌다.

"팔마, 그래도 몸이 불편한 데는 없니? 그런 벼락을 맞다니… 갑자기 식사를 해도 되는 거야? 죽이 낫지 않을까?"

식사가 시작된 지 얼마 지나지 않아서 베아트리스가 팔마를 배려했다.

그러고 보니 가족 중에서 베아트리스만이 포도주를 마시고 있었다. 브루노는 환자의 호출에 대비해 물을 마시고 있었다. 그가 스스로 따른 맑은 물에 레몬 등을 짜 넣어 향을 더한 것이었다.

"속이 비어서 늘 먹던 대로 먹어도 괜찮습니다. 먹을 수 있어요. 기억이 조금 혼란스러운 것 같긴 하네요. 곧 생각이 나겠죠. 걱정할 것 없습니다. 고맙습니다, 어머니."

팔마는 차분하게 어머니의 질문에 대답했다. 어머니에겐 경어를 쓰고 아버지, 어머니라고 불렀다고 로테에게서 들었다. 한눈에도 대귀족 자제다운 2인칭이었지만 몸에 익혀야 했다.

"그나저나 용케 살았구나. 맥이 완전히 멈췄다고 들었는데, 낙뢰를 맞은 지 얼마 지나지 않아 너한테 먹인 포션이 효과가 있었나 보군. 준비해두길 잘했어. 그게 없었으면 어찌 됐을지. 끔찍하구나."

만족스럽다는 듯이 대화에 끼어든 브루노는 자신의 약사로서의 실력에 자신감을 더 키운 듯했다. 하지만 심정지한 지 얼마 안 된 사람에게 포션을 먹이다니, 팔마는 그 말에 소름이 돋았다. 구해주려고 한 마음은 고마웠지만.

'아니, 어쩌면 그 포션이 굉장히 효과가 있었는지도 모르지.'

책에 적힌 레시피를 봐선 그럴 리가 없다 싶었지만.

팔마라는 소년은 과묵하고 조용한 인물이었다고 했으니, 당분간은 그 캐릭터를 무너뜨리지 않도록 행동해야 한다. 위화감을 주지 않기 위해 조심스레 연기를 해야 한다.

그러고 보니 팔마 소년은 어떻게 됐을까. 낙뢰를 맞아 한 번 죽었다고 했으니 인격도 사라졌을지도 모른다. 그렇게 생각하니 팔마는 너무나 가슴이 아팠다.

그리고 그의 몸을 빼앗은 것 같아 너무나 꺼림칙했다.

하지만 아무리 떳떳하지 못하다 해도 팔마 소년은 죽었다. 팔마 소년의 자아는 사라져버렸다. 조만간 머릿속에 나타날지도 모르지만 지금 그는 더 이상 이 몸속에 없다.

'팔마 소년의 공양을 위해서도 그의 몫까지 사는 수밖에 없어.'

속으로 팔마 소년에게 합장을 했다.

"그런데 기억이 애매모호해선 안 되는데, 걱정이네. 무리하지 말고 푹 쉬렴. 고민이 있으면 뭐든지 말하고. 먹고 싶은 게 있으면 만들어달라고 할 테니까."

브루노의 가부장적인 모습에 비해 베아트리스의 배려심은 적잖이 기뻤다.

"네, 고맙습니다, 어머니."

그 후에 한두 마디 팔마와 대화를 주고받은 베아트리스는 팔마의 인격이 변한 것에 위화감을 느끼지 못한 듯 보였다. 친자식인데 그래도 되나 싶었지만, 아무튼 사전에 로테에게서 팔마의 평소 모습과 말투에 대해 들어둔 게 다행이었다.

"며칠은 안정하도록 해라. 다음 왕진에는 따라올 수 있겠니?"

식사를 마친 브루노가 냅킨으로 입을 훔치며 마침 생각났다는 듯이 물어보았다. 무슨 일인가 싶어 팔마가 애매하게 웃자 팔마의 기억이 아직 흐릿하단 걸 깨달은 브루노는 보충 설명을 해주었다.

"폐하의 왕진 말이다."

"생각났습니다. 같이 가겠습니다."

수습 약사는 스승이 일하는 모습을 보고 배워야 해서 궁정 약사의 업무에 동행한다고 했다. 평소의 팔마 소년은 불과 열 살의 나이에 브루노와 함께 진찰 견학과 보조를 했다고 들었다.

평소에는 왕후귀족의 왕진이 주요 업무이지만, 이번 환자는 브루노의 환자 중에서도 가장 신분이 높은 고귀한 인물, 산 플루브 제국의 황제 엘리자베스 2세였다.

'황제라. 엄청 큰일이네.'

황제를 상대로 브루노가 어떤 약을 처방할지 팔마는 내심 불안했다. 치료에 실패해 집안째 몰락하는 일은 없길 기도했다.

"그런데 오늘 네 두 팔에 입은 화상에 쓴 연고, 게오라이드의 산지와 조합 방법은?"

바로 로테가 말한 기습 약학 시험이 출제됐다. 게오라이드는 지구에는 없는 이 세계의 약이다.

"주성분인 허브, 틴파라의 산지는 라하라 지방, 조합은 카테소유, 도마뱀 눈알, 박쥐 날개 분말과 함께 보름달 밤에 목욕재계 후 기도를 올리며 성수로 하룻밤 끓인 것을 이튿날부터 사흘간 햇볕에 말려 건조한 것을 잘게 간 것입니다."

생각할 새도 없이 조금 전에 예습해둔 서적의 지식이 팔마의 입에서 술술 튀어나왔다. 팔마 소년이 암기했던 기억을 빌린 것이다.

반사적으로 조합 방법을 말한 그는 참으로 비참한 심정이었다. 하지만 이 자리를 무사히 넘기려면 어쩔 수 없었다.

"기억하고 있었구나. 역시 내 아들이야."

그런 사정은 알지도 못한 채 브루노는 만족스럽다는 듯이 크게 고개를 끄덕였다. 참고로 그 수상한 연고는 장시간 피부에 도포하면 염증이 생기기 때문에 단시간만 사용하는 게 옳다. 그래서 그는 재빨리 약초를 제거하고 팔은 물에 깨끗이 씻었다. 제대로 알지도 못하는 상태에서 본능적으로 브루노를 만족시키는 행동을 한 것이다.

"좋아, 몸에 큰 문제가 없다면 내일부터 엘레오노르의 수업을 재개해도 되겠나?"

"알겠습니다."

'엘레오노르는 누구지? 내가 모르는 사람인데.'

나중에 로테에게 물어보니,

브루노의 첫 번째 제자이자 팔마의 가정교사라고 했다.

'가정교사가 온다면 공부를 해둘까?'

한밤중, 파자마를 입은 동생 블랑슈가 밤새도록 공부 중인 팔마의 방으로 들어왔다. 불이 켜져 있어 살펴보러 왔다고 했다.

　"오라버니, 오늘도 공부해?"

　여자 인형을 안고 블랑슈는 팔마의 무릎 위에 올라앉았다.

　"아아, 응. 이제 잘 거야."

　"불 끄러 왔어. 공부 너무 많이 하지 않게."

　팔마를 걱정스레 쳐다본다. 동생 나름대로 벼락에 맞은 직후인 오빠를 걱정하는 것 같았다.

　"혹시 늘 불을 끄러 오니?"

　"응."

　블랑슈는 입을 삐죽거리며 고개를 끄덕였다. 그 귀여운 모습에서 팔마는 눈을 떼지 못했다.

　"오라버니는 노력파라서 늘 늦게까지 공부하니까, 블랑슈가 코~ 자라고 하는 거야."

　'여동생이라. 딱 이 또래였는데….'

　그는 전생에서 잃은 동생을 떠올렸다. V자로 삐죽거리는 입이 전생의 동생을 닮은 것도 같았다. 환생해서 두 번째 여동생이 생기자, 마음 깊은 곳에서 가슴 아픈 그녀의 그림자, 투병 중이던 기억이 되살아났다. 하지만 블랑슈를 만지고 그 호흡을 들으며 팔마는 따뜻한 온기를 느꼈다. 가족의 온기란 것을 잃은 지가 너무 오래된 터였다.

　"잘 자, 블랑슈."

　"응, 잘 자. 내일 봐, 오라버니."

　팔마는 촛대의 불을 입으로 불어 껐다. 어둠에 눈이 익숙해지지 않아도 창 밖에서 창백한 달빛이 들어온다.

블랑슈의 머리를 쓰다듬자 그녀는 인형을 안은 채 그의 품에서 새근새근 잠이 들었다. 팔마는 그녀의 방까지 안고 가서 침대에 눕힌 뒤 방으로 돌아왔다.

 ## 4화 엘레오노르의 신술 강좌

"이상해. 아무리 봐도 이상해. 다른 사람 같단 말이야."

팔마의 눈앞에 있는 여성은 탁자 위에서 팔짱을 끼고서 조용히 중얼거렸다.

맞은편에 앉은 묘령의 여성의 목소리에 팔마는 주춤했다.

그녀는 팔마의 가정교사이자 브루노의 첫 번째 제자, 미모의 일급 약사 엘레오노르 본푸아.

윤기 나는 은발을 좌우로 갈라 옆으로 늘어뜨린 시원스러운 인상의 여성이다. 매트한 질감으로 연하늘색에 긴 타이트 드레스에는 활동성을 중시해서인지 대담한 슬릿이 들어가 있었고, 어깨는 깊이 파여 있었다. 눈 둘 곳이 애매할 정도로 풍만한 가슴을 팔짱 위에 툭 올려놓고 있었다. 가는 은테 안경을 아래로 내려 팔마를 응시한다.

'복식이 너무 자유롭네. 안경도 있구나!'

이 세계가 중세~근세 유럽에 해당한다면 그에 걸맞은 복식 문화일 거라고 예상했는데, 꼭 그런 건 아닌가 보다. 중세적인 복장의 드 메디시스가 보수적일 뿐인 것 같았다. 굳이 따지자면 그녀의 복장은 판타지 세계의 주민다운 것으로, 캐주얼했다. 역시 이세계라고 팔마는 감탄했다.

"그런가요? 기분 탓이라고 보는데요."

"봐, 그거, 그거! 서먹서먹하잖아. 경어를 쓰질 않나."

달콤한 목소리가 팔마의 귀를 간질인다. 엘레오노르와의 대화 패턴을 익히지 않은 걸 팔마는 반성했다. 사제 관계니까 당연히 경어를 쓸 거라고 생각했는데.

'어떻게 말하지. 친구처럼 사귀는 선생님 캐릭터면 되나?'

엘레오노르와 만나기로 한 곳은 저택 부지를 따라 흐르는 큰 강 한가운데에 있는 모래톱. 그 정원 중앙에 위치한 하얀 석제 가제보(서양식 정자)처럼 생긴 건물 안이다. 햇살은 가제보의 돔 모양 지붕에 막혔고 정원을 가로지르는 바람이 기분 좋았다.

가제보 아래에는 벤치와 테이블이 갖추어져 있어 우아한 야외 학습 공간이 되었다. 그곳에 두 사람은 마주 앉아 있었다.

그곳은 브루노가 소유한 약초원이었다. 약초원이 모래톱에 있다니 홍수에 떠내려가진 않을까 걱정했지만, 드 메디시스가는 물의 신술사이기 때문에 브루노가 술법을 써서 강의 범람으로 약초가 떠내려갈 일을 막아준다. 하지만 비싼 약초만 재배하기 때문에 도둑이 들기 쉽다. 물론 드 메디시스가의 재산을 도둑맞지 않도록 약초원의 경비는 야간에도 만전을 기하고 있다. 그런 약초원이다. 팔마가 약속 시간 전에 약초원을 둘러보니, 원래 있던 세계에서 본 익숙한 허브와 한방에서 사용하는 식물도 볼 수 있었다. 이세계에서만 볼 수 있는 미지의 허브도 있었다.

"평범하게 이야기할게, 엘레오노르 선생님."

호칭은 엘레오노르라고 하면 되나? 아니면 본푸아 선생님? 그렇

게 탐색하는 대화는 바로 끊기고 말았다.

"엘렌이겠지? 아직도 뭔가 다르단 말이야. 왜 오늘은 다른 거지?"

"알았어. 고백할게. 벼락을 맞아서 기억이 애매해."

"아유, 빨리 말을 했어야지, 힘들었겠다?"

역시 그랬냐고 엘렌은 토라진 듯이 입을 삐죽거렸다. 동작 하나하나에 애교가 담겨 있었다.

"스승님한테서 들었어. 로테랑 다른 제자하고 같이 제도의 약방에 약초를 사러 갔다 오는 길에 대낮의 시가에서 벼락을 맞았다고… 스승님은 팔마의 심장이랑 호흡이 일시적으로 멈췄다고 하셨는데."

"그런 것 같아."

"그런 뒤에 약학교에서 돌아오신 스승님의 적절한 처치로 되살아난 것 같긴 한데…. 팔에 살짝 화상을 입었다면서."

'브루노 씨가 무슨 수를 썼나…. 그래서 포션을 먹인 거고?'

저절로 맥박이 돌아온 건지, 아니면 브루노가 처치한 덕분에 살아 돌아온 건지는 알 수 없었지만. 팔에 입은 상처는 살짝 정도가 아니라 두 팔에서 상당히 넓은 면적을 차지하고 있었다.

"벼, 별로 대단한 거 아니야."

대단한 거라고 하면 엘렌이 보여달라고 하겠지.

"기억까지 모호해지다니, 후유증이 있구나."

엘렌은 가없다는 표정을 지었다.

"벼락을 맞으면 성격이 바뀐다는 말도 있긴 하지만… 곧 돌아올지도 모르고, 그대로여도 어쩔 수 없지. 목숨을 구한 것만으로도 고마워할 일이니까. 지금은 그게 제일 중요해."

자리에서 일어서 돌아본 엘렌이 입꼬리를 올렸다. 투명한 느낌의 눈부신 미소다. 가제보에서 나온 그녀는 강가로 향했다. 팔마도 그 뒤를 따랐다.

"오늘 수업은 약학 강의가 아니라 신기를 확인하기로 하자."

신기(신술의 기술)는 모두 기억하고 있냐고 팔마에게 묻는다.

엘렌은 예전의 팔마 소년에게 다양한 신술을 가르쳤다.

팔마 소년은 약학에 대해서는 노력파, 신술은 형에게는 미치지 못하지만 감이 좋은 우수한 학생이었던 것 같다.

"물을 만들어 컵에 담는 것 정도는 가능한 것 같아."

팔마가 농담하듯 그렇게 말하자, 엘렌은 난처하다는 듯이 한숨을 쉬며 이마를 짚었다.

"기억을 못한다는 걸 잘 알겠어. 잊어버렸을지도 모르니까 복습을 하자."

팔마는 엘렌의 강의를 열심히 메모했다.

이 세계의 귀족에는 모두 신술 적성이 있으며 수호신이 있다.

수호신과 신술의 속성은 태어날 때 정해지며, 신전의 세례 의식 때 수호신을 감정받는다. 세례식에서 수호신을 감정하고 축복을 받으면, 체내에 신맥이라는 게 뚫리고 신술을 쓸 수 있게 된다. 신맥이 뚫리면 신력을 발휘할 수 있는 거다. 신술은 이 신력을 매개로 해서 행사하는 거라고 했다. 신력의 수준은 태어날 때 정해지는 것으로, 단련으로 키우는 건 불가능하다.

신술에는 불, 물, 바람, 흙, 무의 속성이 있다.

속성은 나아가 대상을 생성하는 정(正) 속성과 감소시키는 부(負) 속성으로 나뉜다.

가끔 수호신이 감정하지 못해 신맥이 뚫리지 않거나 적성이 없는 귀족 자제는 의절을 당해 평민으로 몰락한다. 말하자면 신술 위주 귀족제다.

'귀족도 여러모로 힘들구나.'

팔마는 긴장했다.

브루노, 팔레, 팔마의 수호신은 약신(藥神)으로, 물, 정 속성의 신술사다.

이 세계에는 백 가지가 넘는 수호신이 있다고 했다. 흔한 태양신, 달신, 지모신, 풍신, 해신 등을 비롯해 의신(醫神), 약신, 대장장이신 등의 직업신도 있다.

약신을 수호신으로 하는, 우수한 신술사인 약사는 대륙에 몇 명 안 된다.

그것이 브루노가 존작으로 중용되는 이유다. 참고로 엘렌의 수호신은 물신이다.

'수호신에 신술, 속성이라. 으음….'

그는 거부 반응이 일어날 것만 같았다. 그는 현대 일본에서 살았던 약학자. 신이니, 부처님이니, 악마니, 마법이니, 신술이니 그런 것들은 좀 불편하게 느끼는 부류다. 하지만 이 세계에서 살아가기 위해 익혀야 하는 것들이었다.

"그런 거야. 여기까지는 이해하겠지?"

엘렌이 고개를 들며 확인했다. 팔마는 메모를 적던 공책을 살펴보며 고개를 끄덕였다.

"고마워, 잘 알겠어. 그런데 무(無) 속성은 뭐야?"

"4속성으로는 정의할 수 없는 규격 외의 속성이야. 무 속성은 있기는 한데, 신전이 파악하는 한 3백 년이나 나타난 적이 없고, 애초에 그 속성이 존재하는지 여부도 불확실하지."

신전에서도 폐지를 할까 논의 중이래, 말하며 엘렌은 쓴웃음을 지었다.

'물 말고도 생성할 수 있긴 한데, 나는 어느 속성일까?'

팔마는 여전히 의문이었다.

"만약 생각한 그대로의 물질을 창조해낸다고 하면 그건 무슨 속성이야?"

"네 개의 속성에 들어맞지 않기 때문에 정의상으로는 무속성이지만, 뭐든지 만들 수 있는 능력이 있을 리가 없잖아. 만들 수 있는 건 반드시 하나야. 뭐든 마음대로 만들 수 있는 건 신술이 아니지. 그게 가능하다면 신이나 괴물이나 뭐 그런 거 아니겠어."

'그럼 이 능력은 뭐지?'

팔마는 고개를 갸웃거렸지만, 일단 속성 이야기는 미뤄두기로 했다.

"신술은 무엇 때문에 습득하는 거였지?"

"너한테는 두 가지 이유가 있어. 하나는 스스로를 지키기 위해서야."

귀족은 검을 들지 않고 대신 신술을 증폭하는 작용을 가진 신장(神杖)을 휴대한다. 검을 드는 건 수치스럽게 여긴다.

"우리한텐 이게 검이야."

허리에 찬 펠트에 꽂아둔 접이식 지팡이를 쥔 그녀의 모습은 그럴싸했다.

전쟁이 나면 평민병들은 아무 도움이 안 되며 작전급, 전술급의 신술사들끼리 맞붙는다.

우수한 술사라면 성을 수몰시키거나 지형까지도 바꿀 수 있다고 했다.

"아, 팔마! 그리고 보니 귀족의 생명 다음으로 중요한 지팡이는?"

"아!"

공책과 책을 갖고 왔지만 중요한 지팡이는 까먹었다. 기억을 더듬어 보니 머리맡에 놔둔 화려하게 장식된 상자 안에 은백색 지팡이로 보이는 게 놓여 있었다.

그게 내 지팡이구나, 팔마는 손뼉을 쳤다.

"약사는 성기사처럼 신술과 무예의 길을 닦을 필요도 없긴 하지만 지팡이는 손에서 놓으면 안 돼. 아니, 놓으면 위험해."

귀족이란 모름지기 격렬한 권력 투쟁 속에서 암살자 등으로부터 공격을 당하는 일도 한두 번이 아니라고 한다. 그리고 시내의 불량배나 도적들도 항상 금품을 노린다.

"신술을 배우는 또 하나의 이유는 신술로 만든 약은 굉장한 효과를 낳기 때문이야. 그건 약사에겐 필수 기능이지. 팔마도 경험을 통해 알고 있을 거야."

이 대륙의 약사는 3계급이 있는데 모두 황제의 지배하에 있다고 했다.

궁정 약사—명문 귀족 계급의 약사. 왕후귀족에게 약을 처방한다. 등록 수 세 명.

1급, 2급 약사—귀족 계급의 약사. 귀족에게 약을 처방한다. 등록 수 스물한 명.

3급 약사—약사 길드에 속한 평민 약사. 약사 길드가 면허를 내준다. 평민에게 처방한다. 등록 수 246명.

브루노는 국가에서 세 명에게만 면허가 허락된, 황제를 진찰할 수 있는 칙허를 가진 궁정 약사.

궁정 약사와 1, 2급 약사는 약을 팔지 않고 치유에 전념한다. 귀족 약사는 신술로 약을 만들기 때문에 평민 약사가 파는 수상한 약과는 전혀 다르다며 엘렌은 자랑스러워했다.

"그렇구나…."

그 말을 듣고 팔마는 생각했다.

'이 세계의 약초는 귀족, 아니, 신술사가 손을 대면 효과가 있나?'

신술이 존재하는 세계다.

전근대적인 약초 요법을 완전히 부정하지 못할지도 모른다. 저택 서고에 있던 약학서 처방에는 엉터리인 것들이 대부분이었지만, 한방도 효과가 있는 것도 있고, 몇몇 약초에서 유효 성분을 추출할 수도 있고… 팔마는 그렇게 생각을 고쳐먹었다.

물질 창조 능력을 가진 팔마였지만, 머릿속으로 이미지를 그리지 못할 정도로 구조가 복잡한 약의 성분은 그의 능력으로는 어렵다. 그런 경우에는 실험실에서 합성을 하거나 식물에서 추출하는 게 효율적일지도 몰랐다.

정원에 심어놓은 약초와 약목도 유용했다.

주목에서는 항암제 성분인 파클리탁셀이 미량이나마 추출되고, 양귀비류에서는 마약을 만들 수 있다. 디기탈리스 추출물에서는 강

심제가 나오는 등등, 무시할 수 없는 것들이었다.

엘렌이 이 약초원을 비보의 정원이라고 부르는 것도 수긍이 갔다.

"그럼 내 지팡이를 빌려줄 테니까 여기서 강 하류로 **'물의 창'**을 쏴봐."

엘렌이 접이식 지팡이를 찰캉찰캉 경쾌한 소리를 내며 조립하니 그녀의 키만큼 커졌다. 구릿빛 지팡이에는 사파이어색의 아름다운 보석이 달려 있었다. 그 지팡이를 가볍게 휘두르고 날카롭게 소리치면서, 일직선으로 찌르듯이 허공을 향해 휘둘렀다.

"물의 창'."

소리친 말은 팔마의 귀에는 프랑스어와 비슷한 말처럼 들렸다.

지팡이에서 나온 격류는 잔잔하게 흐르는 큰 강의 수면을 튀기며 수백 미터 앞까지 일직선으로 뻗었고, 마침내 완만한 포물선을 그리며 강으로 사라졌다. 물방울이 안개가 되어 위로 흘러온다.

"우와! 진짜 창 같네!"

팔마는 환성을 질렀다.

"그 반응을 보니 진짜 잊어버렸구나. 그렇게 어려운 기술도 아닌데."

엘렌은 큰일 났다는 얼굴이었다.

"너도 해야 해."

내 지팡이는 고위 신술사의 것이라 다루기 힘들고 어쩌면 꼼짝도 안 할지도 모르는데 팔마가 이 지팡이로 할 수 있을까, 그런 소리를 하며 팔마에게 지팡이를 내민다.

참고로 신기는 술법을 상상하며 '발동 영창'을 외치면 발동한다고 했다.

"힘껏 휘두르면 되는 거야?"

"그래, 힘껏 해. 잠깐, 배는 없겠지?"

이 시간대에는 강에서 물고기를 잡아선 안 되는데 종종 위반하는 배가 있단 말이지, 말하며 엘렌은 멀리까지 살폈다.

"좋았어, 힘껏 해봐. 영창은 **'물의 창'**이야."

팔마는 지팡이에 의식이 몰리도록 눈을 감고서 과감하게 물의 이미지를 쏘았다. 발동 영창은 까맣게 잊어버렸다.

그러자 지팡이는 공중에 고정된 것처럼 굳었고, 팔마의 몸에서 창백한 빛이 피어오르더니 지팡이 끝에는 큰 강을 뒤덮을 만큼 거대한 물기둥이 일직선으로 생겨났다. 강은 대용량의 물을 수용하지 못하고 순식간에 불어났으며, 소용돌이치는 물줄기는 제방 높이까지 솟아올랐다.

하늘은 흐려지고 폭풍 같은 바람이 휘몰아쳤다.

"꺄아아악―?!"

팔마의 신기로 인해 발생한 풍압과 충격파로 강가로 떠밀린 엘렌은 엎어진 채 눈을 휘둥그레 떴다. 물줄기의 위력이 너무 크다는 간단한 일이 아니었다. 이래선 제방을 파괴할 뿐만 아니라 대홍수를 일으켜 하류의 마을을 수몰시킬 만한 상태였다.

"우아앗?!"

놀란 팔마가 지팡이를 버리자 겨우 격류는 가라앉았다.

"팔마, 너… 어떻게 한 거야?"

안경이 틀어진 것도 고치지 않은 채 엘렌은 비틀비틀 일어섰다.

"미안, 힘 조절이 안 돼서. 다치진 않았어?"

한편 팔마는 신기의 일반적인 위력이 이세계 기준으로 어느 정도인지 몰랐기 때문에 자신의 서투른 컨트롤이 지적당한 거라고 생각했다.

　'그러고 보니 발동 영창이란 걸 까먹었네. 그래서 컨트롤을 못한건가? 개인 훈련을 할 때에는 바다에서 해야겠다. 다리나 연안에있는 집에 맞으면 위험하니까… 조심하자.'

　그가 진지하게 반성과 분석을 하고 있는데,

　"팔마가 망가졌어…, 발동 영창도 안 했는데 어떻게 그렇게 된 거지?"

　발동 영창을 안 하면 신기는 쓸 수 없다며 엘렌은 겁에 질린 목소리로 중얼거렸다.

　"어? 망가져? 내가?"

　힘이 심한 것 같았지만, 잠시 뒤에 아무래도 과했던 것 같다는 것을, 굳어버린 엘렌의 반응으로 알아차렸다. 이건 위험하다고 생각했는지 팔마는 일단 분위기를 풀려고 노력했다.

　"엘렌의 지팡이 대단하다! 고위 신술사 지팡이라 역시 다르네, 놀랐잖아."

　그는 뻔뻔하게 말을 돌리며 방긋 웃었다. 어떻게든 상황을 모면하려고 했지만, 엘렌은 그 수에 넘어가지 않았다.

　"지팡이가 문제가 아니야! 너, 신력이 어떻게 된 거야? 그리고 몸은 괜찮아?"

　엘렌은 가방을 가져오더니 안에서 금속으로 만든 곤봉 모양의 도구를 꺼냈다.

　"내가 옆에 있었는데… 두 손 내밀어! 팔마. 넌 어쩌면 평생치 신력을 다 써버렸는지도 몰라! 이건 말도 안 돼! 아직 기억도 안 돌아왔는데… 내 책임이야!"

"이 막대기는 뭔데?"

"어서. 설명은 나중에 할 테니까 이걸 쥐어!"

"네."

팔마의 손을 감싸듯 잡아 엘렌은 두 손으로 그것을 쥐여줬다. 온도계 같은 표시가 달린 간이 신력계로 쥐기만 해도 능력과 신력의 양에 대응하는 색이 뜬다. 사람이 한 번에 쓸 수 있는 신력은 정해져 있으며 신력계를 보며 훈련을 한다. 큰 신기를 발휘한 팔마가 힘을 다 쓰고 쓰러질지도 모른다고 엘렌은 설명했다. 걱정되는지 눈물을 글썽인다. 막대기는 전체적으로 하얗고 부드러운 빛을 내뿜기 시작했다. 중앙의 움푹 팬 수은 온도계 비슷한 게이지가 엄청난 속도로 상승하더니 순식간에 한계를 넘어섰다.

"무색의, 한계 돌파… 라고? 히이익…."

엘렌은 놀라서 뒷걸음질을 치다가 그만 안경을 떨어뜨려 밟고 말았다. 비싼 렌즈가 슬픈 소리를 내며 부서졌지만, 엘렌은 신경도 쓰지 않았다. 팔마는 일단 그 점을 지적했다.

"저기, 안경 깨졌는데."

"그게 문제가 아냐, 지금!"

팔마는 렌즈가 없어진 안경테를 주워 유리를 깨끗하게 털어냈다. 프레임이 틀어지면 큰일이다. 그런 다음 다시 물었다.

"한계 돌파라니, 그게 뭔데?"

이해를 하지 못하는 팔마를 보고서 엘렌은 고민에 빠졌다. 그녀는 팔마에게서 상당히 멀리 떨어졌다. 경계하고 있다는 걸 깨닫고서 팔마는 미안한 기분이 들었다.

"내가 묻고 싶은 지경이라고…. 참고로 신력계를 넘어선 신술사는 지금까지 없었어, 단 한 명도. 황제도 이 정도는 못한다고."

엘렌은 조심스레 다가와 팔마의 하얀 셔츠를 팔까지 걷었다.

"잠깐 좀 보자."

엘렌은 턱에 손을 대고 얼굴을 들이대고서 팔에 난 벼락의 흔적을 뚫어져라 살폈다. 팔마는 긴 소매의 튜닉으로 상처를 가리고 있었는데, 옷 너머로 확실히 발광을 했기 때문에 들킨 거다. 엘렌은 보면 볼수록 그게 신경이 쓰이는 모양이었다.

"이 자국, 아무리 봐도 약신의 성문인데."

"그거, 로테도 그렇게 말하던데, 기분 탓이야. 누구라도 이렇게 된다고. 그냥 화상 자국이야."

약신의 성문이 어떤 건지는 팔마도 책을 뒤져 알아냈다. 디자인이 흡사하긴 했지만 팔마는 부정하고 싶었다.

"벼락 자국으로 생긴 화상 흉터라고."

전류가 양쪽 어깨에서 표면을 따라 흘러서 연면(沿面) 방전을 일으켰다 가슴으로 빠져나갔을 거라고 팔마는 설명했다.

진짜야, 인터넷에 검색해봐, 라고 말하고 싶지만 이세계에는 인터넷이 없다.

"그런 허황된 이야기는 됐어. 낙뢰를 맞고서 사람이 어떻게 살 수가 있냐고."

"낙뢰를 맞아 재수 없게 죽을 확률은 10퍼센트 정도야."

지구의 데이터이긴 하지만 반론 근거를 찾아보았다.

"그거 어디서 조사한 건데? 그런 데이터는 들어본 적 없어."

'불리하네. 내가 제시할 수 있는 건 전부 지구의 데이터잖아. 이 세계의 벼락을 맞으면 어떻게 되는 거지?'

"절대로 죽는다고. 그리고 화상은 창백하게 빛나지 않아. 당연한 말이지만."

엘렌이 그렇게 주장하자 팔마도 반박할 수가 없었다.

낙뢰를 맞으면 전격 마비가 일어나 일시적으로 호흡 정지나 심정지가 일어나거나 의식이 사라진다. 하지만 그건 대부분의 경우 일시적인 일로, 호흡은 자연스레 재개되고, 사망하는 건 재수가 없을 때뿐이다. 후유증은 있을지 몰라도 꼭 죽는 건 아니다.

'이세계 벼락은 위력이 강력한가?'

"벼락을 맞고 살아 돌아온 사람이 없어서 모르겠지만, 그걸 경계로 팔마의 신맥에 이상이 일어난 건지도 몰라. 신술을 쓸 때 몸 안쪽이 뜨거워지는 느낌 있어? 숨이 막히거나 심장 박동이 빨라지진 않아?"

"그런 건 없고, 다른 세계에서 힘이 흘러들어오는 느낌은 드는 것 같아. 그래서 피곤해지지도 않는가 봐."

"그럴 줄 알았어…. 마치 다른 세계의 술법 같네. 보통은 그런 신력을 쓰고 나면 쓰러지거나 죽거든. 그런데 아직도 신력계가 측정할 수 없을 정도의 힘이 남아 있다니, 이건 말도 안 되는 일이야."

어떻게 된 일이지, 엘렌은 고민에 잠기듯 팔짱을 꼬았다.

수업은 완전히 중단되고 말았다. 그럴 때가 아니었다.

"팔마. 앞으로는 절대로 다른 사람들 앞에서 신력계를 쥐어선 안 돼. 스승님한테도 보여주면 안 돼. 신술을 전력으로 써서도 안 돼. 그리고 혼자서 훈련하면 안 돼."

안 되는 것투성이였지만, 팔마를 위한 충고일 거다. 팔마의 잠재 능력은 너무 위험하니 조금만 실수해도 제도가 멸망할지도 모른다. 의욕적으로 개인 훈련에 나섰다간 다들 곤란해진다.

"잠깐만 있어봐. 다시 조사해볼게."

안경이 깨져서 책에 코를 박을 정도로 얼굴을 들이대고서 조사하던 엘렌은 속성의 정의를 확인하기 시작했다. 팔마는 그녀를 불안한 심정으로 지켜보았다.

"역시 그렇구나."

엘렌은 마침내 조사를 마쳤다. 팔마는 심박수가 올라가는 것을 느꼈다.

"넌 무속성의 정과 부의 속성인 것 같아. 낙뢰를 계기로 속성이 바뀌었나 봐. 전에는 물 속성의 정이었는데…."

속성은 신력계의 색으로 간단하게 알 수 있다고 했다. 하얀 빛을 내뿜었으니 무속성이라는 소리다.

"무속성은 드물다고 했잖아."

지난 수백 년 동안 무속성 사용자는 나오지 않았다는 말을 바로 방금 전에 들었다.

"드문 정도가 아니야. 너한텐 어떤 특수 능력이 있지?"

"하지만 물을 만들 수 있는데. 물 속성인 거 아냐?"

물질을 창조할 수 있다는 게 알려지면 이야기가 복잡해질 것 같아서 팔마는 숨기고 싶었다.

"물이 아니라 물도 만들 수 있는 거 아냐? 미지의 능력인데다 황제보다 훨씬 강한 신력을 갖고 있다는, 말해봤자 아무도 믿지 않을 일이 벌어졌잖아."

팔마가 이렇게 되다니, 엘렌은 공허하게 웃으며 회상에 잠겼다. 일종의 현실 도피였다. 엘렌의 영혼이 다른 데로 빠져나갈 것 같았다.

"비밀로 해두는 게 좋다는 건 잘 알겠어."

숨겼다가 나중에 문제가 되지만 않는다면 단연코 숨겨야 한다고 팔마는 생각했다.

"너 혹시 제위에 관심 있어?"

"제위? 황제의 제위 말이야?"

"응."

"내가? 황제? 이 나라의?"

농담이겠지, 이렇게 물으려고 했지만 엘렌은 농담을 하는 게 아니라는 얼굴이었다.

"그래!"

"설마. 드 메디시스가는 약사 가계잖아?"

왜 갑자기 제위 이야기를 꺼내는 거지, 팔마는 안경을 든 채 당황해서 안경테를 폈다 접었다 하며 만지작거렸다.

"그건 상관없어."

산 플루브 제국 황제의 제위 계승 제도.

그것은 가문과 수호신을 고려해 신력이 강하고 능력이 우수한 대귀족의 적자가 신전의 합의에 따라 선정되는 것이라고 했다. 만에 하나 팔마가 황제의 신력을 능가하는 경우, 황제의 자질에 합당하냐 묻는다면 드 메디시스가는 가문으로만 봐도 충분했다.

하지만 그래선 현 황제에게 불리한 일이기 때문에 현 황제가 암살을 할지도 모른다고 했다.

"뭐, 그 훌륭하신 폐하가 암살을 하실 리야 없겠지만, 어쨌든 결투로 발전하기는 할 거야."

"그건 곤란한데!"

그런 백해무익한 일은 절대 사양이었다.

"혹시 모르니까 다시 한번 물어볼게, 제위에 관심 있어?"

"전혀. 애초에 정치니 그런 건 머리만 아프고 잘 모른다고. 나한테 정치를 맡겼다간 끔찍한 일이 벌어질걸."

뿌리부터 이과 사람인 그는 사회학, 경제학, 정치적인 것들과는 인연이 없었다.

익숙하지 않은 건 하는 게 아니다. 책임도 질 수 없다.

"그럼 다행이다. 오늘 수업은 이쯤 하자. 후반부엔 수업이 아니었지만. 아무튼 끝."

엘렌은 팔마에게 야심이 없다는 걸 알고서 안도한 것 같았다.

"고마워. 난 이만 가볼게. 이거 안경, 잊지 말고 챙겨가. 다시 렌즈 끼우면 쓸 수 있을 거야."

하지만 엘렌은 딱히 할 일이 남은 것도 아닌 것 같은데 그 자리에서 꼼짝을 하지 않았다.

"안 가? 그만 가자."

"나, 안경이 없으면 아무것도 안 보여. 저택에는 예비 안경이 있긴 한데."

벤치에 앉은 채 발을 흔들어댄다.

"아, 그렇구나. 눈이 그렇게 안 좋았나? 집까지 데리고 가줄게."

"으, 응. 고, 고마워…."

팔마는 엘렌의 손을 잡고 약초원에서 저택으로 돌아오는 다리를 건넜다.

엘렌의 시력이 어느 정도인지는 모르겠지만 상당히 안 좋아 보였다.

"거기 단차 있으니까 조심해."

자기보다 키가 큰 그녀의 손을 잡고 팔마가 약초원이 있는 강 모래톱에서 다리를 건너 저택까지 에스코트를 했다. 엘렌의 가냘프고 섬세한 손은 서늘했다.

냉증이라 차가운 건 아니었다. 가늘게 떨리고 있었다.

"손 떠는데 괜찮아?"

"그, 그런가? 기분 탓 아냐?"

잠시 침묵과 어색한 분위기가 감돌았다.

안경을 안 쓴 엘렌은 눈을 내리깔고 있어 묘하게 요염했다.

"저기, 팔마. 자꾸 물어보는 것 같아서 그렇긴 한데, 낙뢰를 계기로 힘을 갖게 됐잖아?"

팔마는 긴장했다. 엘렌의 말에 따르면 어제는 약신의 영향이 매우 강해지는 별자리였다는 것이다.

"아까 그 신술, 아무래도 인간이 할 수 있는 게 아니야."

"뭐?"

팔마는 단호한 말을 듣고는 불안에 사로잡혀 걸음을 멈췄다.

"네 수호신인 약신이 네게 깃들었는지도 몰라. 나는 그렇게밖에 생각이 안 돼."

엘렌은 표현을 골라서 말했지만, 팔마에겐 도저히 받아들이기 힘든 이야기였다.

'약신이니 뭐니 하는 거창한 게 아니라 그냥 약학자가 깃들어 있을 뿐이라고….'

"낙뢰로 확실히 맥박이 정지했고, 인격도 달라진 것 같고, 신술의 속성도 기억도 없잖아?"

'아아, 그거 말이구나.'

팔마도 그 두려움은 이해할 수 있었다. 너무 강한 힘을 가진 인간은 더 이상 인간이 아니라 신성한 존재로 두려움의 대상이 된다. 이 세계에서는 신의 존재가 너무나 가까웠다. 그래서 그녀는 무서운 것이다.

"전과 같은 팔마라고 믿고 싶지만, 전혀 다른걸."

마음만 먹으면, 혹은 신술 힘 조절에 실패하기만 해도 순식간에 자신을 죽일 수 있는 상대가 가까이에 있다고 생각하니 손이 멋대로 떨렸다고 했다.

"그 힘, 완전히 제어할 자신 있어? 폭주하진 않을까?"

"잘은 모르겠지만 제어할 수 있게 만들 거야. 나 때문에 다른 사람에게 폐가 가게 둘 수는 없으니까."

힘을 얻었다고 해도, 팔마는 그걸 함부로 휘두를 생각은 없었다.

그는 남에게 상처를 주기보다는 치료하는 게 더 특기다. 그가 늘 그래왔던 것처럼.

그는 영혼이란 걸 믿지 않지만, 전생했다 하더라도 인격은 달라지지 않는다.

"참, 안경 떨어뜨렸을 때에는 이렇게 하는 게 좋아."

팔마는 문득 든 생각에 엘렌의 손을 놓고 두 손 엄지와 검지로 원을 두 개 만들어 안경처럼 눈앞에 갖다댔다.

"봐."

긴장을 풀고 웃음을 터트리는 엘렌.

"픕, 그게 뭐야? 재미있다."

"이 구멍을 점점 좁혀가는 거야. 속았다고 생각하고서 한 번 해보라고."

할 수 없이 엘렌은 그 말에 따라 얼굴 앞에 안경 모양을 만들었다.

"더, 더 좁게, 바늘구멍 크기만 하게 만들어봐."

"어? 어, 어? 잠깐만, 어어—?!"

시키는 대로 하던 엘렌은 절규했다. 그리고 기쁘게 웃었다. 안경을 쓴 것처럼 멀리 있는 풍경이 선명하게 보인 것이다.

"보인다! 멀리까지 보여! 이건 어떻게 알았어?!"

이런 일로 놀라다니, 팔마는 어깨를 으쓱했다.

그래도 엘렌이 기뻐하는 얼굴을 보니 그도 기뻐졌다.

"시야는 좁지만 굉장히 잘 보여!"

안경 놀이를 하며 마주 보고 대화하는 광경은 참으로 독특했다.

"응?"

'이게 뭐지?'

신기해하는 엘렌을 보며 팔마는 다른 것에 놀랐다. 원 너머로 엘렌을 보니 엘렌의 눈과 왼손 끝이 창백하게 빛나 보였기 때문이었다.

"내 얼굴에 뭐 묻었어?"

엘렌은 자기 뺨 주변을 손가락으로 쓰다듬었다. 무심결에 그녀의 손을 잡았다. 엘렌의 어깨가 움찔 떨렸다.

"앗!"

"왜?"

팔마의 손가락 고리를 통해 엘렌을 보자 그녀의 왼손 중지 제 2 관절이 창백하게 빛나는 게 보였다. 고리를 풀면 안 보인다. 왼손으로 만든 고리를 통해 봤을 때에만 보였다.

팔마는 그 손가락의 빛나는 부분을 살짝 만져보았다.

"아야, 아야! 뭐하는 거야?!"

엘렌은 비명을 지르며 눈물을 글썽였다.

"어? 그렇게 세게 만지진 않았는데, 미안."

"거기 아침에 찧어서 아프단 말이야. 어떻게 다친 줄 알았어? 붕대도 안 감았는데."

"'염좌'?"

팔마가 그렇게 말한 순간 창백한 빛은 하얀 빛으로 그 색을 달리했다.

"색이 변했어?"

팔마는 여러모로 시험한 결과, 신력이 통한 왼손으로 고리를 만들어 들여다보면 환부가 파랗게 빛나 보이고, 병명을 맞히면 빛의 색이 하얗게 변한다는 걸 알게 되었다.

"이거, 놀라운데."

"그거… 혹시 약신의 '신안' 같은 거 아냐? 뭐야, 그거, 인간이 아니야…. 약신은 온갖 병을 꿰뚫어 보시고 그 증상에 맞는 약을 선사하신다는 말이 있긴 한데…."

엘렌은 한 걸음씩 뒷걸음질을 치기 시작했다. 팔마는 엘렌의 태도가 슬펐지만, 그녀가 그러는 이유도 이해가 안 가는 건 아니었다.

그런 설명을 하는 사이에 엘렌은 무서운 것을 본 사람처럼 입을 뻐끔거리며 팔마의 발밑을 가리켰다.

"잠깐만, 없어, 없어… 그림자가!"

그녀의 정면에 선 팔마의 발치에 그림자가 없었다.

"으아아아아아악—?!"

팔마도 이 사실에는 비명을 지르지 않을 수 없었다.

"마, 말 안 할게. 아무한테도 말 안 할게. 그러니까… 살려줘…!"

엘렌은 신변의 위험을 감지했는지, 비틀거리며 도망쳐버렸다. 무서웠는지 안경테까지 내던지고서.

"이걸 어쩌면 좋지?"

팔마는 본격적으로 난처해졌다. 어두컴컴한 저택에서는 그림자가 많아 들키지 않겠지만 밝은 야외에서 팔마만 그림자가 없으면 상당히 눈에 띌 거다.

한 번 들키고 나면 어떻게도 변명할 수 없는 초자연 현상이다. 아무한테도 말하지 않겠다고 맹세한 엘렌이 입이 무겁기만을 바랄 뿐이었다.

그래도 언젠가 그림자가 없다는 사실이 들통 나 박해를 받지 않을까, 그런 생각을 하니 위가 따끔거렸다.

"꺄악…!"

다리 끝 단차에서 요란하게 넘어지는 엘렌의 모습이 멀리 보였다.

오해를 풀려면 상당한 시간이 걸릴 것 같았다.

◆

"어서 오세요!"

"다녀왔어."

조심하기 위해 저녁 무렵까지 시간을 때우다가 저택으로 돌아온 팔마는 방에서 자신을 돌봐주는 로테를 왼손 고리를 통해 살펴보았다. 그러자 빨래 같은 물일을 하는 노동자인 그녀의 손이 흐릿한 파란색으로 빛나고 있었다. 손을 자세히 살펴보니 곳곳이 터져 있었다.

"'손 틈'."

그녀의 손을 감싸던 파란색 빛이 흰색으로 바뀌었다. 정답이었나 보다.

'튼 데는 내버려두면 잘 낫질 않지.'

손을 쉬면 자연스레 낫지만 매일 물일을 하기 때문에 더욱 거칠어진다. 피가 날 정도는 아니지만 따끔거릴 거다. 팔마를 돌봐주는 와중에 생긴 상처라고 생각하니 무시할 수가 없었다.

그는 바로 보습제를 중심으로 한 로션 제작에 들어갔다. 물질을 합성한 화합물을 혼합하는 작업이다. 증류한 맑은 물에 수용성 물질을 녹이고 친유성 물질을 따로 구분해놓는다. 그리고 물을 끓이며 유화제와 함께 조금씩 두 용액을 섞는다. 그는 머릿속으로 그릴 수 있는 단순한 화합물밖에 만들 수 없기 때문에 배합할 수 있는 데에는 한계가 있었다.

"헤파리노이드, 글리세린에 스쿠알렌, 세타놀, 모노스테아린산 글리세린, 그리고…."

보존성을 높이기 위해 거의 해가 없는 방부제도 넣었다.

다행히 약사 집안이라 플라스크와 시험관, 약병과 비커 같은 간단한 실험 기구는 방에 있었기 때문에 그걸 이용했다. 이 로션에는 스테로이드는 들어가지 않는다. 보습제를 중심으로 한 이 로션은 일상 케어에 사용하는 거다.

다음으로 이소파라핀, 시클로파라핀 등이 주성분인 바셀린으로 알려진 연고의 기본재료에 강하지 않은 스테로이드인 프레드니솔론을 혼합한 연고를 만들어 작은 케이스에 담았다.

여자들이 좋아할 만한 귀여운 리본을 로션 병에 묶고 연고와 함께 나무 상자에 넣었다.

"우아, 이게 뭔가요?"

로테는 팔마가 건네준 나무 상자를 보자마자 환하게 웃었다.

"로테한테는 신세를 지고 있으니까 선물이야. 자기 전에 손에 바르고 심할 때에는 연고를 써. 좀 있으면 피부가 매끄러워질 테니까."

"받아도 되나요? 기쁘다! 정말 기뻐요!"

로테는 눈물을 글썽이며 더할 나위 없이 기뻐했다.

병을 들고 그 자리에서 노래를 흥얼거리며 깡충깡충 뛸 기세였다.

"엄마도 써도 되나요? 엄마도 손이 거칠거든요."

로테는 작은 병을 높이 치켜들고 한 바퀴 돌더니 환하게 웃으며 순진하게 기뻐했다. 그녀는 기쁠 때엔 바로 태도에 드러난다. 숨기질 못하는 성격이었다.

"물론이지. 로션은 다 같이 써. 연고는 안 돼, 내가 증상을 봐야 하니까. 더 필요하면 만들어줄게."

이튿날, 로테는 매끄러워진 손을 신이 나서 팔마에게 보여줬다.

"이거 굉장해요! 다들 사고 싶어할 거예요!"

지금까지 핸드케어라고 하면 비싼 기름이나 연고밖에 없었다고 한다. 그런 비싼 약은 약사 길드가 판매를 독점하고 있다.

"사모님이 엄마한테 가끔 약을 주시긴 하는데, 약은 평민들은 엄두도 못 낼 만큼 비싸거든요. 정말 고맙습니다!"

기쁘게 인사한 뒤 다락방으로 돌아간 로테를 바라보며, 서민이 안심하고 약을 살 수 있게끔 값싼 약을 제공하면 사람들이 좋아할지 모른다는 생각이 들었다.

그는 원래 사람들을 치유하는 것과 약을 개발하는 데에 인생을 건, 봉사 정신이 강한 약학자였다.

이번 생에서도 가진 재능과 지식을 살려, 이번에는 너무 무리하지 않도록 조심하며 그들을 돕고 싶었다.

그리고 팔마는 그림자가 흐린 정도가 아니라 아예 없는, 아무리 생각해도 평범한 인간이 아닌 이단자다. 괴물이라고 두려워하거나 박해받거나 죽임을 당하지 않기 위해서라도, 아니, 최악의 경우 들켜도 주변 사람들이 받아들여줄 수 있도록 그들에게 필요한 존재가 되어야 한다는 위기의식도 강하게 작용했다.

귀족을 상대로 한 가업은 형에게 맡기고 물질 창조로 자금을 확보해 나중에는 독립해서 약국이라도 열자.

그리고 이 세계 사람들을 위해 의학의 보급과 봉사를 할까. 그런 장래 전망을 그리기 시작했다.

5화 드 메디시스가 사람들과 팔마의 능력

이튿날, 엘렌의 전서구가 가져온 편지가 브루노에게 도착했다.

오늘은 고열이 나서 수업을 쉬고 싶다, 가정교사를 그만두고 싶다는 것을 은연중에 담은 내용이었다.

연락을 받은 브루노는 팔마에게 말했다.

"고열이 나 쉰다는구나. 악몽에라도 시달렸나 보지. 그 녀석은 좀처럼 쉬는 법이 없는데."

악몽 부분은 자기 때문일 것만 같아 팔마는 미안했다.

어쩌면 고열이 난 것도 자기 때문일지도 모른다.

"가정교사를 그만두겠다니, 무슨 헛소리야. 제자를 두고 가르치는 것도 약사의 수행 중 일환이라고 그렇게 말을 했는데, 게을러터진 녀석 같으니."

엘렌은 그대로 내버려두는 게 좋을 거라고 팔마는 생각했다. 괴물의 가정교사는 하기 싫다는 심정도 있을 거다. 그런데 그런 사정을 모르는 브루노는 그런 팔마의 생각과 달리 작은 병을 팔마에게 건넸다.

"열 때문에 잠꼬대를 하는 걸 거다. 이걸 전해줘라."

또다시 자랑하는 포션이다.

아아…, 팔마의 눈이 죽은 물고기처럼 힘을 잃었다.

'이 포션은 또 뭘까?'

끈적한 녹색 액체다. 느낌이 안 좋았다.

'내가 가면 더욱 상태가 안 좋아지지 않을까? 그보다 내가 준 약을 과연 받기나 할까? 독인 줄 알고 버릴 것 같은데.'

그렇게 생각하니 우울해졌지만, 가장인 아버지의 명령을 거스를 수는 없었다. 그가 가라고 하면 가는 수밖에 없다.

결국 시키는 대로 팔마는 마차를 타고 엘렌에게 약을 전해주러 가게 되었다.

"다 왔습니다. 여기가 본푸아 가문 저택입니다."

시종이 팔마가 탄 마차 문을 두드렸다.

"고마워요."

마차에 흔들리며 도착한 곳은 멋진 저택이었다. 엘레오노르 본푸아는 백작가 아가씨이기도 해서, 팔마의 집만큼은 아니었지만 상당히 넓은 부지의 저택에 살고 있었다. 저택은 전체적으로 하얀색으로 통일된 르네상스 양식으로 보였다. 건물 구조는 산뜻하고 예술성이 높으며 세련된 것이었다.

"제 못난 딸아이는 몸이 좋지 않아서요. 조금만 기다리시면 응접실로 불러오겠습니다."

존작의 아들이 직접 저택을 찾아왔으니 엘렌의 아버지인 백작이 현관 로비까지 나와 응대를 했다.

"몸이 안 좋은 거면 만나지 않고 가겠습니다. 이걸 엘레오노르 선생님에게 전해주세요. 몸조리 잘하시라고 해주시고요."

백작에게 건넨 것에는 브루노의 편지도 있었다. 열이 내리면 가정교사를 계속 맡으라는 내용이었다. 하지만 백작은 양보하지 않았다.

"이렇게 멀리 찾아오셨는데 그대로 돌려보낼 수는 없지요. 불러오겠습니다."

"하지만 고열이 나는 거면 침대에서 나오기도 힘들 텐데요."

"아닙니다, 별말씀을요. 기어서라도 오게 해야죠."

팔마는 직접 만나지 않을 생각이었지만, 백작의 거듭된 권유로 응접실로 들어섰다.

"여기서 잠시만 기다려주십시오."

팔마가 응접실에서 기다리고 있자니 문이 열렸다.

엘렌이 온 줄 알았는데 엘렌이 아니라 철 투구가 문틈으로 반쯤 고개를 내밀고서 들여다보고 있었다.

"아… 엘렌, 이야?"

"뭐하러 왔어!"

엘렌은 감기 때문에 힘이 드는지 철가면 안에서도 확연히 구분될 만큼 코맹맹이 소리를 냈다.

"역시 엘렌 맞구나. 아, 미안. 엘렌의 아버님이 안내해주셔서 잠시 실례하고 있었어. 줄 거 주고 나면 바로 갈게."

"설마 비밀을 알고 있는 날 없애러 온 거야?! 그런 거지?!"

엘렌은 철컹철컹 소리를 내며 뒷걸음질을 쳤다.

"그럴 리가 없잖아! 일단 진정하고, 여기 와서 앉아."

봐, 지팡이도 없잖아, 무서워할 거 없어. 팔마는 두 손을 들어 보였다.

한편 엘렌은 완전 무장한 상태였다. 대신술용 풀 플레이트 아머를 입고 슬릿 사이로 눈만 보이는 상태였다. 성능 좋아 보이는 지팡이를 세 개나 들고 있었다. 붙을 작정이구나.

그녀는 방 안에 들어와서도 팔마와 상당한 거리를 두고서 벽에

찰싹 붙어 있었다. 팔마는 눈을 비비는 척하며 엘렌을 오른손 고리로 진찰했다. 감기이긴 하지만 고열이 난다는 건 사실인 것 같았다. 온몸을 뒤덮은 것 같은 육중한 갑옷을 입고 있어 안에 들어 있는 환자인 엘렌은 상당히 힘들 터였다.

"그래, 무슨 일이야?"

"아버지가 엘렌이 열이 난다고 그러니까 약을 전해주고 오라고 하셨어. 이게 그건데 받아줄래?"

팔마는 수상한 녹색으로 빛나는 약병을 응접실 테이블 위에 내려놓았다. 팔마가 브루노에게 레시피를 확인해보니, 이 포션에는 영양 드링크 이상의 효과는 없어 보여 안에 감기 증상을 완화시키는 약을 처방해두었다.

브루노의 의도와는 맞지 않을지 모르지만.

"스승님도 참… 해열약 정도는 나도 만들 줄 아는데 뭘 굳이."

'열이 나서 가정교사를 그만둘 정도라니 해열약을 안 먹었거나 효과가 없다고 생각한 거 아닐까?'

팔마는 이렇게 생각했지만, 괜한 공격을 하는 것 같아 지적하지 않았다.

"아?! 설마 여기에 독을 탄 건 아니겠지? 날 없애려고! 다 알아!!"

"그런 거 안 탔고, 뭐하면 내가 독 있는지 반 먹을게."

전력을 다해 의심하는 엘렌의 모습에 팔마는 지쳤다.

"난 습포제를 가져왔어. 어제 손가락 삔 데 붙여줘."

"설마 거기에도 독을…."

"아니라니까! 그렇게 못 믿겠어?"

팔마는 어깨를 축 늘어뜨렸다. 소염 진통 성분을 바른 습포제를 챙겨왔을 뿐인데. 이것도 진짜로 효과가 있는 거다.

"그리고 안경테도 잊고 갔기에, 곤란하지 않을까 싶어서 가져왔어."

망가진 안경과 저택에 놔둔 엘렌의 예비 안경까지 챙겨왔다. 엘렌은 이미 안경을 쓰고 있는 것 같았지만, 부족하면 곤란할 테니까.

천으로 감싼 안경과 안경테를 상자에서 꺼내 정중하게 탁자에 올려놓았다.

"아, 고마워."

임전 상태 만반이었던 엘렌의 기세는 팔마가 보이는 선의의 아우라에 꺾이고 말았다.

아무래도 진심으로 엘렌을 걱정해 약을 가져온 것임을 분위기로 알아차린 듯했다.

"가정교사를 그만둔다고? 갑자기 그런 말을 들어서. 지금까지 고마웠어, 정말 신세 많이 졌다."

팔마는 작별 선물로 큰 꽃다발도 준비해 왔다. 가정교사 월급은 브루노가 줄 거다. 수업을 들은 건 어제 하루뿐이었지만, 엘렌과 팔마 소년의 관계를 생각하면 아쉬워해야 할 작별이다. 최대한 감사를 표하고 싶었다.

"어, 아니. …고마워. 내가 좋아하는 하늘색 꽃이네…."

엘렌은 무심결에 꽃다발을 받아 들었다. 그녀가 좋아하는 색의 꽃을 모아 만든 꽃다발이었다.

"사실은 그만두지 않았으면 하지만…."

"안 돼, 그만둘 거야. 솔직히 나 같은 거한테 배우고 싶은 게 있기나 해? 넌 약신의 화신이거나 약신 본체인 거잖아? 가정교사는 필요 없지 않아? 신술도 사실은 자유자재로 쓸 수 있을 거야."

엘렌에게 있어 팔마는 약신의 화신으로 결론이 내려졌나 보다.

"아니, 난 인간인데."

"그래, 잘 알았어요. 지당하신 말씀입니다. 당신의 정체에 대해선 입이 찢어져도 말하지 않겠습니다. 죽어도 비밀을 지킬게요. 당신의 아버지와 가족에게도요. 그러면 되겠죠, 약신님? 부디 절 봐주세요."

엘렌은 약신에게 반말을 하는 게 황공하다 느꼈는지 경어를 쓰기 시작했다.

부탁이니까 이젠 날 좀 내버려둬요, 제발요. 엘렌은 당장에라도 그렇게 애원할 기세였다.

"신술에 대해 아는 게 없다는 건 사실이야. 그리고 그렇게 경어 쓸 필요 없어."

인간이라고 말하면서도 팔마 본인도 자신이 없는 상태였지만.

"어떻게 변명하고 부정하려고 해도 인간에겐 그림자가 있다고, 팔마. 아아, 내가 무슨 당연한 소리를 하는 거람. 게다가 그걸 알고 있는 게 나 혼자라니. 왜 드 메디시스가에선 아무도 눈치를 못 채는 거야. 스승님도⋯."

집 안이 어두워 못 알아보는 걸 거라고 팔마는 속으로 대답했다.

엘렌은 팔마에게 적의가 없다는 걸 깨닫고 투구를 벗어 탁자에 올려놓았다. 열이 난 몸이니 안은 찌는 듯이 더웠을 거다.

"엘렌이 괜찮다면 앞으로도 가정교사를 맡아줬으면 해. 배우고 싶은 게 많아."

"뭐?"

"네가 필요해."

엘렌은 기습 공격이라도 당한 것처럼 얼굴을 붉혔다.

"뭐, 뭐야… 그게 무슨 소린데?"

신술 기술을 적어놓은 책을 집에서 찾아볼 수 없었다.

서민들에게 알려지는 걸 방지하기 위해서인지, 전술적인 의미에서인지 신술 기술은 구전으로 전해지는 것 같았다. 팔마 소년의 메모도 거의 없었다. 그래서 팔마는 엘렌이 가정교사를 계속 맡아주길 바랐다. 안 그러면 팔마 자신도 지나치게 강대한 신력을 어떻게 제어해야 할지 몰라 쩔쩔맬 테니까.

"거절하면 비밀을 아는 날 없앨 거야?"

"설마, 아무 짓 안 해. 그럼 오늘은 이만 가볼게. 아, 그리고."

"또 뭐?"

"아까 그 투구 내려놓을 때 또 안경 깨먹었어."

깨트릴 것 같아 충고하려고 했지만 너무 늦었다.

"꺄악—?!"

엘렌은 안경 운이 참 없구나, 생각하며 팔마는 본푸아 저택을 뒤로했다.

◆

팔마가 돌아간 뒤, 엘렌은 팔마에게서 받은 포션과 습포를 버리려고 했다. 그의 비밀을 알고 있는 엘렌은 방해꾼에 불과할 테니까 약이라며 준 것에 무슨 독을 섞었을지 알 수 없는 일이다. 그녀는 그렇게 생각했다.

하지만 문득 엘렌의 호기심이 발동했다.

"도대체 무슨 약을 섞었을까? 파헤쳐봐야지."

엘렌도 브루노의 첫 번째 제자인 1급 약사다. 약신이 쓰는 독이란 걸 그녀는 알고 싶어졌다. 후학을 위해서이기도 했다.

그녀는 상비하고 다니는 몇 종류의 약초 분말을 다섯 개의 시험관에 넣고 신술로 생성한 물에 녹였다. 거기에 팔마가 준 포션을 한 방울씩 더했다.

"독소가 있으면 어서 나타나라."

엘렌이 시험관에 손을 대고 독물 검출용 신술을 쓰자, 시험관 안의 액체가 파랗게 빛나기 시작했다. 독물에 반응하면 검어지는 약초를 여러 개 조합했다. 어느 약초와 반응하느냐로 독물의 계통을 알 수 있어 이걸로 대부분의 독물은 검출할 수 있다.

"검출이 안 돼…?"

역시 교묘하네 싶어서 또 다른 검출법으로 시도해본 결과, 그 포션은 팔마가 말한 것처럼 정말로 브루노가 만든 것이란 사실만 밝혀졌을 뿐이었다.

"뭐야, 스승님 약이었네. 속뜻을 캐려고 너무 조심했어."

엘렌은 맥이 빠져 근거도 없이 팔마를 의심한 걸 미안하다 느끼면서 약을 입에 넣었다. 하지만 삼키고 나서 뒤끝에 희미한 위화감을 느꼈다.

"윽, 당했나?! 뭐가 들어 있는데!"

역시 탔구나 싶어서 엘렌은 소름이 돋았다. 그리고 물을 잔뜩 마신 뒤 조합 레시피를 끌어내 해독약을 조합하려는데 점점 열이 내리는 게 느껴졌다.

"어머?"

후끈거리던 기운이 사라지고 거짓말처럼 몸이 편안해졌다. 약을 마신 지 얼마 되지도 않았는데. 브루노의 포션도 효과가 있긴 하지만, 이 정도로 극적인 효과를 가져다주진 않는다. 확실히 팔마가 탄 뭔가가 작용하고 있었다.

"스승님 포션에 독이 아닌 약을 탄 거야?"

엘렌의 마음은 반신반의였지만 몸은 정직하게 반응했다. 힘든 게 완전히 사라졌다. 엘렌은 지쳐서 침대에 쓰러졌다.

"날 고치려고 굳이 찾아와준 건가… 그 약신님은."

그렇게 생각하니 그가 한 말을 수도 없이 의심하고, 거절하고, 차가운 태도를 보인 게 미안했다.

"약에 대한 지식이 있고, 스승님의 약에 뭘 탈 수도 있는데 나보고 가정교사를 계속 맡아달라고 하다니… 좀 바보 같긴 하지만."

그 말은 어디까지 사실인지 모르겠다. 하지만 팔마가 한 말을 믿는다면 그는 신술의 지식이 없다며 난처해했다. 팔마의 몸에 들어온 지 얼마 안 돼서 기억이 애매모호한 건지도 모른다.

"원래 있던 팔마의 의식은 어떻게 됐을까?"

그를 학생으로 삼아 몇 년 동안 1대1로 약학 교육을 해온 엘렌의 입장에서 보면 낙뢰 후의 그의 말투와 태도 모두가 다른 사람이 되어버린 것처럼 느껴진다. 그래도 어렴풋이나마 예전의 팔마의 흔적이 있긴 했다.

약신의 의식과 일체화된 건지도 모른다고 엘렌은 가설을 세웠다.

엘렌은 성전에 기록된 약신의 전설을 떠올렸다. 지난번에 약신이 이 세계에 현현했을 때엔 스스로 약신이라 밝히고 수많은 병을 진정시키며 사람들을 치유했다. 그 전설에는 분명히 한 명도 독살당하거나 위해를 입었다는 기술은 없었다.

"생각해보면 약신은 좋은 신이니까. 고마운 수호신이지…."

필요 이상으로 경계할 필요는 없을 것도 같다고 엘렌은 생각을 고쳐먹었다. 그렇다면 그에게 은혜를 입고 있는 약사 중 한 사람으로서 힘 사용법을 잊고서 어쩔 줄 몰라 하는 약신을 방관할 수는 없다. 엘렌은 그가 준 습포를 떠올리고 조심스레 손가락에 감아보았다.

엘렌은 처음 보는 습포였는데.

"아, 이거, 기분 좋다…."

서늘하게 환부의 고통을 거짓말처럼 씻어내준다. 통증 완화와 함께 엘렌은 완전히 마음을 열었다. 그는 말했다. 엘렌이 필요하다고. 예전에는 팔마 소년이 그렇게 직접적으로 의사를 표현한 적이라곤 없었다. 팔마 소년은 예전에는 스승의 말을 추종하기만 하는 수동적인 소년이었다.

고민 끝에 엘렌은 그의 의뢰를 받아들이기로 했다.

"할 수 없지… 약을 받은 것도 있고, 도움을 필요로 한다면 줄 수밖에."

그녀는 남몰래 한 가지 결의를 품고서 잠자리에 들었다. 약신은 엘렌의 도움을 원하는 것 같았지만, 엘렌도 그에게서 배울 게 많다.

이튿날, 팔마네 식구가 아침 식사를 마친 직후에 엘렌이 드 메디시스가 저택에 홀로 찾아왔다. 그리고 팔마만 불러내 말하기를.

"약신님, 신술 수업에 들어가죠! 오늘은 철저하게 지도하겠습니다!"

게다가 대신술용 풀 플레이트 아머 차림으로였다. 결투라도 신청하는 것 같은 모양새였다. '철저하게' 한다는 건 두 가지 의미로 받아들일 수 있었다.

"가정교사는 계속 해준다는 소리인 거야? 아니면 나랑 싸우러 온 거야?"

작은 기대를 품고 팔마는 엘렌에게 물었다.

"가정교사는 계속하겠어요. 이 모습은 만에 하나를 대비한 방어죠."

"고마워, 엘렌! 그리고 평소대로 말해주면 더 기쁘겠는데."

"그래, 평소대로 말하는 걸 바라시는군. 황공하지만 평소대로 말할게. 어쩔 수 없잖아. 만약 당신이 신술을 모른다면 가르쳐주지 않을 수 없지. 잘못하면 제도가 날아갈 테니까. 아니, 그래선 곤란해. 그런데 도대체 왜 약신이 신술 사용법을 까먹은 거야? 그런 이야기는 들어본 적도 없는데."

"제도가 날아가? 하하하, 설마, 말도 안 돼…."

"자각이 없구나. 아무튼 내버려뒀다가 우연히 힘을 폭주시키기라도 했다간 나까지 포함해 모두 다 죽을 거야. 나도 죽고 싶지 않아, 이제부터 인생 시작이니. 그러니까 남에게 폐를 끼치지 않도록 고도에서 훈련하겠어."

단숨에 말을 마친 엘렌은 아머 안이라 더워 보였다.

목숨을 걸고 난폭한 신의 화신을 진정시키는 용감한 여기사라도 된 양 중장비를 갖추고 찾아온 엘렌에게 맨몸인 팔마는 무척 미안한 기분이 들었다.

"그거 고마워. 몸은 많이 좋아진 거야?"

"보다시피. 그 포션 놀랄 만큼 잘 듣더라. 그리고 그 습포도."

엘렌은 말에서 뛰어내려 갑옷을 철컹거리며 팔마에게 다가왔다.

"하지만 모르는 약효 성분이 들어 있었어. 그거 뭐야? 네가 섞은 거지?"

엘렌은 새 안경을 조금 내려 팔마의 눈동자를 주시했다.

팔마는 진상을 밝히지 않았다.

"알았구나."

맛이 없을 텐데 어떻게 알아차렸을까, 팔마는 엘렌의 민감한 감각에 감탄했다.

"당연히 알지. 늘 먹는 스승님의 포션이랑 뒤끝이 달랐는걸. 이래 봬도 난 1급 약사라고. 하지만 그게 무슨 약인지 모르겠는 게 용서가 안 돼."

그래서 돌아온 거구나, 팔마는 납득했다. 엘렌은 매우 훌륭한 프로 의식을 갖고 있나 보다.

"알고 싶잖아, 약신의 모든 예지(叡智)를!"

그녀에게 있어 팔마의 존재는 하루하루 스케일이 커지고 있었다.

"아니, 저기, 그러니까 난 그런 거 아니라고. 그렇게 부르지 좀 마."

팔마는 고개를 좌우로 흔들며 엘렌에게 호소했다.

"비밀이야? 그림자가 없는 건 누구라도 알 수 있는데."

"그걸 알아차린 건 엘렌밖에 없는데."

"아우, 이해가 안 되네. 왜 그렇게 되는 거야."

웬만하면 지금까지 해온 것처럼 수습 약사 팔마로 평소처럼 대해 줬으면 좋겠다.

약신이라고 부르지도 말아줬으면 좋겠다.

팔마는 엘렌과 그런 약속을 맺었다.

이렇게 해서 엘렌이 신술을 팔마에게 가르치고, 팔마가 약학을 엘렌에게 알려주는 교환 거래가 성립됐고, 엘렌은 예전처럼 가정교사 일을 계속 하게 되었다.

그리고 엘렌의 열이 하룻밤 사이에 내리고 가정교사로 복귀한 걸 안 그녀의 스승은 "그럴 거야, 그럴 거야"라며 또다시 자신의 포션 제작에 자신감을 얻게 되었다.

◆

그 이후, 두 사람의 수업 장소는 강 모래톱에서 외딴 섬으로 바뀌었다.

그들은 드 메디시스가가 소유한 무인도 중 하나로 조심스레 배를 타고 이동했다. 웅장한 바다에 감동한 팔마는 크게 심호흡을 했다.

"바다 예쁘다! 헤엄쳐도 돼?"

바캉스 모드에 들어가려는 팔마의 목덜미를 잡고 엘렌이 훈련으로 다시 끌고 갔다. 그리고 잘 타일렀다.

"뭘 하러 온 건데? 그 마음은 이해하고 나도 헤엄은 치고 싶지만 특훈이 끝난 뒤에 하자고, 팔마. 갑자기 헤엄치는 거 아니야."

여전히 대신술용 풀 플레이트 아머를 착용하고 있어 더워 보이는 엘렌은 한시라도 빨리 훈련을 마치고서 아머를 벗고 싶은 듯했다.

"미안, 흥분했네."

"그럼 먼저 지팡이 없이 물을 꺼내봐. 신기 전에 신술의 기본 중의 기본, 거기서부터 가자. 대량은 안 돼, 조금만이야."

갑자기 지팡이를 들고 신기를 쏘는 건 위험하다고 엘렌은 지난번 일을 근거로 경계했다. 앞바다에는 배가 여러 척 보였다. 홍수라도 일으켜 배를 전복시키면 큰일이다. 애써 무인도에 왔는데 눈에 띄면 끝이다. 그는 엘렌에게서 좀 떨어져 고개를 끄덕였다.

"알았어."

조금 집중만 해도 팔마가 내민 왼손에서 폭포처럼 대량의 물이 뿜어 나왔다.

"역시 영창을 안 하는구나, 어쩌지. 그 물의 기세를 죽일 수 있겠어?"

"못할 것 같은데!"

멀리서 팔마가 소리쳤다.

"무영창이면 어떻게 가르쳐야 좋을지 모르겠잖아."

통상적으로 신기의 출력은 발동 영창으로 조정한다. 하지만 팔마는 영창 없이도 발동할 수 있기 때문에 그의 이미지대로 조정하는 수밖에 없었다. 팔마가 생성하는 물은 그칠 줄을 몰랐다.

"일단 멈출까?"

어떻게 하면 좋을지 몰라 팔마는 엘렌에게 물었다.

"어, 혹시 안 멈춰? 전부 다 꺼내고 나면 멈추는데."

"계속 나올 것 같은데, 전부 다라니 무슨 소리야?"

"휴식! 일단 휴식! 중지!"

엘렌은 철컹철컹 아머를 울리며 달려왔다. 방수는 멈출 수 있지만 출력 조정은 못하는 것 같았다. 두 사람은 해변에 쭈그리고 앉았다. 반성회였다.

"이, 이만큼 물을 꺼낼 줄 알면 소방사라도 될까?"

그런 분위기 전환용 농담으로 억지로 분위기를 풀어보려 애쓰는 팔마를 향해 엘렌은 난처한 표정을 지었다.

"너, 신력이 무진장해진 거야?"

"글쎄, 엘렌은 어떻게 생각해?"

"이건 절대로 내가 감당할 수준이 아니야! 아아, 절대로 못해. 무영창 발동형에다 황제급 신력을 가진 걸 전문가도 아닌 내가 어떻게 가르치냐고…."

엘렌은 이마를 짚고서 앞날이 깜깜하다는 얼굴로 주저앉아 발을 동동 굴렀다.

그대로 의욕을 잃었는지 뒤로 벌러덩 눕는다.

"그러지 말고 부탁할게."

믿을 거라곤 엘렌밖에 없는 팔마다.

"하지만."

괜히 이상한 걸 가르치지 말고 신술 전문가한테 물어보는 게 좋지 않을까. 엘렌은 좌절할 것 같았다. 신술 전문가는 신전의 신관이다. 하지만 신전으로 쳐들어가면 팔마가 어떻게 될지는 불을 보듯 뻔했다. 황제에게 붙잡힐지도 모른다.

"물은 일단 덮어두자, 얼음 신술로 가볼까? 이거면 잘 맞을지도 모르니까."

"얼음? 물 계통은 얼음도 쓸 수 있어?"

"응. 물을 쓸 수 있으면 얼음도, 뜨거운 물도 다 쓸 수 있는 거 아냐? 물의 변형이니까."

"헤에! 대단하네!"

팔마는 감격한 듯이 손뼉을 쳤다. 훈련을 재개한다며 엘렌은 데운지 아머 투구를 벗었다. 직사일광에 데워지니 사우나와 같았을 거다.

"조심해서 해, 조심해서. 작은 덩어리를 떠올려봐."

"이렇게?"

엘렌이 말릴 새도 없이 팔마의 머리 위에 하늘을 찌를 듯한 빙산이 떠올랐다.

"이게 뭐야! 너무 크잖아. 게다가 왜 떠 있어?!"

팔마가 하는 짓은 하나같이 상식을 벗어나도 너무 벗어났다.

발동 영창이 없는 신술의 어마어마한 기세, 제어 불능은 더 대단했다.

"팔마! 이건 작은 얼음 덩어리가 아니라 자그마한 빙산인데?!"

두 사람이 상상한 크기에 차이가 있었던 것 같다.

"나는 주먹 크기를 상상했는데?"

"그랬구나!"

이건 완전히 개그였다.

"이 빙산, 어쩌면 좋지? 떠 있긴 한데 떨어지진 않을까?"

"떨어지지! 어떻게든 해야 해!"

팔마는 왼손을 내밀며 머리 위로 내려오는 빙산이 언제 무너질지 두려워했다.

"던져! 아, 아무튼 바다로 던져! 그 자리에 떨어지면 우리가 깔린단 말야!"

"아, 빙산에 금이 간다."

"어서! 그만 좀!"

쩌억쩌억, 기분 나쁜 소리를 내며 금이 점점 깊어지면서 붕괴가 시작되었다.

"빨리 던져!"

"알았어!"

팔마는 엘렌이 시키는 대로 빙산을 던졌고, 바다에 커다란 물기둥이 생겨났다. 해변으로 큰 파도가 밀려왔다. 그 파도는 팔마를 삼킬 기세였다.

"팔마, 위험해! **'얼음 벽'.**"

엘렌은 지팡이를 휘두르며 발동 영창을 외쳐 팔마 앞에 빙벽을 세웠다. 하지만 큰 파도엔 이기지 못하고 쓰러져 그대로 휩쓸려 갈 상황이 되었다.

"꺄악! 어떡해!"

"괜찮아, 엘렌?!"

"아야야야."

엘렌은 흠뻑 젖어 파도 사이로 고개를 내밀었다. 그리고 안경은 또 사라졌다.

"너하고 특훈을 하려면 목숨이 몇 개나 있어도 부족하겠다!"

"안경도 몇 개나 있어도 부족하겠네."

자연스레 튀어나온 예리한 지적에 엘렌은 생긋 웃었다.

"응, 그럴 줄 알고 예비를 갖고 왔지, 세 개나. 어때, 이 철저함이."

'그건 철저하다고 하는 게 아냐, 엘렌. 떨어뜨리지 않게 대책을

강구하는 게 철저한 거지.'

팔마는 속으로 지적했지만 비싼 안경을 금방 준비하는 걸 봐선 확실히 백작가 따님이긴 한가 보다.

"저기, 안경테에다 끈을 달면 어때? 끈만 있으면 잃어버리지 않을 텐데."

"끈? 그건 촌스럽잖아."

엘렌은 멋에 신경을 쓰는 것 같았다. 여성의 패션에 대해 괜한 소릴 했다고 팔마는 반성했다.

"나 깜박했는데, 물 속성 신술을 훈련할 땐 꼭 젖게 되니까 갈아입을 옷도 가져오도록 해. 잊지 마."

엘렌은 모래를 먹은 아머를 벗어 던지고 신술로 깨끗한 물을 불러내 샤워를 한 뒤 수건을 뒤집어썼다. 젖은 얇은 옷을 입은 엘렌은 몸매가 선명하게 드러났다. 의식하지 않으려고 해도 보기 좋게 큰 가슴이 위아래로 무방비하게 흔들리는 바람에 팔마는 시선을 빼앗기고 말았다.

"갈 길이 멀겠구나."

"느긋하게 가자. 조바심 내는 건 좋지 않아."

"고마워, 신세 좀 질게."

엘렌은 말로는 뭐라고 떠들어도 잘 챙겨주고 친절했다.

하지만 그 특훈 덕분에 엘렌은 팔마의 폭주에 좋은 의미로도 나쁜 의미로도 익숙해졌고, 그의 옆으로 겁먹지 않고 다가오게 되었다.

이젠 대신술용 풀 플레이트 아머를 입지 않아도 될 정도로.

이 시기에 산 플루브 제국 연안 지도에서 사라진 섬이 몇 개 있었다던가. 고용인들의 그런 이야기를 듣고 팔마는 마음이 불편해졌다.

◆

엘렌의 수업과 신술 훈련이 없는 휴일이면 팔마는 저택 안의 사람들을 관찰했다.

엘렌은 '신안(神眼)'이라고 했지만, 그는 자신의 질환 투시 능력을 '진안(診眼)'이라고 명명하기로 했다. 그래봤자 그의 스승인 엘렌 말고는 아무도 모르는 능력이긴 했다. 로테에게도 비밀이었다.

왼손 손가락으로 고리를 만들어 그 고리를 통해 상대를 진찰하면 능력이 발동한다.

하지만 안경을 만드는 것과 같은 동작은 매우 눈에 띈다. 상대를 놀리거나 혹은 미친 거라고 여겨질 거다. 일단 어른들 앞에서는 무례한 짓이었다.

그래서 그는 시행착오 끝에 눈을 사이에 끼우듯 손가락을 대기만 해도 진안을 발동시킬 수 있게 만들었다. 이것도 위화감이 드는 동작이긴 해도 그나마 나았다.

그리고 집중을 해야 하긴 했지만 인체를 투시할 수도 있게 되었다.

베아트리스는 심한 요통에 시달리고 있었다.

엘렌 때처럼 습포를 만들어 베아트리스의 방을 찾아가 직접 건넸다. 때마침 그날은 그녀의 생일이었다.

"어머, 나한테 습포를? 요통에 쓰라고?"

베아트리스는 습포 주머니를 들고 감동했다.

"네, 많이 아프시죠. 잘 참고 계시다 싶어서요. 생일 선물치고는 너무 멋이 없지만 작은 성의입니다."

"요통인 걸 어떻게 알았어? 내가 전에 이야기를 했던가? 그이도 모르는데."

브루노도 모르는 요통이라고 했다. 브루노는 바쁘기 때문에 번거롭게 할 수 없다며, 굳건히 남편에게 숨겨왔다고 했다.

"잘 관찰하면 알 수 있어요."

"너도 참 다 컸구나…. 어엿한 약사네. 엄마는 기쁘구나."

다른 정보로는 베아트리스의 걷는 모습이 부자연스러웠다는 것도 있었다.

"수술할 정도는 아니니까 좀 지켜보죠. 붙여드릴까요?"

"그래주렴."

베아트리스가 드레스를 벗고 속옷 차림으로 침대에 눕자 팔마가 습포를 붙여주었다. 베아트리스의 멋진 몸을 직접 보게 되었지만 이건 절대로 이상한 행위가 아니다.

"아아… 기분 좋다."

팔마가 만든 습포는 냉찜질 효과가 있었다.

"이러면 될 거예요. 옷을 입으시죠."

귀부인인 베아트리스는 고용인이 없으면 옷을 입을 수 없기 때문에 팔마는 로테의 어머니인 카트린을 불렀다.

"카트린 씨, 어머니 옷 입는 것 좀 도와주세요."

"네, 도련님. 지금 갑니다."

"잠깐만, 팔마. 붕대 안 감아도 되니? 틀어지진 않을까?"

"붕대 없이도 붙는 습포니까 떨어지진 않을 겁니다."

"엄청난 발명인데!"

베아트리스는 아들의 아이디어를 칭찬했다.

"냄새도 좀 줄였으니 아버지에겐 들키지 않을 거예요. 직접 보지만 않으신다면요."

그날 저녁에는 통증이 많이 가셨다며 베아트리스가 무척 고마워했다.

팔마는 하루를 보내며 저택 안을 돌아다니는 김에 만나는 사람마다 자연스레 진찰을 했다.

환자를 보면 진안 너머로 환자의 빛나는 부분을 보고 병명을 맞힌다. 진단 전에 파랗던 빛은 진단 후에는 하얗게 변하며 그 진단이 옳다는 걸 알려준다.

진단이 틀리면 계속 파란색을 유지한다.

올바른 처방약의 이름을 말하면 하얀 빛도 사라진다. 그리고 그 처방약을 만든다.

그것은 그 자신의 능력을 시험하는 훈련이기도 했기 때문에 진단은 때로 어려운 것도 있었다.

전생의 팔마는 세계를 이끄는 유능한 약학자로서, 의학 지식도 물론 있긴 했지만 의사는 아니었다. 그래서 그의 지식에 없는 병도 있다.

게다가 약으로는 고칠 수 없는 병도 여전히 존재해 한계도 있었다. 그래도 그는 끈기 있게 진찰하고 그 사람을 위해 증상에 맞는 약, 증상을 완화시키는 약을 만들어갔다.

그러한 기록을, 팔마는 아무도 읽을 수 없도록 공책에 일본어로 적어갔다. 그것은 고용인들을 진찰한 차트와 투약 기록, 그가 이 세계에서 새기기 시작한 약사로서의 발자취였다. 수많은 검사 데이터도 그래프로 만들었다. 이걸 브루노가 보면 어떻게 될까 하는 우려도 있었지만, '낙뢰를 당했을 때 꿈에서 봤다'고 우기기로 했다. 전생을 꿈속의 사건이라고 비유하는 건 딱히 틀린 것도 아니었다. 팔마가 그렇게 말하지 않으면 어디서 배웠는지, 어느 책에 있었는지, 이 세계에 존재하지도 않는 출전을 요구할 게 분명했으니까.

"안녕히 주무셨습니까, 도련님."

"안녕."

오늘도 저택의 빨래를 담당하는 하녀가 대량의 빨랫감을 들고 가는 걸 복도에서 마주쳤다. 부모님의 옷을 빠는 중년 여성이다. 늘 경쾌한 성격에 건조대에서 자주 잡담을 나누곤 하는 그녀는 지금 딱히 안 좋은 곳이 없었다.

"밖에 나가보지 그러세요? 날씨가 참 좋답니다, 팔마 님."

"그럴게, 고마워."

중년 남성, 백발의 정원사다. 밖으로 나가보는 게 어떠냐는 이야기를 종종 해온다. 그도 건강했다.

"팔마 님, 사모님이 조금 전에 찾으셨어요."

"고마워, 어머니는 아까 뵀어."

말을 걸어온 것은 백발이 드문드문 섞인 남자, 세드릭 루노. 재무관리를 맡고 있는 상급 고용인이다. 그는 가끔 무릎이 아파 지팡이를 짚고 걷는다. 지팡이를 쓰거나 장시간 서서 작업하는 건 피하려고 스스로 대처를 하고 있는 것 같긴 하지만 너무 아파 보이면 투약이나 치료에 들어가는 게 좋겠다고 팔마는 염두에 두고 있었다.

'다들 건강이 제일이니까.'

자기에게도 해당하는 말이라고 생각하며 팔마는 고개를 끄덕였다.

고용인들도 적절하게 진찰하고 물질 창조 능력으로 약 처치를 해주자 눈물을 흘리며 기뻐했다. 주인에게서 약을 받은 적은 없었다고 했다.

그리고 브루노와 함께 바쁘게 지나간 관리인 시몬에겐 충치가 있는 것 같았다. 관리인은 드 메디시스가의 최상위 고용인이다. 브루노의 전속 집사라고 해도 과언이 아니었다.

충치 치료는 검토가 필요하기에 일단 보류하기로 했다. 외과 처치가 필요한 건 더욱 어려웠다.

"아버지는 집안사람들을 안 챙기네."

정원사가 권한 대로 저택 안뜰을 산책하며 팔마는 로테와 잡담을 나누었다. 고용인들도 가족과 같은 존재일 텐데 건강을 챙겨야 하지 않나 싶었지만, 그건 이 세계의 상식은 아닌 것 같았다.

"주인님은 고귀한 분들을 위한 약사님이시니까요. 아랫것들에게 신경 쓰실 여유가 없죠."

"약사 집안인데?"

"다 그런 거랍니다. 귀족에겐 귀족의, 평민에겐 평민의 약사가 있어요. 진찰하려면 시간이 많이 걸리니까 다 봐주시는 건 정말로 어렵죠."

귀족의 약사는 평민을 봐선 안 된다고 한다.

고용인이 중병에 걸렸을 땐 민간의 3급 약사를 굳이 호출해 진찰을 보게 한다. 기본적으로 약은 비싼데다 수상한 치료가 많기도 해서 평민의 사망률은 놀라울 정도로 높았다. 이 세계의 평균 연령은 낮았고, 성인이 된다 해도 장수를 하는 사람은 적다고 했다.

　팔마가 그 점에 고민을 하자.

　"팔마 님은 평민과 아랫것들에게도 가리지 않고 친절하게 대해주시니까 좋은 약사가 되실 거예요."

　로테는 고용인들은 모두 팔마에게 고마워하고 있다며 부드럽게 웃었다.

　"환자의 신분 때문에 진찰을 하느냐 마느냐를 정하다니, 그건 말도 안 되는 일이야."

　돈을 낸다면 평등하게 진찰을 받을 권리가 있다고 팔마는 생각했다.

　'아, 약이 너무 비싸서 돈을 낼 수가 없으니까 못 보는 건가.'

　"그런가요? 하지만 팔마 님, 저를 봐주신 적은 없잖아요?"

　비난하는 건 아니었지만, 신기한가 보다. 예전의 팔마 소년도 귀족답게 브루노의 방식을 답습했었던 것 같다. 아마 브루노가 금지했겠지.

　'물론 수습 약사가 미숙한 지식으로 환자를 보는 건 위험하긴 하지만.'

　"그렇구나… 하지만 앞으로는 마음을 바꿔서 누구든지 살펴볼게."

　"네, 고맙습니다. 괜찮은 거죠? 기뻐요!"

　로테의 얼굴이 환해졌다. 환자에게 최선의 평등한 처방을 제공하는 건 팔마의 현대인적인 감각으로는 당연한 일이었다. 로마에 가면 로마법을 따르라는 말이 있지만, 양보할 수 없는 것도 있는 법이다.

◆

그런 날들이 이어지던 어느 날, 아침 식사 자리에 동생인 블랑슈가 보이지 않았다. 가족이 따로 식사를 한다는 건 이 집에서는 있을 수 없는 일이었다. 브루노가 식전 기도를 마친 뒤 사정을 설명했다.

"블랑슈가 수두에 걸렸다. 3주는 가까이 가지 마라, 나쁜 병이 옮으니까."

수두, 수포창이라고도 알려진 병이다.

수두는 헤르페스 바이러스 3형에 감염되어 걸리는 유행성 감염증이다. 발병하는 건 영유아와 아이가 대부분으로, 발열과 함께 온몸에 수포가 생기고 딱지가 지면 자연스레 낫는다.

브루노는 오늘부터 블랑슈를 3주간 격리한다고 선언했다.

이유는 "나쁜 병이 옮으니까"라고 했다. 간병은 소수의 고용인에게 맡기고, 가족이라 해도 면회는 금지라고 했다.

"어머, 나도 만나면 안 되나요? 아플 텐데, 가엾잖아요."

베아트리스가 항의했다. 어린 블랑슈가 어머니도 만나지 못한다는 건 잔인한 처사였다.

"안 되는 건 안 돼. 환자만 늘어난다."

이 집에서는 브루노가 규칙이다. 팔마는 질문을 던졌다.

"약을 주거나 연고를 발라줬나요?"

"수두는 그냥 안정하게 두면 낫는다."

브루노는 "별거 아니다"라며 말을 듣질 않았다. 수두는 예방 접종을 안 하면 소아기에 꼭 한 번은 걸린다고 봐도 무방할 바이러스성 질환이다. 하지만 가끔 중증으로 악화되어 죽는 경우도 있다.

'그렇기는 한데.'

생후 몇 개월 안에 감염되면 어머니에게서 받은 면역이 기능해 중증으로 악화될 걱정이 없지만, 블랑슈는 네 살이기 때문에 어머니에게서 받은 면역의 힘도 더는 없다.

"전 수두에 걸린 적이 있습니까?"

팔마 자신의 병력을 브루노에게 물어보았다.

"음, 너도 여섯 살 때 수두에 걸리긴 했는데, 벌써 잊은 거냐?"

'그럼 난 간병해도 괜찮겠네.'

"블랑슈 곁에 가지 마라. 수두가 옮는다."

맹신에 지배당한 이 세계에는 아직 존재하지 않는, '바이러스를 통한 감염'이란 개념을 브루노는 경험적으로 이해하고 있는지도 모른다고 팔마는 느꼈다.

브루노는 계속해서 말했다.

"수두는 한 번 걸려도 재발하는 경우가 있다. 의학서에는 안 실려 있지만."

'대상포진을 말하는 건가?'

수두 바이러스는 치료한 뒤에도 몸속에 남는다.

그리고 면역력이 저하되거나 항체가 없어진 경우 등의 신경절을 타고 다시 수포를 만드는 경우가 있다. 그걸 대상포진이라고 하는데 이건 살면서 여러 번 걸릴 수 있다. 혹은 이건 지구상에서는 최근에 알려진 거지만, 면역이 떨어질 무렵에 재감염이 되기도 한다. 브루노가 하는 말은 반은 맞았다. 팔마는 여섯 살 때 수두를 앓았으니 아직 면역력이 떨어지진 않았을 거다.

하지만 팔마는 브루노가 수두와 대상포진이 같은 바이러스가 일으키는 병이란 걸 파악하고 있다는 데에 감탄했다. 의학서에는 나와 있지 않다고 했으니 직감인 거겠지만.

브루노의 관찰안은 날카로웠다.

브루노가 왕후귀족을 진찰하러 나간 뒤에 팔마는 은밀히 블랑슈의 방을 찾았다.

"블랑슈."

블랑슈는 혼자 침대에 누워 있었다. 열 때문에 힘들어 보였다.

"오라버니…, 와줬네. 고마워."

블랑슈는 뭐라 형용하기 힘든 안도한 표정으로 팔마를 바라보았다.

고용인도 수두가 옮을까 봐 무서워서 그런지, 아니면 브루노의 명령인지 최소한도로만 돌보러 찾아오는 것 같았다. 특히 수두에 잘 걸리는 연령이자 평민인 로테는 블랑슈의 방 출입이 엄격하게 금지되었다.

진안으로 블랑슈를 살펴보니 브루노의 예상이 맞는 것 같았다.

확실히 수두였다.

"몸은 좀 어때?"

"괴로워…, 좁쌀 같은 게 많이 나서 가려워."

블랑슈는 울먹였다. 얼굴과 목에는 빨간 발진이 나기 시작하고 있었다. 내버려두면 발진은 늘어나기만 할 거다. 수두는 발병 48시간 내에 항 헤르페스 바이러스약, 아시클로버나 발라시클로버를 복약하기 시작하면 가볍게 넘어갈 수 있다.

"잠깐만, 약을 가져올게."

팔마는 서둘러 방으로 돌아가 유리 접시와 약포지를 준비한 뒤 물질 합성에 들어갔다.

"아시클로버로 할까."

팔마가 만약 지구에서 블랑슈에게 약 처방을 했다면 아시클로버가 아니라 발라시클로버를 선택했을 거다. 둘 다 효과는 비슷하지만, 아시클로버는 소아는 하루에 네 번 먹어야 한다. 그에 비해 발라시클로버는 적은 횟수로 끝낼 수 있다.

하지만 이 세계에서는 사정이 다르다. 아시클로버는 화학 구조가 단순하다. 이건 팔마에겐 중요한 부분이었다.

물질 합성은 팔마의 머릿속 이미지에 완전히 의존한다. 그러니까 실수가 없도록, 좀 더 위험 부담이 적은, 즉 단순한 화합물을 선택하고 싶었다.

아시클로버는 헤르페스 바이러스의 DNA 합성을 저해해 증식을 막는 약제다. 그 약 자체는 비교적 간단한 구조의 화합물이었다.

"푸린 골격에 비환상 측쇄의…."

물질명, 그리고 구조를 뇌리에 정확하게 떠올린다. 완성된 이미지를 그대로 왼손에 전달하고 모사하는 감각이다. 구조에 틀린 부분이 있으면 안 된다. 다른 약제가 되지 않도록 세심한 주의를 기울여 합성한다.

팔마의 왼손에서, 로테와 엘렌이 약신의 성문이라고 부르는 자국이 창백하게 빛났다.

"'2-아미노-9-(2-하이드록시 에톡시메틸)-3Hh-푸린-6-온'."

물질명을 외쳐보았다. 그리고 다음으로 일반명을 말한다.

"'아시클로버를 합성'."

이미지가 제대로 전달됐는지 그의 왼손바닥이 창백하게 빛나더니 하얀 가루가 팔마의 손에서 떨어지기 시작했다.

물질 창조로 약포지 위에 약을 만들어낸다.

"제대로 되잖아."

아시클로버가 제대로 만들어졌는지 시험하듯 가루약 일부를 집어 물에 녹여보았다.

"음, 안 녹는군. 제대로 된 거 아닌가."

확실하진 않지만 아시클로버는 물에 녹지 않는 성질이기 때문에 물성을 부분적으로 확인할 수 있었다. 더 나아가 일부를 집어 입에 넣어보니 쓴맛이 났다. 팔마의 기억에 있는 쓴맛이었다.

"음, 쓰다. 이 맛이야."

필요한 양을 한 포씩 약포지에 싸려다가 손을 멈췄다.

"아아, 블랑슈는 어리니까 써서 못 먹으려나."

달게 해줘야겠다 싶어서 팔마는 손을 한 번 더 썼다.

원약인 아시클로버는 쓴맛이 난다. 그러니까 드라이 시럽이라는 과립 정제로 만들어주면 블랑슈가 먹기 편해진다. 팔마는 포도 향이 나는 감미제로 아시클로버를 코팅했다. 완성된 가루약을 살짝 핥아 맛을 보았다.

"달군. 확실하게 포도 맛이야."

저울에 가루약을 재서 필요한 약을 한 포씩 약포지로 쌌다. 팔마 소년이 쓰던 교재로 보이는 천칭식 저울이 방에 있었기에 이용했다.

팔마는 드라이 시럽으로 만든 아시클로버 과립과 물을 가지고 식사를 마친 블랑슈의 방으로 돌아갔다.

"이거 먹어봐. 약이야."

"약? 쓰잖아."

쓰지 않은 약을 먹어본 적이 없는지 약은 쓰다는 선입관이 있는 것 같았다.

"포도 맛이야. 맛있어."

"진짜? 거짓말 아냐?"

반신반의한 얼굴로 약포지를 풀어 약을 입에 넣은 블랑슈는 혀 위에서 약을 굴리더니 점점 미소를 지었다. 그리고 환하게 "포도!" 하고 외치며 신나서 약을 먹었다. 하지만 다 먹고 나서 의아해졌는지 이렇게 물었다.

"그러고 보니 아까 아버지가 이 병은 약이 없다고 그랬는데."

브루노는 블랑슈에게 설명을 해줬나 보다.

"아, 새 약이 나왔어."

"어떻게 약 대학의 높은 선생님인 아버지가 모르는데 오라버니가 그걸 아는 거야?"

안 그래도 동그란 눈을 더 크게 뜨며 블랑슈가 물었다. 여기서 대충 둘러대면 괜한 의심만 사겠지.

"아버지한테 없는 새 책을 봤거든."

"우아, 그렇구나. 오라버니 대단하다. 아버지한테도 그 책 가르쳐줘야겠다."

블랑슈는 방긋 웃었다.

"아, 그건 말 안 해도 돼. 나랑 블랑슈 둘만의 비밀이다."

"어? 응! 왜? …알았어, 비밀!"

이유는 모르겠지만 상관없다는 얼굴로, 그래도 블랑슈는 눈살을 찌푸리며 진지한 얼굴로 고개를 끄덕였다. 그리고 그녀는 무의식중에 수포가 잡히기 시작한 피부 표면을 긁으려고 했다.

"좁쌀은 긁으면 안 돼, 블랑슈."

수포를 긁으면 손톱을 통해 세균 감염이 일어날 수 있어 좋지 않다.

"싫어, 못 참겠어. 왜 안 돼? 조금은 긁어도 되잖아?"

블랑슈는 불만스럽다는 듯이 입을 삐죽거렸다.

"안 돼. 세균이 다른 데 퍼진단 말이야."

"세균이 뭔데?"

"눈에 보이지 않는 아주아주 작은 악령이랄까."

블랑슈에게 설명할 자신이 없었기 때문에 그렇게 넘어가기로 했다. 블랑슈는 이런 표현이 더 이해하기 쉬울 거다.

"무서워! 무서워!"

"그래, 오늘은 내가 블랑슈랑 같이 있어줄게. 재미있는 이야기를 들려주지."

"우아! 기대된다!"

블랑슈가 불안해하지 않도록, 괴로움을 잊을 수 있도록.

팔마는 머리맡으로 의자를 끌고 왔다.

"하지만 나랑 같이 있으면 오라버니한테도 악령이 들어갈지 몰라."

블랑슈는 팔마에게 수두를 옮길까 걱정이 됐는지 이불을 푹 뒤집어썼다. 병에 걸리는 건 악령 때문이라고 믿는 세계다.

"괜찮아. 둘이 함께 악령을 물리치자."

"응!"

팔마는 그날 내내 그녀를 돌봐줬다. 그녀가 모르는 동화를 들려주기도 하고, 장난감 놀이를 하기도 하고, 그림책을 읽어주고, 카드 게임도 하고. 정해진 시간에 약을 먹이는 것까지 잊을 뻔했을 정도였다. 엘렌의 가정교사 수업 외에는 종일 블랑슈 옆을 지키며 함께 느긋한 시간을 보냈다.

그녀의 간식으로 사과를 깎아서 먹여주고 있을 때였다.

"오라버니, 예전이랑 달라졌어. 분명히 전이랑 달라."

블랑슈가 의심에 찬 눈으로 팔마를 쳐다보았다.

이제 좀 친해졌나, 그녀에 대해 좀 알게 됐나 하는 실감이 팔마를 찾아왔을 무렵, 블랑슈가 위화감을 말했다. 팔마는 움찔했다.

'설마 인격이 바뀐 걸 알아차렸나?'

"그런가? 기분 탓이겠지."

"아냐. 전보다 훨씬 더 상냥해졌어. 그리고 오라버니는 사과를 못 깎았는걸."

"어, 그래? 사과 못 깎았었나?"

"로테한테 시켰었어."

일단 나쁜 쪽으로 변한 건 아닌 것 같으니 걱정할 필요는 없을 것 같았다.

팔마는 어리광을 부리며 자신을 끌어안는 블랑슈의 머리를 다독거려줬다. 그녀의 모습에 병사한 전생의 동생이 겹쳐 보였다. 죽은 동생을 되돌릴 수는 없지만 새 동생이 사랑스럽게 느껴졌다.

약을 먹인 덕분인지 수포는 거의 늘어나지 않았고 이틀째가 되자 간지러움도 가라앉은데다, 사흘째쯤 되니 딱지가 지기 시작했다. 그 무렵쯤 되자 블랑슈는 "빨리 밖에 나가고 싶어"라며 방 안을 깡충깡충 뛰어다닐 정도였다.

나중에 브루노는 경이적인 속도로 수포가 사라진 블랑슈를 보고 고개를 갸웃거렸다.

"블랑슈의 수포가 치유되는 속도가 참 빠르더군."

잠시 생각하던 브루노는 이렇게 고찰했다.

"블랑슈의 체질 때문인지도 모르지."

"있지, 빨리 나은 건요….."

그 말을 듣고 블랑슈가 브루노에게 뭐라고 말하려고 했다.

팔마는 블랑슈가 말실수를 하는 게 아닐까 좌불안석이었다.

"비밀…!"

장난스럽게 한쪽 눈을 감은 그 얼굴은 마치 천사와 같다고 생각한 팔마였다.

◆

"그나저나 나도 본격적으로 인간이길 포기했구나."

블랑슈의 수두 사건이 있은 지 며칠 후, 팔마는 오른손으로 만든 고리에도 능력이 숨겨져 있었다는 걸 깨달았다. 고리 크기에 따라 환부를 확대해서 볼 수 있었던 것이다.

"또 다른 능력들이 숨어 있는 거 아냐?"

안 그럴 이유도 없을 것 같아 팔마는 생각나는 온갖 손동작을 해 보았다. 손뿐만 아니라 다리로도 가능할지 모른다는 생각에 혼자서 이런저런 묘한 포즈를 취하며 분투하는 모습을 가끔 로테가 신기하다는 눈으로 쳐다보거나 모르는 척 무시를 했지만 그로서는 신경 쓰지 말아줬으면 했다.

"팔마 님, 무슨 고민이라도 있으세요?"

이때에도 기습적으로 로테에게 들켜 팔마는 당황했다.

"아니, 그게 아니라, 그냥 좀 검증할 게 있어서."

"그렇구나! 힘내세요! 신술 연습을 하시나요? 그렇죠? 실례했습니다!"

로테는 그런 거냐고 납득하고서 방을 나갔다.

"수상한 사람처럼 보이진 않았을까."

지금까지 판명된 그의 능력을 정리하면 다음과 같았다.

- 왼손…물질 창조 능력
- 왼손 고리…환소 투시 능력, 진단 능력(진안), 특효약 탐색 능력
- 오른손…물질 소거 능력
- 오른손 고리…환부 확대

"능력이 너무 많은 거 아냐? 감당이 안 되네."

개개의 능력을 봐도 과학적인 시점에서 볼 때 너무나 황당무계해 기가 막힐 것들이다. 이런 일이 현실에서 일어난다는 게 믿어지지 않는다. 도대체 어떤 원리로 이렇게 되는 건지, 과학적으로 그런 현상을 설명하려고 해도 이 세계가 현실이 아니라는 것 말고는 설명할 길이 없었다.

엘렌은 팔마가 약신의 화신 정도가 아니라 약신 자신이 아니냐고 의심하고 있었는데, 아주 틀린 소리가 아닐지도 모르겠다. 이쯤 되면 팔마도 '인간이 아닌 괴생물 확정 아냐?'라고 말할 수밖에 없었다.

"이걸 어쩌지?"

너무나 입맛에 딱 맞는 능력에 기뻐 날뛸 상황이었지만, 팔마는 경계심이 더 앞섰다. 이치를 알 수 없는 능력을 제한 없이 쓰는 데엔 거부감이 들었다. 편리하다고 함부로 쓰다 보면 큰 대가를 지불하게 될 거라는 생각도 들었다.

예를 들어 능력을 쓰면 쓸수록 그림자가 없어지다 결국엔 자기 자신까지 투명해져 이 세계에서 사라진다거나 하는 것 말이다.

능력의 대가인지는 알 수 없지만 이미 팔마에겐 그림자가 없다.

평범한 고민이지만 이게 제일 문제였다.

저택 사람들은 아직 눈치채지 못했거나 지적을 안 하는 중이거나 둘 중 하나인 것 같은데, 그 상태를 숨길 수 있는 것도 시간문제일 거다. 그는 엘렌을 만난 첫날에 지적당한 이후로 애써 그늘로 걸으려 노력하고 있었다.

밝은 곳에는 그림자가 진하게 드리우기 때문에 그게 없는 게 더 눈에 띈다.

그러니 애초에 그늘이 많은 환경에 있으면 자신의 그림자가 없는 환경을 조금이나마 숨길 수 있다. 그렇게 생각한 것이다.

"그런데 만약 그런 거면 난 뭐지?"

신적인 뭐 그런 건가. 그렇다면 다행이지만, 악마에 빙의한 거라든가 뭐 그런 거일 경우, 남에게 함부로 밝혔다가 그 말을 들은 영능력자나 퇴마사가 쫓아내기라도 하면 곤란하다고 팔마는 고뇌하고 있었다.

'아, 확대시를 하니까….'

자신의 능력을 정리하던 팔마는 문득 깨달은 사실에 서랍 안에 있는 보석함을 뒤졌다. 하나같이 비싸 보이는 장식품이 들어 있었다. 브로치와 반지 등등이다. 그는 보석엔 볼일이 없었기에 유리 제품으로 보이는 걸 골랐다.

"찾았다! 이거면 그걸 할 수 있겠는데."

그는 유리 장식품 일부의 아주 작고 투명한 구슬을 깨서 모으기 시작했다. 그리고 작은 유리 파편을 불에 쬐어 각을 잡고 구형으로 가공했다. 이것들은 중요한 부품이다.

팔마는 그날, 몇 시간에 걸쳐 유리구슬과 금속판을 이용해 간단한 공작을 해서 어떤 물건을 만들어냈다. 그 작은 작품은 전생의 그가 애용하던 간이판으로, 없으면 아무래도 영 불안한 물건이었다.

"지금은 이 정도인가. 성능이 좀 더 좋은 게 있으면 좋겠는데."

그 완성도에 절대로 만족은 할 수 없었지만, 일단 목적은 이뤘다.

그가 막 완성시킨 평범한 공예품은 작은 손바닥 안에서 믿음직스럽게 빛나고 있었다.

◆

　그날은 팔마가 저택의 생활에도 익숙해지고 고용인들의 얼굴도 나름대로 익혔을 때였다. 점심식사를 마치고 독서를 하며 팔마는 로테와 블랑슈와 함께 정원에서 쉬고 있었다. 그림자가 없는 팔마는 애써 나무 아래를 찾아 다른 그림자에 숨으려 애썼다.

　로테와 블랑슈는 정원 꽃밭에서 꽃을 따 화관을 만들고 있었다. 블랑슈의 놀이상대가 되는 것도 로테의 일이었다.

　"블랑슈 아가씨, 거기서부터 따세요."

　"으앙, 못해….."

　블랑슈는 화관을 제대로 만들지 못해 울먹거렸다.

　"어머, 그렇게 포기하지 마세요. 금방 할 수 있어요! 저도 도와드릴 테니까 힘내보세요!"

　"아, 됐다….."

　조금 부족한 작품은 팔마의 머리 위에 얹혔다.

　"오라버니, 귀엽게 해줄게. 이렇게… 이렇게….."

　독서 중인 팔마의 머리와 목에 로테와 블랑슈가 번갈아가며 꽃목걸이를 걸어줬다. 꽃목걸이기도 했고, 팔찌가 되기도 했다. 처음엔 신경 쓰지 않던 팔마도 점점 목이 무겁게 느껴졌다.

　"이제 그만 올려도 될 것 같은데, 충분해."

　'이러다 국화 인형이 되겠다.'

　아무래도 한계가 있어서 팔마가 쓴웃음을 지었을 때였다.

　"팔마 님, 여기에 계셨군요. 주인님이 부르십니다."

　급한 볼일이 있다며 관리인인 시몬이 팔마를 부르러 왔다.

'무슨 일이지, 예감이 안 좋은데.'

브루노가 팔마를 부를 때면 좋은 일이 있었던 적이 없다. 대개는 오컬트 약학의 기습 시험이거나 조합을 도와야 했다. 그거라면 그나마 나았다.

전에는 브루노가 불러서 갔더니, 보름달 밤에 약초원에 같이 나가자고 해서, 가제보 중심에 그려진 마법진처럼 생긴 것 위에서 브루노가 필사적으로 두 팔을 흔들며 춤을 추고 무슨 주문을 외우는 걸 옆에서 견학하라는 벌칙 게임 같은 것도 있었다. 그 후에 팔마도 그대로 따라 해야만 했다.

그건 뭐였을까, 팔마는 아직도 이해가 되지 않았다. 그것이 무슨 의식인지 서적에도 없었기 때문이었다. 아마 브루노의 오리지널 의식일 거다.

약초에 신력을 쏟는 효율적인 방법이라고 브루노는 강조했다.

견학하는 동안 각다귀에 잔뜩 물린 팔마가 그렇게 비참한 심정이 든 적은 없었다. 브루노는 정말로 고명한 약사가 맞을까, 최근에는 의심이 들었다. 그래도 엘렌은 그를 존경하는 것 같았고, 어느 정도 실력은 있는 것 같았지만.

아무튼 그런 야외 활동에 따라가는 거라면 절대로 사양이다. 하지만.

"수습 궁정 약사인 당신이 할 일입니다."

일. 시몬이 그런 용건으로 팔마를 부르러 온 건 환생한 뒤 오늘까지 처음 있는 일이었다.

"황제 폐하의 진찰입니다."

드디어 이날이 왔구나, 팔마는 흥분했다.

드디어 첫 일거리다.

 ## 6화 산 플루브 제국 황제에 대한 진찰

"팔마입니다, 아버지."

브루노는 방에 들어온 팔마를 슬쩍 쳐다보았다.

그는 바쁘게 서류를 정리하고 약을 가방에 담으며 준비를 하고 있었다. 몇 명의 고용인과 제자 약사들이 모여서 브루노의 준비를 돕는 중이었다. 제자 중에서 브루노의 고위 제자인 엘렌은 없었다. 그렇다는 건 급한 호출인가 보다. 브루노는 그들을 물렸다.

'어?'

브루노는 일이 바쁜지 최근 눈에 띄게 마른 것 같았다. 그러고 보니 마르고 긴 기침을 계속 했다.

'확실히 어디가 안 좋은 것 같은데, 좀 봐볼까?'

팔마가 자연스레 왼손을 눈에 댔을 때였다.

"왜 그러냐. 어디 아프냐?"

팔마는 브루노의 말에 집중력을 잃고 일단 진안을 중단했다. 동작이 부자연스러웠나 보다. 괜히 쳐다보면 곤란하다.

"내 이야기는 등을 곧게 펴고 들어라, 중요한 업무를 앞두고 손장난을 하다니, 빠져 있구나."

"네!"

팔마는 직립부동 자세로 돌아갔다.

저택의 주인이 하는 말에는 절대 복종, 그것이 신술 위주 가장제인 세계의 규칙이다.

"폐하의 용태가 급변했다. 몸이 안 좋으면 걸리적거리기만 할 테니 오지 마라. 그렇지 않으면 서둘러 준비해서 날 따라오도록 하고."

황제의 병상에 대한 이야기는 고용인과 제자들이라도 들어선 안되는지 브루노는 사람을 물린 뒤에도 목소리를 낮춰 조심했다. 자신만만한 브루노에게는 좀처럼 보기 드문 여유 없는 표정이었다.

"함께 가겠습니다. 폐하의 병환은 어떠신가요?"

"여기서 말할 수는 없다. 하지만 치유는 난항이 될 것 같아."

요 며칠 동안 황제 폐하의 용태가 급변했다고 했다.

주치의인 궁정 기거 시의장(궁정 의사)이 한시도 떨어지지 않고 치료를 하고 있지만 브루노도 매일처럼 호출되었다.

'일국의 군주의 용태니 일급비밀이겠지. 다른 궁정 약사, 그리고 시의장의 진단은 일치했나.'

브루노는 팔마를 데려가려 하고 있었다. 팔마는 엘렌에게서 들은 궁정 약사가 하는 일에 대해 떠올렸다. 황제의 진찰은 수호신이 약신인 유서 깊은 궁정 약사와 그 수습 약사에게만 허락되며, 1급 약사 이하는 동행할 수 없다. 가방을 챙기고, 조합을 돕고, 잡무를 처리하고, 진찰을 견학하는 것이 팔마가 해야 할 일이다.

황제의 진찰과 치료에 한해서는 기본적으로는 시의와 궁정 약사가 함께 맡으며, 시의가 처방을 하면 궁정 약사가 조제를 한다. 의약 분업을 철저하게 해두지 않으면 황제 암살 같은 사건이 일어날 수 있기 때문이다. 시의와 궁정 약사의 기술과 문벌은 기본적으로 바뀌지 않는다. 병을 진단하고 약을 처방한다. 이 세계의 약사에겐 일본과 달리 약사에게 독립 처방권이 있다. 그럼 약사가 의사와 같은 일을 할 수 있느냐 하면, 의사는 외과적인 처치가 가능하다는 점에서 영역이 달라진다.

그런 상황 속에서 황제는 궁정 약사인 브루노를 신뢰해 수석 궁정 약사로 중용했다. 브루노가 존작이라는 칭호를 얻고 유복하게 살 수 있는 것도 황제의 비호 덕분에 가능한 일이었다.

"정신 바짝 차리고 따라와라."

"네, 그렇게 하겠습니다. 바로 준비하겠습니다."

황제의 치료에 실패한 수석 시의(주치의)와 수석 약사의 입장은 완전히 달라진다고 엘렌이 말했다.

황제의 상태가 드 메디시스가의 운명을 결정한다. 진짜 중요한 순간이었다.

실패하면 가문에 큰일이 벌어진다. 평소엔 자신만만한 브루노가 전혀 여유 없는 얼굴인 이유와 그가 긴장한 것을 팔마도 느꼈다.

'황제는 목숨이 위태로운 중병인가?'

팔마는 브루노의 말투에서 추측하며 서둘러 준비했다. 하지만 무슨 일이 있어도 괜찮도록 미리 준비해둔 도구를 담아둔 가방을 하나 들고 가는 게 전부였다. 그 안에는 팔마가 갖춰둔 진료 도구, 기구, 공책과 기타 등등의 것들이 들어 있었다.

로테가 평소와 다른 코트를 팔마에게 입히기 위해 들고 왔다.

수습 약사의 코트라고 했다.

"팔마 님, 힘내세요! 잘 다녀오세요."

로테는 나들이옷인 회색 코트를 팔마에게 입히고 단추를 꼼꼼히 채워줬다.

"다녀올게."

걱정스러워하는 로테에게 팔마는 미소를 지으며 손을 흔드는 것으로 인사를 대신하고 방을 나섰다. 로테의 지켜보는 시선이 등에 꽂혔다.

로테를 포함한 고용인들의 미래도 브루노에게 달려 있다. 두 사람은 드 메디시스가의 미래를 짊어지고 있는 것이다. 그들을 길바닥에 나앉게 해서는 안 된다는 상당한 압박감을 브루노는 느끼고 있을 것이다.

"준비 다 됐느냐?"

준비를 마친 브루노가 팔마를 현관에서 기다리고 있었다.

검은 외투를 걸친 궁정 약사의 복장이었다. 옷깃에서 빛나는 황금 배지가 그의 특권 신분을 증명하고 있었다.

"그럼 가자, 팔마."

"네."

현관을 나서자마자 마부가 끌고 온 말에 훌쩍 올라탄다. 호위 기사들이 브루노와 팔마 주위를 에워쌌다. 드 메디시스가의 휘장을 든 기사도 있었다.

마차를 타고 궁전에 가려면 너무 늦는다. 사람과 말이 하나가 되어 해가 저무는 제도의 대로를 질풍처럼 달려간다.

"드 메디시스 존작님의 행차시다! 길을 비켜라!"

앞선 종자가 나팔을 분다. 브루노 수하의 신뢰할 수 있는 성기사 몇 명이 옆을 단단히 지켰고, 평민들은 머리를 조아리며 모두 길을 양보했다.

말을 모는 데 불편함은 없었다.

엘렌에게서도 배웠고, 기본적으로는 생전의 팔마 소년이 익힌 기능을 그대로 물려받았기 때문이었다.

　지금부터 진찰할 환자, 황제에 대한 예비 지식은 엘렌에게서 들었기 때문에 팔마는 정보를 정리하며 고삐를 쥐었다.
　산 플루브 제국 황제, 엘리자베스 2세. 24세. 여성이다.
　그녀는 대륙 전역에서 가장 큰 힘을 가진 불 속성 신술사 가계로, 대륙의 나라들을 통치하며 대륙 전역을 장악할 정도의 권력을 가진 여제다. 병사한 선제의 후계자로서 신전에 의해 선정되었고, 즉위 후 전제 정치를 이어받아 재위한 지 7년.
　무용이 우수해 그 실력을 발휘해 제국의 영토를 확대했고, 벽지를 개척해 정세를 안정시킨 현군으로 알려져 있다. 지구 역사로 보면 로마나 러시아의 황제 같은, 절대 왕정을 펼친 군주라고 팔마는 막연하게 이해했다.
　제위는 세습이 아니라 실력주의다. 그러니까 여제 엘리자베스는 제국에서 가장 큰 신력을 가진 신술사로, 즉위식 때 그녀가 쥔 신력계 게이지는 제국 최고치를 기록했다고 한다.
　강한 실력을 가진다=신에게서 왕권을 인정받는다는 논법으로 왕권 신수가 성립되며, 국민의 경애를 받는다.
　'황제는 이름뿐인 줄 알았는데 실력으로 황위에 오른 거구나……
강하겠네.'
　팔마는 자신이 신력계 게이지를 넘어섰다는 걸 완전히 무시하고 감탄했다. 물론 신력 일변도가 아니라 인물도 우수해야 하는 게 황제의 조건이라고 했다.
　선두에 선 기사들이 문지기에게 손짓하자 궁전의 황금 격자문이

요란한 소리를 내며 열렸다.

'우리 집보다 훨씬 더 새집이네. 베르사유 궁전 같잖아.'

황제의 궁전은 넓은 정원을 갖춘 바로크 양식의 화려한 경관을 가진, 비교적 새로워 보이는 큰 궁전이었다. 중앙에는 황금 조각상이 있는 커다란 분수가 있어 맑은 물이 아낌없이 뿜어 나오고 있었다. 궁전 뒤로 펼쳐진 것은 아름답게 정비된 정원. 황홀한 광경이었다.

입구에는 화려한 복장을 갖춘 황제의 시종들이 줄지어 서 있었다.

브루노와 함께 말에서 내리자 여제의 측근이 마중을 왔다.

"기다리고 있었습니다, 존작님."

눈부신 비싼 장식품으로 꾸며진 커다란 거울이 줄줄이 달린 복도를 여러 시종을 거느리며 서둘러 빠져나간 뒤 잠깐 대기실에 들렀다가 시의의 부름을 받아 여제의 침실로 들어가게 되었다.

브루노를 따라 여제의 침실로 들어서자 시의들이 방 한쪽에서 대기하고 있었다.

그들은 모두 새까만 코트를 입고 있었다. 이 세계의 의사는 치료하다 옷에 피가 묻거나 더러워지기 때문에 검은 옷을 입는다고 했다.

그러고 보니 브루노도 비슷한 옷을 입고 있었다. 코트는 좀처럼 빨지 않는 듯했다.

"수석 궁정 약사 브루노 드 메디시스 존작과 그 일행이 왔습니다."

팔마도 브루노의 뒤에 서서 법에 따라 예를 갖췄다. 아이라고 해서 궁정 법도를 따르지 않는 건 있을 수 없는 일이다.

안에 들어가자마자 눈에 띈 것은 천개가 달린 침대에 누워 하얀 레이스 잠옷을 입은 채 쉬고 있는 젊은 여성이었다.

그녀가 대제국의 황제다.

여제는 긴 투병 생활로 인해 핼쑥하게 말라 있었다. 금색이 섞인 긴 은발을 아무렇게나 침대에 늘어뜨린 그녀는 화장기는 없었지만 수려한 미모였다.

브루노는 시의들과 목소리를 낮춰 말을 나눴다.

팔마가 브루노의 가방을 들고 귀를 기울여 들은 바로도 황제는 기침과 가래가 멈추지 않고 각혈과 혈담까지 있으며, 심한 각혈을 반복해 호흡 곤란 상태인 것 같았다. 브루노는 굳은 얼굴로 질문을 가끔 던져가며 식사 내용과 발열 기록 등을 확인했다.

"폐하, 실례하겠습니다."

브루노는 여제의 침대로 다가가 시간을 들여 그녀를 진찰했다. 공손하게 예를 갖춘 뒤 여제의 피부는 직접 건드리지 않고 하얀 비단 천 너머로 맥을 짚었다.

'드디어 시작이구나.'

팔마는 예의 바른 얼굴로 브루노의 가방을 들고서 시선만으로 브루노의 움직임을 주시했다.

'브루노 씨도 궁정 약사니까 치료 스킬이 높긴 하겠지.'

그런 생각을 하며 솜씨를 구경할 요량으로 팔마는 브루노가 진찰하는 모습을 지켜보았다.

브루노는 모래시계와 여제를 번갈아 보며 맥을 짚었다.

그 작업을 마치더니 칼로 여제의 손끝에서 약간의 피를 채취해 샬레에 담았다. 침과 오줌을 채취해 꼼꼼히 관찰하고 신술로 만든 물로 녹여 시험관에 넣어 반응을 확인한다.

그리고 점성판을 진지한 얼굴로 노려보았다.

뭘 하는 건가, 팔마는 고개를 갸웃거리고 싶었다.

'신술이나 점술 같은 걸로 진단하는 거야?'

팔마는 저런 방법으로 병을 알 수 있을 거라곤 생각하지 않았지만, 엘렌의 이야기에 따르면 브루노는 우수한 궁정 약사로서 궁정 내에서도 평판이 높다고 했다. 특히 진단 능력이 우수하다고도 했다. 그러고 보니 블랑슈의 수두를 제대로 진단했는데, 설마 점술 재능이 좋아 궁정 약사가 된 건 아니겠지, 팔마는 미심쩍어졌다.

신술이 있는 이 세계에서는 점술 실력도 중요하겠지만.

브루노는 점잔을 빼며 예를 갖추고는 시의와 눈짓을 주고받았다.

시의도 맞장구를 치고서 귓속말을 했다.

"그대의 진단은 어떠한가?"

"네, 말씀 올리겠습니다."

브루노는 침통한 표정으로 눈을 감은 뒤 진단을 보고하고 몇몇 서류에 사인을 했다. 시의의 진단과 다른 점은 없는지 병세를 기록할 필요가 있나 보다.

'병명이 뭐지? 뭐라고 생각하는 거야? 제대로 진단을 내리긴 했을까?'

당연하지만 병명은 이 세계 특유의 것으로, 일본인이 듣는다 해도 고개를 갸웃거릴 것이었다. 하지만 그 이세계의 병명이 일본어의 어느 병명에 해당하느냐를 팔마는 대개의 서적 등을 통해 암기해둔 상태였다. 그러니까 그들이 이세계에서의 병명을 말한다면 팔마는 그들이 제대로 진단을 했는지 짐작할 수 있다. 이 세계에서 걸리는 병은 대개 지구와 같으니까.

그리고 확대시와 투시를 이용해 인체를 해부학적으로 봐도 이 이세계 인간과 인류는 같은 체내 구조를 갖고 있었다. 지구에서 발명된 약은 그들에게 잘 들었다.

팔마가 귀를 쫑긋 세우고 있는데, 아무래도 둘 다 이렇다 할 진단은 내리지 못한 것 같았다. 폐가 약하다, 점술에 따르면 별의 움직임이 안 좋다, 체액이 어떻다, 명운이 다해가고 있다 같은 뉘앙스의 말들이 들려왔다.

'병명을 못 알아냈나?'

브루노는 "조합실을 사용하겠습니다"라고서 침실을 나갔다. 팔마도 도우러 가려고 했지만, "이번엔 너는 안 봐도 된다. 폐하를 보고 있거라" 하며 돌려보냈다.

궁정에는 시의와 약사가 약을 조합하는, 잠금 장치가 달린 조합실이란 것이 황제의 침실 근처에 마련되어 있다. 그곳을 빌려 브루노가 조합해 둥근 플라스크에 담아 가져온 것은 마취제. 팔마의 앞을 통과할 때 냄새로 알 수 있었다.

'아편과 맨드레이크와 기타 등등을 섞은 마약이구나.'

내용물을 추측했다. 팔마는 침실 벽 및 가구와 한 몸이 되어 방해가 되지 않도록 존재를 지운 채 상황을 지켜보았다. 그때 여자가 격렬하게 기침을 하며 침대 위에서 눈을 떴다.

"폐하, 기분은 어떠십니까?"

브루노가 달려가 침대 옆에 무릎을 꿇고 여제에게 묻는다. 핼쑥한 그녀는 피부가 메말랐고 위엄은 느껴지지 않았다. 그녀는 가엾은 병자였으며 누가 봐도 죽음의 그림자가 가까웠다는 건 명확했다.

"솔직히 말해보거라. 짐은… 이제 살 수 없는가?"

"그렇지 않습니다."

약한 소리를 하는 여제를 브루노가 부드럽게 위로했다.

여제의 충신인 브루노의 뜻밖의 모습이었다. 그런 모습은 엄격한 가장의 모습밖에 보지 못한 팔마에겐 신선했다.

"걱정하지 마십시오. 곧 좋아지실 겁니다. 잘 듣는 약을 가져왔습니다."

약이라지만 그건 마약이다. 브루노가 준비한 것은 다소 독성이 있긴 하지만 바로 죽을 정도의 것은 아니었다. 적극적인 치료를 포기하고 소극적인 치료법으로 전환한 것이었다. 시의들의 동의를 받은 후에. 조합을 보여주지 않은 건 팔마에게 치료를 포기한 모습을 보이고 싶지 않아서였을 것이다.

'폐하는 한눈에 봐도 중병인 것 같긴 한데.'

궁정 약사의 실력을 보여주지 않을 거냐고 팔마는 응원하고 싶었지만, 당사자인 브루노는 단장이 끊어지는 마음으로 포기했는지, 마취 단계로 들어서려 했다.

"폐하, 증기를 크게 들이마시십시오. 처음엔 얕게 하시고요."

마취로 여제의 고통을 완화하려는 거다. 바꿔 말하면 마약으로 의식을 몽롱하게 만드는 것일 뿐이지만 안락사를 맞이할 수는 있을 것이다.

"신관을 불러오게. 내일 밤이 고비야."

시의장 클로드는 크게 한숨을 쉬고서 고개를 좌우로 흔들더니 왕의 측근과 신하들에게 은밀히 말했다. 이미 마취 증기로 여제의 눈은 풀리고 있었다. 편안한 죽음을 맞이할 수 있도록 신관이 기도를 올릴 것이다. 고통을 제외한다면 여제가 쇠약해져가는 것을 그냥 기다리는 수밖에 없을 것 같았다.

　'아무도 고치겠단 마음이 없는 거야?'
　그 모습을 내내 지켜보던 팔마는 그 자리에서 유일하게 그들의 결정과 처치를 받아들이지 못하고 있었다.
　그는 이곳에 오기 전에 궁정 약사인 브루노의 얼굴에 먹칠을 하는 나대는 짓은 하지 않겠다고 결심했다.
　그리고 약학자, 약제사가 의사를 제쳐놓고 진찰하거나 치료 방침을 세워선 안 된다는, 일본의 법률과 윤리에 무의식중에 얽매여 행동하지 못하고 있었다. 하지만 브루노는 이미 치료를 포기했고, 미숙하다고 단정하고 있는 팔마의 말에 귀를 기울이려 하지 않을 것이다.
　'더 이상 방관하지 않겠어.'
　브루노의 수행자로 가방이나 지키고 있을 순 없었다.
　팔마는 왼쪽 눈에 왼손을 가볍게 대고 신력을 손끝에 모았다.
　파란색 눈동자의 안광이 변하며 희미하게 빛나기 시작한다. 진안이 발동한 순간이었다.
　진안을 발동시킬 때에는 팔마가 보는 세계의 채도가 낮아진다. 의식이 쥐어짜이는 것처럼 집중력이 높아진다. 병에 신음하는 여제의 양쪽 폐에는 무수한 창백한 빛을 내뿜는 병소가 보였다.

병마에 침범당한 장기의 비명이 들리는 것 같았다.

'이거 괴롭겠는데…, 용케 참고 있어.'

팔마는 아무도 못 들을 정도로 작은 목소리로 병명 알아맞히기에 들어갔다.

만약 그가 일본에 있었다면 자신의 능력을 사용하지 않고 혈액 검사나 각종 화상 검사, 생체 검사 결과를 정밀 조사하겠지만, 각종 설비가 없기 때문에 그럴 수 없다. 진안으로 파랗게 빛나 보이는 건 어디까지나 '병이 존재하는 곳'으로, 진안을 통상적인 화상 해석처럼 생각하면 실패한다. 감기나 기관지염 같은 것에도 같은 반응을 보이기 때문이다.

"'전이성 폐종양'."

"'폐기종'."

"'폐렴'."

가능성이 희박한 것까지 포함해 하나씩 병명을 떠올리며 지워간다.

빛의 색깔은 달라지지 않았다. 여전히 파란색이다.

병명이 틀린 것이다.

'아닌가. 이 이세계 특유의 병인가?'

그런 경우 치료가 어려워진다. 그러고 보니 중세 유럽과 비슷한 이세계였구나 한탄하던 팔마는 문득 어떤 생각을 떠올렸다.

'…그렇지.'

이곳은 중세 유럽과 비슷한 문화와 문명 수준을 가진 이세계라는 걸 고려했어야 했다. 게다가 현대 일본에서도 치료할 수 있다고는 해도 아직 무시할 수 없는 병이다. 개발도상국에서는 맹위를 떨치고 있기도 하다. 여제가 젊어서 팔마는 무의식중에 그 가능성을 제외시켰었다.

"'폐결핵'."

진안은 병명을 밝혔다.

병소를 감싸고 있던 창백한 혼불 같은 빛이 정화되어 순백의 빛으로 바뀌었다.

지구에는 존재하지 않는 이름이지만 '백사병'이라는 이름이 이 세계에는 붙어 있다.

결핵. 그것은 과거에 지구 세계의 중세에서는 백색 페스트라 불리던, 불치병이라 여겨진 병이었다.

시종 중 한 명이 엘리자베스의 병환이 좋지 않다는 것을 알렸는지 어린 황자가 여제의 침실로 달려왔다. 브루노는 황자가 온 걸 보고 마지막 작별의 의미로 마취를 잠시 중지했다. 아직 완전히 도입에 들어가진 않았기 때문에 중지할 수 있었다.

여제의 머리맡에서 어머니의 이름을 부르며 황자는 흐느껴 울었다.

의식을 되찾고 그의 머리를 힘없이 쓰다듬은 엘리자베스의 손. 그 손은 대륙 전역을 다스리는 여제 엘리자베스 2세의 손이 아니라 황자를 걱정하는 한 어머니의 손이었다. 엘리자베스가 죽은 뒤에 남겨진 황자는 어찌 될까. 어머니의 가슴속에선 그 생각이 오가고 있을지도 모른다. 빈사의 어머니에게 매달리는 황자의 모습은 팔마의 마음을 흔들었다.

팔마는 왼쪽 눈에 손을 댄 채 치료 방침을 정했다.

결핵 치료약은 1943년에 발견된 스트렙토마이신이 최초다. 하지만 팔마는 그쪽은 무시하기로 했다. 주사를 써야 하기 때문이었다. 경구 투여(입으로 흡수하는 것)를 할 수 있는 약을 선택한다. 그것도 약제 내성을 획득할 수 있는 것에 유념해 여러 개의 약제를 조합했다.

"'이소니아지드'."

"'피라지나마이드'."

"'에탐부톨'."

후보로 삼은 치료약은 세 종류. 네 종류를 쓰고 싶지만, 물질 창조는 눈을 감고 완전히 이미지를 그릴 수 있는 화합물만 가능하다. 그가 구조를 확실하게 떠올릴 수 있는 단순한 화합물은 그 세 종류였다. 고분자 화합물일수록 떠올리기 힘들다. 구조는 알고 있고 구조식도 쓸 수 있지만, 너무 복잡해 머릿속에 그리기 힘든 것도 많다. 세 개의 이름을 댔을 때 빛은 순간 사라졌지만, 자세히 보니 흐릿한 빛이 남아 있었다. 거기에 불안을 느낀 팔마는,

'일단 하나 더 추가해볼까.'

아무래도 확실하게 하기 위해 네 번째 약제를 추가했다.

'잔상으로 뇌에 각인해주겠어.'

구조식을 종이에 써서 응시하고 눈을 감으면 뇌에 그대로 떠오른다. 그건 조합실에서 준비하면 될 거다.

"'리팜피신'."

가장 복잡한 구조를 가진, 치료의 열쇠가 되는 약제는 역시 필요

했었나 보다.

하얀색 빛은 완전히 사라졌다.

"폐하."

팔마는 커다란 손수건을 접어 입에 대고 머리 뒤에 묶어 즉석 마스크를 만들었다.

팔마는 결심하고 여제 앞으로 걸어가 경례를 한 뒤 자신을 밝히고서 단도직입적으로 이렇게 말했다.

"제가 폐하를 치료할 수 있도록 허락해주시면 안 되겠습니까?"

여제 엘리자베스 2세는 공허한 표정으로 평상에서 팔마를 멍하니 바라보았다.

"무슨 말을 하는 건가."

약 효과에 절대적이란 건 없다. 약의 효과가 나타나기 전에 용태가 급변해 죽을 수도 있다. 그것들을 고려한다 해도 그는 기백을 실어 한 마디, 한 마디를 내뱉었다.

"신약이 있습니다."

객관적으로 봤을 때, 팔마는 열 살짜리 수습 약사 소년이다. 능력도, 지식도, 브루노를 비롯해 궁정에서 일하는 고명한 약사들과 비교하면 현격히 낮다. 주제도 모르는 수습이 무슨 말을 하는 거냐고 시의 무리는 들으란 듯이 짜증을 냈다.

누가 어떻게 보더라도 어린애가 하는 헛소리로밖에 들리지 않을 것이다.

"팔마! 물러나 있거라!"

브루노가 험악하게 고함을 질렀다. 황제 앞에서 창피를 당한 것이다. 창백한 얼굴의 브루노가 팔마에게 달려가 어깻죽지를 옭아매고 방에서 끌어내리려고 했다.

제발 이상한 소리 좀 하지 마라….

브루노의 얼굴에는 그렇게 쓰여 있었다.

브루노는 팔마를 끌어내며 변명했다.

"죄송합니다, 폐하. 제 못난 자식이 이런 무례를. 곧 내보내겠습니다."

"잠시 기다려라."

여제는 브루노를 말렸다. 그리고 그녀는 자리에 모인 가신들, 시의들을 죽 둘러보았다.

"그게 사실인가?"

시의단, 약사단 모두가 불편하게 입을 다물었다.

"신약이 언제 발견됐지? 그리고 짐의 병은 도대체 무엇인가?"

신하들은 여제의 은연중의 압력에서 도망치듯 시선을 내리깔았다. 대답이 없었다. 기댈 곳을 잃은 여제는 팔마를 똑바로 응시했다.

"그대는 알고 있지?"

"알고 있습니다."

팔마는 여제의 눈을 보고서 명료하게 대답하고 고개를 숙였다.

"짐도 제국 제일의 신술사다. 수호신에게서 버림받아 내 운명이 다하려 하고 있다는 것 정도는 알아. 지금부터 짐이 가장 신뢰했던 궁정 약사와 시의들이 편안히 짐을 편하게 죽이려 한다는 것도."

"폐하, 절대로 그렇지…."

시의들이 당황했다.

"이제 숨길 것 없네. 그런데 팔마, 그대는 이자들과는 다르구나. 그대는 포기하질 않았어. 짐은 그대의 말을 신뢰할 수 있는지 아직 스스로 판단할 수 있다고 생각한다. 누구도 모르는 진실을 오직 혼자만이 알고 있다는, 그런 눈이야."

"네, 폐하."

팔마는 고개를 끄덕였다.

"그럼 딱 한 번만 도박을 해볼까. 그대의 손에 짐의 운명을 맡길까 한다."

팔마와 여제의 시선이 교차했다. 팔마는 눈을 피하지 않았다.

"부탁하네."

여제는 마지막 힘을 쥐어짜 고개를 숙였다.

그 어깨는 너무나 가냘파 보였다.

"알겠습니다."

팔마는 한 명의 환자와 정면으로 마주했고, 그녀의 목숨을 맡았다.

이제 물러설 수는 없다. 돌진뿐이다.

여제의 침소에 있던 시의단과 브루노는 얼어붙었다. 이제 아무도 팔마를 방해하려는 자는 없었다. 그런 가운데 팔마는 느긋하게 여제에게서 침 샘플을 채취하고 브루노가 조금 전에 말한 것처럼 "조합실을 빌리겠습니다"라고선 퇴실했다. 그리고 조합실 안에서 문을 잠갔다.

"기다려라, 팔마!"

팔마를 쫓아온 브루노도 여제 앞에서 나와 조합실로 달려오려고 했다.

하지만 문에 손을 대니 꿈쩍도 하지 않았다.

"문을 열어! 이 어리석은 녀석아!"

팔마는 브루노가 문을 힘껏 치는 소리를 들으며 익숙하게 여제의 침 샘플을 유리판에 발랐다. 작은 병에 든 약품을 책상 위에 늘어 놓고 그것을 유리 막대로 집어 유리판 위에 바른 뒤 가볍게 펼쳤다. 브루노의 고함 소리 때문에 집중력이 자꾸 흐트러졌지만, 팔마는 숨을 가다듬었다. 설마 궁전의 문을 부수진 않겠지.

'당황하지 말고 서두르자. 문은 그렇게 쉽게 부서지지 않아.'

팔마는 스스로에게 타이르며 유리판을 램프 불에 그을린 뒤 몇 가지 약품 병에 샘플을 순서대로 통과시켰다. 금속 장난감 같은 기구를 꺼내 처리를 마친 유리판을 램프 불에 비추어 보았다.

'역시 그렇구나.'

팔마가 결과에서 한 가지 확신을 얻었을 때, 브루노가 문을 신술로 부수고 안으로 들어왔다.

부서진 밀실.

촛대 불빛이 비치는 어두컴컴한 조합실 안에 선 두 부자.

일촉즉발의 긴장이 방의 공기를 무겁게 만들었다. 침묵하는 팔마에게 화가 치밀었는지 브루노가 입을 열었다.

"말해라! 뭘 하고 있었지!"

브루노의 입장에서 보면 아들이 그 안에서 수상한 주술 행위를 하고 있던 걸로 보였을 것이다.

"어쩔 셈이냐, 주제 넘는 짓을 하다니. 손을 멈춰! 뭘 하는 거야!!"

브루노는 격노해 목소리를 떨며 팔마를 매섭게 다그쳤다. 팔마는 어떻게 설명해야 브루노를 납득시킬 수 있을지, 이 자리에서는 답을 마련하지 못했다. 하지만 설명하기보단 브루노에게 진실을 보여 줌으로써 팔마의 말은 설득력을 갖게 되었다.

"폐하를 치료할 준비를 하고 있습니다."

"웃기지 마라! 뭘 하고 있었냐고 물었지 않느냐!"

브루노는 팔마에게 고함을 질렀다.

"전 세계 어떤 명의를 찾아와도 백사병을 고칠 수 있는 자는 없어! 신약이란 헛소리로 내 얼굴에 먹칠을 하다니!"

'응? 지금 백사병이라고 했어.'

팔마는 작업하던 손놀림을 멈췄다.

"놀랐습니다. 아버지는 백사병이라고 진단을 내리셨군요. 어떻게 아셨죠?"

그 시의단 중에서 브루노만이 여제가 결핵인 걸 간파했다.

시의들은 체액이 어쩌느니, 별자리가 어쩌느니 하는 소리나 해대고 있었다. 브루노를 오컬트 약사라고 단정했던 팔마가 그의 능력을 잘못 본 게 된다.

게다가 브루노는 진안을 가지지 않았다. 진단 능력이라면 팔마보다 브루노가 위였다.

"내 포션과 반응시켰더니 백사병 특유의 발광이 있었어. 발광 강도에 따라 백사병의 심각도를 알 수 있다. 너야말로 뭘 근거로 말하는 거냐!"

그러고 보니 조금 전에 브루노는 직접 만든 포션과 여제의 침을 섞었었다. 신력이 담긴 포션의 경우 반응을 하는가 보다.

'듣고 보니….'

그 공정이 결핵 확정 진단 검사와 비슷하다는 것에 팔마는 무척 놀랐다.

조금 전에 팔마가 했던 행동, 즉 결핵균을 색소로 염색해 나누는 검사법의 또 다른 방법, 형광 물질을 이용한 검출법과 흡사했다. 우연인가, 필연인가.

팔마의 집에 있던 어느 책에도 지금 브루노가 말한 것 같은 검사법은 실려 있지 않았다. 게다가 그 밤에 브루노가 약초원에서 미친 듯이 춤을 추며 신력을 쏟아부은 약초를 으깨 조합해 온 특별한 포션이라고 했다.

'그게 그런 효과가 있어?!'

팔마는 혀를 내둘렀다.

"그건 어느 책에 실려 있는 거죠?"

"내가 개발한 새 신기다. 책에는 없어. 내가 누군 줄 아느냐. 지식을 책에서만 찾지 마! 환자를 봐라!"

지식을 책에서만 찾지 말고 환자를 보라는 건 팔마에겐 듣기에 거북한 말이었다.

브루노 드 메디시스는 대륙에 세 명밖에 없는 궁정 약사.

존작이자 제도의 약학 대학 총장을 맡고 있는 제일선에 선 약사다.

팔마가 지구에서 유명한 약학자라면, 그도 이 세계의 약학을 선도하는 학자였다.

신력을 약초에 쏟으면 특수한 효력을 가진다고 브루노와 엘렌은 말했다.

신술로 발휘되는 효력과 약초 조합을 세계 최초로 체계를 세워 조사한 사람이 브루노였다. 브루노는 수많은 고유의 치료법을 만들어냈다.

'그래. 여긴 이세계였지….'

팔마는 지금까지 브루노의 처방을 오컬트라고 얕잡아본 걸 부끄러이 여겼다. 어쩌면 엘렌이 열이 났을 때 브루노가 준 포션도, 팔마가 낙뢰 직후에 먹었던 것도, 팔마가 믿지 않았을 뿐 나름대로 효과가 있었을지도 모른다.

그것들은 모두 신술로 생성한 물로 만든 것들이 아닌가. 그 점을 팔마는 간과했다.

이 이세계에는 신술이 존재한다. 신술로 만든 물과 기타 신술에 대해 과학적인 검증을 거치지 않은 채 성급하게 오컬트라고 단언해 버린 게 팔마는 부끄러웠다.

팔마는 감탄했지만, 그래도 브루노의 행동에는 의문이 남는다.

"아버지는 왜 아까 병명을 모르는 척하신 거죠? 진단은 언제 내리셨습니까?"

브루노의 말에 따르면 진단은 열흘 전에 내렸다고 했다.

백사병 반응이 그때에 비해 30배 이상 강해졌다고도 했다.

"왜 말을 안 했냐고? 백사병은 불치병이니까. 항상 환자 곁을 지켜야 하는 약사가 마음 약해진 폐하를 절망에 빠트리면 어찌하느냐."

브루노의 설명은 팔마를 신음하게 만들었다.

"넌 미숙해서 환자의 마음을 몰라."

그래서 진단을 내렸는데도 브루노는 시의에게 말을 맞춰줬던 거다. 무능함을 가장해.

"백사병 치료는 폐하에겐 아무 의미가 없다. 폐하의 임종을 앞두고 창피를 당하게 하지 마라. 그리고 나는 과거에 안수로 병을 치유했단 자를 본 적이 없어."

이 세계에서는 결핵은 신의 비호를 받은 왕이 환자에게 손을 대는 '안수'로 고칠 수 있다는 전설이 있다. 그래서 황제가 결핵에 걸렸을 때엔 치유해줄 사람이 없으며, 치료법도 확립되어 있지 않은 것이다. 애초에 황제가 결핵에 걸린다는 것 자체가 신벌을 받는 것으로 여겨져 황제의 명예에도 영향이 가는 일이었다.

"신약이란 헛소리는 집어치워라. 백사병의 신약은 없어! 노바르트에서 전해온 견해도 마찬가지다. 신약, 그건 네 빈약하고 공부가 부족한 머리에서 나온 망상에 불과해!"

브루노는 노바르트 의학 대학에 상시로 새로운 정보를 요구했으며, 덕분에 이 세계에서 최신이자 최고 수준의 지식을 갖추고 있었다. 환자를 속이는 건 불성실한 짓이라고 브루노는 팔마에게 엄히 깨우쳐주었다.

위약(僞藥)을 처방하는 것은 큰 죄. 그렇다면 치료할 수 없다고 털어놔야 한다고.

브루노는 철저하게 여제의 입장에 서서 생각하고 온갖 수단을 다 써왔던 것이다.

'브루노 씨는 진짜 위대한 약사였구나.'

팔마는 브루노를 다시 보고 존경심을 느꼈다.

브루노가 최근 들어 마른기침을 한 건 결핵에 감염되었기 때문이다. 그는 여제가 결핵에 걸린 걸 알면서도 옆을 지켰고, 감염이 되면서도 자신을 위해서가 아니라 그녀를 위해 치료법을 모색했다.

자신의 목숨도 살피지 않고.

팔마는 다시 브루노에게 물었다.

"알겠습니다. 그래도 아버지는 폐하를 안락사시켜야 한다고 생각하고 계시는군요."

"그게 최선의 방법이야."

팔마는 고개를 끄덕였다. 그것이 브루노가 가진 마지막 카드이자 선의라는 점에 동의했다. 브루노는 할 수 있는 모든 방법은 다 해봤다.

"특효약은 있습니다."

"거짓말하지 마!"

"거짓말이 아닙니다. 그리고 그건 당신도 먹어야 합니다."

"……!"

브루노는 결핵에 감염된 걸 들켰다는 사실에 말문이 막혔다.

팔마는 물을 생성해 꼼꼼하게 손을 씻고서 멸균해둔 청결한 천으로 손을 닦았다. 테이블에 내려놓았던 가방 안에서 약병과 플라스크를 꺼냈다. 그리고 브루노에게 등을 돌려 병 위에 왼손을 얹었다. 그것도 모두 멸균해둔 청결한 것들이었다.

'3제는 달콤한 시럽으로 하고, 1제는 미리 준비해둔 오블라토로 싸서 먹여야겠군.'

포션은 브루노가 즐겨 사용하듯이 이 세계에선 흔히 사용하는 것이니 익숙할 터였다.

마시기 편하고 혀에 닿는 느낌도 거부감이 적을 거다. 환자가 마시기 쉽도록 궁리를 한 거다.

"날 봐라, 팔마! 응?!"

브루노는 팔마의 손에서 창백한 빛이 번쩍이는 것을 놓치지 않았다. 그것은 물질 창조의 빛이었지만, 물의 신술 발동의 인과 비슷했다.

"잠깐만! 뭘 하는 거야!"

약제 구조식을 떠올리며 팔마는 치료약을 지정한 분량대로 창조해 약병 안에 떨어뜨렸다. 에탐부톨은 약포지에. 마지막으로 가장 복잡한 구조를 가진 약제 리팜피신을 종이에 그린 뒤 잔상을 이용해 뇌에 새겨 넣는다. 이걸로 창조는 가능해졌다.

그리고 다른 병에는 시럽을 채웠다.

"지금 신술을 쓴 거냐? 왜 내게 숨기는 거지? 도대체 뭘 조합하려는 거야!"

플라스크에 옮겨 담은 약을 흔들어 잘 섞는다. 투명한 점성이 있는 시럽약이 완성되었다.

"어떻게 조합했는지 설명하지 못한다면 그건 독이야! 말을 해봐라!"

브루노는 인내심이 한계에 도달했는지 은 지팡이를 치켜들어 팔마를 겨눴다.

귀족에게 지팡이는 검이라고 했던 엘렌의 말이 떠올랐다.

브루노는 자기 자식에게 칼을 들이댄 것이나 마찬가지였다.

"지팡이를 내려주세요, 아버지. 조합실을 수몰시킬 작정이십니까?"

하지만 팔마의 말에 브루노는 귀를 기울이지 않았다. 팔마는 플라스크를 탁자 위에 놓았다.

"얼음의 검무!"

브루노는 발동 영창을 외치더니 탁상의 플라스크를 향해 공격을 날렸다.

팔마 자신을 다치게 할 의도가 없는 공격 궤도였다.

'그렇게 나오셨겠다!'

지근거리에서 발사된 얼음 칼.

하지만 물 신술사인 브루노가 쏜 신술은 상태가 어떻든 물이다. 그것을 아는 팔마는 망설이지 않았다.

팔마는 약을 지키기 위해 오른손을 들었다.

"'사라져라, 물!'."

얼음 분자 상태를 정확하게 머릿속에 그리고 오른손에 전달해 허공으로 날린다. 얼음 칼이었던 그것은 팔마의 손에 닿자마자 흔적도 없이 소멸했다.

그리고 그는 왼손을 들어 순식간에 그와 브루노를 가르는 두꺼운 얼음 장벽을 만들어냈다.

발동 영창도 없고 지팡이도 없이 맨손으로.

그것은 완전한 방어벽이 되었고, 브루노는 더 이상 팔마를 공격할 수 없었다. 브루노는 물 속성이지만 '정'의 술사. 속성이 '부'가 아니기 때문에 없앨 수가 없다.

"아…."

생각지도 못한 아들의 저항에 무섭다는 듯이 눈을 휘둥그레 뜨는 브루노.

얼음 벽 너머로 팔마는 브루노에게 선언했다.

"어전에서 특효약에 대해 설명하겠습니다."

"아아…, 이제 모두 파멸이야."

브루노는 절망으로 눈앞이 캄캄해졌다. 그리고 무심코 그에게 이렇게 물었다.

"넌, 누구냐?"

 ## 7화 수석 궁정 약사와 전생 약학자가 일하는
방식

팔마 드 메디시스는 존작 브루노 드 메디시스의 차남이다.

그는 장남인 팔레와 달리 드 메디시스가를 이을 일도 없어 장래엔 저택에 거주하는 약사가 될 예정이었다. 궁정 약사가 될 수 있는지 아닌지는 본인이 지닌 소양 유무도 있기 때문에 모를 일이다. 브루노는 그가 보람을 갖고 어엿한 약사의 중책을 견딜 수 있도록 어릴 때부터 호되게 교육을 시켜왔다.

위험한 약초를 맡기고, 화상을 입힌 적도 있었다.

명령한 약초를 채취해 올 때까지 집에 들여주지 않은 적도 있다.

아침부터 밤까지 고된 공부에 신술 훈련을 시켜, 놀고 싶다고 울린 적도 있다.

언제부턴가 팔마는 브루노를 두려움에 찬 눈으로 바라보게 되었다.

사랑의 채찍질까진 아니지만, 친아들에게 자꾸 엄하게 대하고 만다. 그래서 브루노는 직접 그를 가르치길 포기하고 신뢰할 수 있는 젊은 수제자 엘레오노르에게 신술과 약학 교육을 맡겼다. 엘레오노르는 그를 잘 가르친 것 같았다. 그래서 지난 몇 년 동안 브루노는 팔마에게 그다지 눈길을 주지 않게 되었다.

약사는 사람의 목숨을 다룬다.

약사에게 필요한 건 기술이 아니라 마음이다.

그런 신념하에 환자를 직접 마주하고 환자의 마음에 접촉해왔다고 생각하는 브루노였지만, 아들에겐 아버지다운 것이라곤 무엇 하나 해준 적이 없었다고 되돌아보게 되었다. 자식의 마음을 헤아려보려는 노력도 게을리했다. 아들이 무슨 생각을 하고 어떤 마음으로 하루를 보내는지조차도.

팔마의 생각은 브루노로선 알 수가 없었다. 그래도 눈앞의 소년이 예전의 팔마가 아니라는 건 알았다.

언제부터 그렇게 됐는지 돌이켜봐도 답은 나오지 않았다. 하지만 그때가 아닐까 하고 짐작이 가는 건 있었다.

그날, 팔마가 대낮에 벼락을 맞은 날이다.

팔마는 그때, 제도 약방에서 약 조합을 위해 필요한 약초를 사서 돌아오는 길이었다. 말에 타기 전에 창백한 벼락에 맞았다고 길에 있던 사람들이 증언했다.

한때는 호흡과 맥박이 정지했고, 팔마의 사망을 동행했던 제자가 확인했다. 즉사였다고 했다. 그리고 즉시 현장에서 가까운 제국 약학교에서 집무를 보고 있던 브루노가 호출되었다.

자식이 낙뢰로 즉사했다는 부고와 함께.

하지만 그래도 치료용 약을 챙겨 현장에 달려온 브루노가 본 것은… 숨을 다시 쉬며 대로에 엎드려 쓰러져 있는, 빈사의 팔마와 그 옆을 한시도 떠나지 않고서 지키고 있던 로테였다.

브루노는 즉시 그 자리에서 자신이 가진 모든 신력을 담아 약초를 조합했다. 체액과 호흡의 밸런스를 잡아주는 특별한 포션을 만들어 팔마를 안아 일으켜서 먹였다. 그리고 호흡과 맥박이 진정되길 기다렸다가 저택으로 데려갔다.

아들은 다행히도 목숨을 부지했다고 브루노는 생각했다.

그렇게밖에 생각할 수 없었던 브루노는 팔마에게 생긴 정신적, 육체적 변화를 좀 더 빨리 알아차리지 못한 것을 깊이 부끄러워했다.

브루노는 바로 옆에 있던 팔마의 가방, 그 위에 놓인 그의 공책을 보고 휘리릭 넘겨보았다. 빙벽 너머에서 브루노가 공책을 살펴보는 걸 팔마는 제지하지 않았다.

공책의 내용을 본 브루노는 경악에 사로잡혔다.

"뭐야, 이 문자는…!"

브루노의 눈으로 보면 주술이나 암호처럼 보였다.

"다시 묻겠다. 넌 누구냐!"

이 세계에는 체인질링(아이 바꿔치기) 전설이 있다. 악령이 몰래 아이를 바꿔치기하는 것이다. 바꿔치기를 당한 아이는 인간이 아니라 괴물의 아이다. 낯선 문자를 쓰고 지팡이도 없이 신술을 부리는 팔마를 보고 브루노는 체인질링이 된 게 아닐까 의심했다. 체인질링은 인간에게 간파당하면 연기처럼 사라진다는 구전이 있다.

브루노는 아들을 잃을 위험 부담을 잠시 생각했지만, 그래서 사라진다면 더 이상 아들이 아니다.

"이 문자는 뭐지? 이것도, 이것도, 이 기묘한 그림도! 이런 걸 어디에서 배웠어!"

브루노는 은밀히 팔마를 향해 지팡이를 겨눴다.

"약 지식은 낙뢰를 맞은 날 꾼 꿈에서 익혔습니다. 그 문자도 마찬가지고요."

"낙뢰를 경계로?"

"그렇습니다."

어두컴컴한 조합실 안에서 코트를 벗은 팔마의 두 팔에 새겨진 상흔에는 천 아래에서도 투명하게 맥박 치듯 창백한 빛이 감돌고 있었다. 그것이 투명한 빙벽 너머로 브루노의 눈에도 들어왔다.

"그건 성문…, 약신이 들어오신 건가."

"그건 모르겠습니다. 어떻게 이렇게 됐는지…."

팔마의 애매모호한 대답은 완곡한 긍정을 담아 브루노에게 전해졌다.

"그래…, 그랬구나…."

브루노는 마치 뭔가를 깨달은 것처럼 눈을 감고 쥐었던 지팡이를 힘없이 내려놓았다.

의학의 길을 닦기 위해 불철주야 매진해온 브루노가 아니라, 약신은 그 아들을 축복했다. 브루노는 신의 의사를 받아들이고 그의 수호신의 뜻에 따르는 수밖에 없었다.

수호신의 기억이 깃든 아들을 어떻게 대해야 좋을지 몰라 브루노는 머뭇거렸다.

"너는 팔마냐? 정말로 내 아들이냐?"

"그건… 아마 그럴 겁니다. 부탁드립니다, 아버지. 이 약을 폐하에게 쓰게 허락해주십시오. 이게 특효약입니다."

브루노가 조합했다고 하면 치료가 성공했을 경우 브루노의 체면도 유지가 된다. 궁정 약사로서의 입장도 지킬 수 있고 여제의 총애도 받게 될 것이다. 팔마가 나서지 않고 브루노가 그렇게 해주는 게 더 좋았다.

"네가 만든 약은 네가 처방해야지. 나는 늘 그렇게 가르쳐왔다."

브루노는 살짝 고개를 젓고선 엄격하게 말했다. 그건 바꿔 말하면 브루노가 고용인들에 대한 처방을 팔마에게 금지한 이유이기도 했다.

"그게 약사의 책임과 긍지란 것이다. 환자는 너를 믿고서 목숨을 걸고 약을 받는 것이니 너도 목숨을 걸고서 약을 바쳐라."

브루노의 말에 팔마는 무슨 생각을 했는지 입술을 깨물었다. 그리고 결심한 듯 브루노를 쳐다보았다.

"알겠습니다. 그럼 가보겠습니다."

팔마는 얼음 장벽을 오른손으로 없애 진로를 확보했다.

"아닛."

경악으로 휘둥그레진 눈으로 지켜보는 브루노 앞을 차분하게, 팔마는 지나갔다. 조합실을 나설 때 이런 한마디를 남기고서.

"맡겨주십시오, 아버지. 당신도, 폐하도 모두 구할 겁니다."

그 말은 열 살 소년의 헛소리라고 말할 수 없는 무게가 있었고, 목소리 또한 예전의 팔마와는 다르게 들렸다. 소년의 자만에 찬 말이 아니라 마치 신의 말처럼 들렸다.

브루노는 묵묵히 고개를 숙이고 힘없이 그 자리에 주저앉았다.

어떻게 그를 말릴 수 있단 말인가.

포션과 가루약을 챙긴 팔마는 다시 여제 앞에 나타났다.

여제는 팔마가 돌아오는 것을 침대 위에서 몸을 일으켜 앉은 채 애타게 기다리고 있었다. 커다란 기대를 그 가슴에 품고 죽음의 경계선에서 삶의 세계로 돌아오려 마지막 기력을 쥐어짜 기다리고 있었다.

"오래 걸렸구나. 폐하가 기다리고 계시다. 아버지는 어디 있느냐? 도망친 거냐?"

시의장 클로드가 비아냥거린다. 클로드는 브루노라면 몰라도 소년이 조합해서 제대로 된 약이 나올 리가 없다고 생각했다. 어린애 장난에 불과하다고. 브루노도 어서 돌아와 여제를 마취하는 작업에 들어가면 될 것을 뭘 하는 거냐 싶어 짜증이 났다. 아무리 발버둥을 쳐봤자 죽음은 피할 수 없다는 사실을 외면한 채 신약이란 소리로 헛된 기대를 갖게 하는 건 여제의 괴로움을 더 길게 늘릴 뿐이다. 클로드는 씁쓸한 표정을 지었다.

"시간이 뭐가 문제인가. 가까이 오거라."

여제는 팔마를 가까이 불렀다. 팔마는 마스크를 쓰고 있어 비말 감염은 피할 수 있었다. 겁먹지 않고 다가갔다.

"아니요, 아버지는 도망치지 않으셨습니다."

팔마는 그 말과 함께 여제 앞에 무릎을 꿇었다.

"폐하를 위해 아버지와 함께 조합했습니다. 이게 신약입니다."

두 사람이 함께 조합했다는 말은 사실이 아니지만, 브루노의 약사로서의 긍지와 강한 책임감에 대한 존경심, 그리고 팔마 자신의 미숙함을 마음에 새기기 위해 그렇게 말했다.

그 직후, 힘이 빠진 것처럼 비틀거리는 발걸음으로 브루노가 여제의 침실로 들어왔다. 주제넘은 아들을 꾸짖지 않은 거냐고, 시의들이 비난 어린 시선을 날렸다.

하지만 이제 브루노는 주변에 있는 시의들도 눈에 들어오지 않았

고 팔마를 말리려 들지도 않았다.

"신약의 성능에 대해 아뢰기 전에 폐하께 보여드리고 싶은 것이 있습니다. 조금만 협력해주시겠습니까?"

팔마는 손바닥 사이즈의 금속 도구를 여제 앞에 공손히 내밀었다.

"이건 뭐지?"

여제는 고개를 갸웃거리며 받아들었다. 금속으로 된 작은 기계였다.

"시료를 채취하는 겁니다."

팔마는 그 자리에서 다시 여제의 가래를 채취해 유리판에 바른 뒤 그 위에 어떤 약을 바르고는 금속 판 모양의 도구에 세팅했다.

"폐하의 체액을 받았으니 이 기계로 관찰하겠습니다. 그 구멍으로 밝은 곳에서 이걸 봐주십시오. 이렇게요."

기계에 난 바늘 같은 구멍 속을 여제 눈에 가까이 들이대고 안을 보라고 권했다. 팔마는 환기를 위해 창문을 열게 한 뒤 시종에게 램프를 들고 오게 명하고서 그것을 밑에 대고 빛을 확보했다. 여제는 반신반의하며 안을 들여다봤다.

"그게 뭔가. 폐하를 우롱하려는 건가!"

시의장 클로드가 분노로 목소리를 떨었다.

"잠시 조용히들 하게."

여제의 제지에 시의장은 입을 다물었다. 여제는 이미 작은 그 기계에 푹 빠져들어 있었다.

그리고 그녀는 말을 잃고 긴 시간 동안 집중했다.

어떻게 된 거냐고 시의들이 술렁거리기 시작한 무렵.

"뭔가가 보이는군."

여제가 그걸 보았다.

팔마는 진안 능력으로 확대시킬 수 있지만, 그래선 객관성이 없다.

결핵균의 존재를 증명해야만 과학인 것이다.

"뭐가 보이십니까, 폐하?"

"처음 보는 것이야."

아무도 본 적 없는 미크로의 세계로 팔마는 여제를 유도했다.

팔마가 내민 것. 그것은 핀 홀과 유리구슬, 금속 조각으로 만든, 가장 단순한 구조의 현미경이었다. 좋은 렌즈가 없어도 충분한 성능을 가지는, 레이우엔훅이 발명한 단렌즈식 현미경. 전기 계통은 일절 필요하지 않고 경통도 없는, 금속판에 렌즈와 시료대만 달린 게 전부인, 손바닥 크기의 지극히 작고 단순한 물건. 팔마가 있던 전생에서는 전기가 없는 개발도상국 등에서도 병원균을 알아내기 위해 사용했던, 약 200배의 해상도를 얻을 수 있는, 아직도 널리 사용 중인 현미경이다. 비율은 결코 충분하다 할 수 없었지만, 미생물을 관찰하는 데 최소한의 성능은 있었다.

그 단순한 공작 기계가 보여주는 상은 명쾌한 진실을 밝혀냈다.

"폐하, 막대 모양의 움직이는 것이 보이십니까?"

팔마는 손가락으로 하늘에 그 모양을 그렸다.

그것이 바로 마이코박테륨 투베르쿨로시스.

인간형 결핵균.

일본에서는 소아기의 BCG 백신 예방 접종으로 감염과 발병 예방책이 강구되고 있는 균이다.

"그게 뭐지. 움직이고 있는데."

"백사병의 병원(病原)이 되는 생물입니다. 이 생물이 폐하를 좀먹고 있었습니다."

세계에 미생물이라는 것이 존재한다는 것을 이 방에 있던 사람들이 알게 된 순간이었다.

"여러분도 이리 와서 폐하 다음에 보시지요."

시의들은 앞을 다투어 현미경을 들여다보았다. 그때까지 시의들은 아무리 작은 것이라도 눈을 대상물에 가까이 들이대면 보인다고 생각했었다. 육안으로는 볼 수 없는 세계가 그곳에 있었다. 인정할 수밖에 없는 사실이었다.

"이, 이게 뭐야! 벌레인가?!"

시의장 클로드는 꿈틀거리는 흉측한 것을 보고 얼굴에 경련을 일으켰다.

"이 기계를 만드는 법과 설계도 모두 가르쳐드리겠습니다."

팔마는 현미경을 독점할 생각 자체가 없었다. 의학에 활용해 미생물에 대한 이해를 높일 수만 있다면 많이들 사용해주길 바랐다.

"그리고 이건 신기가 아닙니다."

브루노는 긴장하며 현미경을 들여다보았다.

"이럴 수가… 이게 신이 보던 세계란 말인가…."

그러고선 말을 잃었다.

전원이 결핵균을 관찰하고, 조합실에서 준비해 온 염색 슬라이드 글라스의 염색 샘플, 결핵균을 염색한 그것을 보여주면서 팔마는 입을 열었다.

분위기는 일변했다.

"앞으로의 치료 방침에 대해 설명하겠습니다."

그의 목소리는 또렷이 들렸다. 그만큼 그 자리에 있던 이들이 다들 집중해 지켜보고 있었다.

팔마는 계속해서 약을 꺼내 여제에게 똑똑히 보여줬다.

"보시다시피 폐하의 몸에 둥지를 튼 생물을, 이 생물에게만 효과가 있는 약으로 완전히 죽이는 치료입니다."

줄지어 선 고명한 시의들은 거품을 물었다. 브루노는 무릎부터 바닥에 주저앉았다.

그가 앞으로 하려는 것은 누가 봐도 이치에 합당했다. 그리고 논리는 놀라울 만큼 단순했다. 아무도 몰랐던 병의 원인을 간파하고 그에 대한 치료약까지 마련해 투약한다.

"이 포션에는 세 종류의 특효약이 들어 있습니다. 그리고 쓴맛이 나는 가루약은 몸속에서 녹는 전분을 원료로 한 막으로 쌌습니다. 각각의 약에는 이 생물의 증식을 막는 것과 이 생물을 죽이는 것이 있습니다. 한 종류만 있으면 그것을 견디는 것이 나타날지도 모릅니다. 그러니까 여러 약제를 쓰겠습니다."

이 약을 먹고 관찰하면 날마다 폐하의 체내에서 그것이 사멸해가는 걸 볼 수 있습니다. 어쩌면 단말마의 비명이 들릴지도 모르지요, 이렇게 팔마는 적당히 농담을 섞어가며 설명했다.

"네 종류의 특효약으로 두 달간 집중적으로 죽이겠습니다."

여제는 동의하는 의미로 고개를 끄덕였다.

"그리고 그 후에는 특효약을 두 종류로 줄여 복용하는 보조적인 치료를 행하겠습니다. 폐하는 이 생물이 몸에 많이 들어가 있어 중증이시므로, 추가 투여가 필요할지도 모릅니다."

"약을 먹기만 하면 된다는 소린가?"

"네, 현재로는요."

"이런… 그대의 설명은 지금까지의 약이라는 것의 개념을 뿌리째 뒤엎는군."

여제는 놀라면서도 감탄의 탄식을 내뱉었다.

기존의 틀을 뛰어넘는 지식에 시의들도 경악한 표정을 감추지 못했다.

"그만큼 강한 약을 먹으면 몸에 해는 없겠나?"

"인체에는 영향이 적지만, 부작용도 있을 수 있습니다. 주로 간 기능 장애입니다. 그 점에 있어서는 제가 치료 경과를 꼼꼼히 살피겠습니다. 조합한 약을 나눠서 제가 먼저 먹겠습니다. 폐하는 그걸 보신 뒤에 결단을 내려주십시오."

암살이나 위약 의혹을 부정하기 위해 팔마는 건강하지만 일부러 그렇게 하기로 했다.

"이해해주시겠습니까?"

"음, 그걸 꼭 먹었으면 좋겠군."

여제는 두려움과 불안이 불식되어 정신이 해방된 것 같은 환한 표정을 지었다. 황자의 눈물은 어느새 말라버렸다.

"치료가 성공하면 증상은 바로 개선될 겁니다. 하지만 하루아침에 그렇게 되지는 않겠지요. 완치가 되려면 조바심 내지 말고 짧아도 6개월 정도는 걸릴 거라고 생각하셔야 합니다."

"6개월… 그렇게 길게 걸리나. 당장 효과가 있어야 할 텐데."

팔마가 제시한 치료 기간에 브루노와 시의들은 숨을 삼켰다.

"이 작은 생물들은 폐하의 온몸에 자리를 잡고 있기 때문에 시간이 걸립니다."

팔마는 낙관하지 않는다.

"시간이 걸린다는 건 잘 알았네."

결핵균을 관찰하고 그것이 전신에 퍼진 것을 그 눈으로 인식한 여제의 이해도, 호기심도 커졌고, 덕분에 앞으로 해야 할 치료의 큰 그림도 대강 파악이 된 것 같았다.

시간을 들여 신중하게 서서히 죽여 나갈 필요가 있다는 것, 단번에 죽일 수 없다는 것, 조금이라도 몸속에 세균을 남겨선 안 된다는 것을 그녀는 팔마의 설명을 듣고 이해했다.

"폐하께선 매일 제 앞에서 약을 드셔야 합니다."

복약을 까먹지 않도록 감독관 앞에서 약을 먹이는 게 치료에는 효과적이다.

결핵 치료는 끈기 있게 이어나가야 한다.

조금이라도 증상이 개선되었다고 약을 먹는 걸 게을리 하거나, 빠트리거나, 멈춰선 안 된다.

팔마는 약을 균등하게 나눴다. 그리고 제일 먼저 삼켰다.

"그럼 폐하께서도."

"음."

여제도 마지막 한 방울까지 삼키고서 핼쑥한 얼굴로 미소를 지었다.

"효과가 있으면 좋겠군."

그 후, 여제는 편안한 잠에 들었고, 팔마는 새로운 환자의 차트를 일본어로 작성한 뒤 조합실에 놔둔 짐을 정리해 집에 돌아갈 준비를 했다.

"저택으로 돌아가시죠, 아버지. 배가 고프네요. 오늘은 단것을 먹고 싶어요."

약간 어린애 같은 말투로 뒤에 동떨어져버린 브루노를 배려했다.

"그리고 이건 아버지 약입니다. 생각이 있으시다면."

팔마는 약병에 담아 결핵 특효약을 아버지에게 건넸다.

브루노는 긴 망설임 끝에 받아 들었다.

"오늘부터 백사병은 치료할 수 있습니다. 이제 불치병이 아니에요."

살아서 함께 의학의 길을 탐구합시다.

믿음직스러운 말을 하는 팔마가 내민 그 손을, 브루노는 두 손으로 힘껏 잡았다.

"고맙다, 내 아들아."

◆

로테와 엘렌, 그리고 고용인들은 드 메디시스가의 문 앞에 나와 해가 까마득히 저문 뒤에도 몇 시간이나 주인 부자가 돌아오길 기다렸다.

준비해둔 저녁도 차갑게 식어버렸지만, 아무도 식사에는 손을 대지 않았다.

황제의 궁전으로 나간 주인과 그 아들이 돌아오지 않고 있다. 황제의 병은 궁정 약사 외에는 아무도 모르지만, 뭔가 이변이 일어나고 있다는 건 그 자리에 있는 모두가 느끼고 있었다.

엘렌은 한 가지 가능성을 예상했다.

치료에 실패한 책임을 지고 두 사람 다 자해한 건 아닐까. 황제가 붕어할 시에는 주치를 맡은 수석 궁정 약사와 수석 시의가 모두 자해해서 책임을 지는 경우가 있다. 브루노는 책임감이 강하고 자긍심이 높은 궁정 약사다. 있을 법한 이야기였다.

"스승님…, 팔마."

엘렌은 안경을 벗고서 최악의 패턴을 상상하며 눈물을 글썽였다. 로테는 팔마가 준 핸드크림 병을 부적처럼 움켜쥐었다.

얼마나 기다렸을까. 한 시각, 한 시각이 그들에겐 길게 느껴졌다.

모든 사람이 그들이 돌아오길 기다렸다. 로테가 갑자기 고개를 들었다. 희미한 나팔 소리가 메아리치며 들려왔다.

뒤이어 선명하게 들리기 시작하는 말굽 소리. 그 리듬이 점점 커지더니 저택의 기사들이 탄 말이 보였다. 다양한 감정을 억누르고 있던 로테의 눈물샘이 터졌다.

"주인님, 팔마 님…!"

로테는 전속력으로 달려갔다.

"다행이다… 정말. 얼마나, 걱정했다고요….."

안경을 꼭 움켜쥐고서 엘렌도 로테의 뒤를 따랐다.

"다녀왔어요."

말에서 내리자마자 그의 품으로 뛰어든 로테를 팔마가 받아 안았다.

"잘 돌아오셨어요!"

이렇게 감동의 하루가 막을 내렸다.

8화 황제 폐하의 창업 칙허

여제 엘리자베스의 치료는 매우 신중하게, 그리고 순조롭게 진행되었다.

팔마는 오전 중에 엘렌의 수업을 받고 오후에는 식사를 한 뒤, 브루노와 함께 궁전으로 가 여제에게 약을 헌상하고 복약을 지켜보는 하루를 보내게 됐다.

얼마 지나지 않아 여제의 증상에 개선의 징조가 보이기 시작했다. 간 장애를 비롯한 부작용을 경계하며 팔마는 꼼꼼히 수치화하지는 못했지만 간이 생화학 검사로 검사 데이터를 뽑았다. 여제의 젊음과 신술사라는 체질도 영향을 줬는지 우려하던 부작용도 없이 경과는 양호했고, 피가래도 진정됐으며, 3개월에 접어들자 결핵균의 존재도 거의 음성이 되었다.

팔마는 궁정에서 일하는 모든 신하들에게 예방적으로 진찰을 했다.

시의 몇 명과 시종 몇 명, 그리고 황자가 감염되어 있었기 때문에 스케줄을 짜서 투약을 개시했다. 그들도 모두 평민이 아니라 귀족이기 때문에 신력 덕분인지 큰 부작용은 보이지 않았다.

물론 제일 가까운 환자인 브루노에 대한 케어도 게을리하지 않았다.

수습 약사 팔마의 차트에는 방대한 환자의 기록이 쌓여갔다.

팔마는 브루노가 읽을 수 있도록 차트를 일본어가 아닌 이세계어로 작성하게 되었다. 브루노는 식사를 마치고선 매일 밤늦게까지 서재에 틀어박혀 팔마가 작성한 차트를 읽었다. 그리고 이튿날 아침이면 왜 이런 데까지 신경 쓰나 싶을 만큼 세세한 부분까지 산더미 같은 질문을 던졌다.

브루노는 신하 개개인의 생활환경, 기왕력까지 파악하고 있었으며, 그건 팔마에게 보조적인 정보가 되었는데, 정보의 공유는 서로에게 자극이 되었다.

팔마는 이 세계의 열 살짜리치고는 바쁘고도 충실한 하루하루를 보냈다.

하지만 무리해서 일하지 않도록, 무엇보다도 자신의 건강에 신경을 썼다.

전생에서 배운 교훈이다. 몸이 망가지지 않게 적당히 노력할 수 있는 범위 안에서 분발하는 것.

팔마의 존재와 그가 가진 약학 지식은 여제의 총애 덕분도 있어 신하들에게 받아들여지게 되었다. 기존의 의료 한계를 우려하던 궁정 의사와 약사를 중심으로, 팔마에게서 단식 현미경 제작 방법을 배워서 미생물을 관찰하고 병원균과 마주하기 시작하는 사람도 나왔다. 그들은 팔마가 독점하고 있을 미지의 지식을 배우고 싶어했지만, 일개 수습 약사로서 궁에 나온 팔마는 강의할 수 있는 입장이 아니었다.

현미경 발명 건은 제도 각지의 의학 대학에 널리 알려졌다.

어느 날, 머나먼 노바르트 의학 대학에서 표창장과 기념 방패를 팔마 앞으로 보내왔다.

이게 무슨 일인가 싶었는데, 시의장 클로드가 손을 쓴 것 같았다. 그는 팔마가 직접 제작한 현미경을 비싸게 사들여서 의학 대학에 친서와 함께 보냈다. 산 플루브 제국의 의학은 세계 최첨단인 노바르트 의학 대학에서 보면 한 단계 아래로 치는 경향이 있었다. 새 발명으로 제국 시의단의 권위 회복을 노렸을 거라고, 브루노는 그런 뒷사정을 은근히 팔마에게 알려줬다.

이런 세계에서까지 기득권자들 간의 알력다툼이 있구나, 팔마가 오히려 감탄하는 동안 노바르트 의학 대학 부학장 사절단이 산 플루브 제국 약학교로 쳐들어왔다.

그리고 총장인 브루노에게 요청하길, 여제의 치료를 맡은 우수한 궁정 약사라면 백사병의 특효약 레시피를 보여줘야 한다고 요구했다. 클로드는 팔마가 불과 열 살짜리 수습 약사라고는 보고하지 않은 듯했다.

브루노는 팔마와 그들을 만나게 해주지 않았다. 노바르트의 권력 투쟁 도구로 삼을 것은 팔마가 보기에도 명백했다.

궁정 약사를 만나지 못하고 결국 돌아가는 부학장 사절단. 그 일행의 마차를 멀리서 지켜보던 팔마에게 엘렌이 말을 걸었다.

"팔마의 약을 다들 원하나 봐. 백사병 특효약이지?"

엘렌은 불치병을 치유하는 약신 같다고 했다.

"백사병의 네 가지 약을 만들 수 있는 사람은 지금은 나밖에 없어."

"역시 그렇구나. 어려운 신기를 썼나 봐."

조합과 합성 과정을 팔마는 아직까지 아무에게도 보여주지 않았다.

"나도 가르쳐달라고 하고 싶지만, 팔마만 일으킬 수 있는 기적이라면 어쩔 수 없지."

"응? 아니, 그게 아니라, 나중에 가면 누구라도 합성할 수 있게 공개해서 알려줄 거야. 하지만 지금은 그때가 아니야. 본격적인 연구 시설을 세우고 유기 화학 합성이 가능해진 뒤라는 의미라고."

팔마는 그렇게 보충 설명을 했다. 하나씩 단계를 밟아가지 않으면 남용으로 이어지고, 약은 독이 되어 본래의 쓰임새를 잃게 된다.

"누구라도라니, 설마 공짜로 공개하겠다고?"

"그럴 건데."

"지식을 공짜로 퍼트리는 건데 아깝지 않아? 신약을 비밀 레시피로 끌어안고 사는 약사도 많고, 특허나 제조법을 비싸게 파는 건 일상적인데. 모든 사람이 이름을 알리려고 필사적인 시대니까 그런 거야. 그런데 팔마는 아무 보답도 바라지 않고 자세한 부분까지 다 공개하겠다니. 그런 공적을 말이야."

"내 공적이 아니야. 유용한 지식은 독점하지 말고 널리 알려서 다 함께 공유하는 게 당연하다고. 그렇게 하는 게 바로 약학이야. 모든 사람이 쓰지 않으면 의미가 없어."

팔마는 태연히, 마치 당연한 일이라는 듯이 대답했다.

약학자였던 그는 전생에서는 여러 개의 신약을 세상에 내놓았지만, 그의 일이 아닌 발명에 권리를 주장하거나 자신의 발명을 남이 쓰지 못하게 하는 짓은 그의 신념과 어긋났다.

그것들은 인류가 긴 역사 동안 막대한 노력과 희생을 거듭해가면서 축적한 피땀 어린 지혜다. 누군가가 만들어낸 결과가 누군가의 새로운 발견을 위한 출발점이 되는 것이다. 그렇게 해서 지식과 학문의 사이클은 돌아간다. 팔마는 그런 과정이 필요하다고 생각하고 있었다.

"단지, 올바르게 사용해줬으면 싶긴 하지만."

"팔마···."

엘렌은 팔마를 꼭 끌어안았다.

달콤한 여성의 향기가 팔마의 코를 간질였다. 직접 닿은 엘렌의 피부, 그리고 뺨에 닿는 숨결, 그녀의 정열에 팔마는 놀랐다.

"어? 왜 그래, 엘렌?"

"응, 아무것도 아냐."

◆

브루노와 함께 매일처럼 궁정에 드나드는 사이, 팔마는 여섯 살 짜리 황자 루이의 마음에 들게 됐다. 팔마를 어머니의 생명의 은인으로 여긴 루이는 끈질기게 당구를 같이 치자고 졸라댔다. 팔마는 적당히 루이가 이기게 해줘 기분을 맞춰줬다.

"또 전하가 이기셨네요. 전하는 정말 강하세요!"

당구 실력을 과장되게 칭찬해주자 루이는 기분이 좋아졌다. 어린 애다웠다.

"음, 내일도 붙어보자, 팔마. 그럼 나갔다 올게."

팔마는 승마 훈련을 하러 가는 황자를 배웅했다. 조심하라며 팔마는 손을 흔들었다.

"미안해, 팔마. 내 일을 대신 해주다니."

그리고 루이와 마찬가지로 여제의 시동인 14세 소년 노아와도 친해졌다. 그가 하는 일은 손님 안내와 황자의 놀이상대다. 팔마가 약사로서 일을 마치고 나면 황자가 달라붙었기 때문에 노아와 잡담을 나눌 기회도 늘었다.

"전하는 날 상대하는 건 질렸다고 하셔서. 그리고 너도 숨을 돌릴 수 있어서 좋잖아?"

노아는 뻔뻔하게 말했다.

'그래. 뭐, 당구는 재미있었으니까.'

팔마가 인사를 하고 유희실을 나가려고 하는데.

"사례라고 하긴 뭐하지만 좋은 정보가 있어. 우리끼리만 하는 이야기인데, 폐하께서 과분하게도 네게 줄 상을 검토하고 계셔. 잘됐네, 폐하의 전임 궁정 약사 지위도 약속받은 거나 마찬가지야. 아아, 부러워라. 나도 너처럼 출세하고 싶다. 영지 갖고 싶지?"

노아는 유명한 후작의 공자로 아버지의 명령으로 어릴 때부터 여제를 모시면서 황자를 돌봐왔다고 했다. 여제 앞에서는 공손한 태도를 잃지 않고 무척 눈치 빠르게 일을 하던데, 뒤에서는 이런 약삭빠른 면이 있었다.

"영지라…. 난 차남이고 약학에 관련된 일만 할 수 있으면 만족하는데."

영지라고 해봤자 팔마로선 별 실감도 나지 않고 관심도 없었다.

"바보야! 영지에 관심이 없는 귀족이 어디 있어! 나도 차남이야. 차남이라도 열심히 일해야지. 관심이 없을 리가 없잖아?"

노아는 귀족이라면 영지를 가져야 한다는 사고방식을 갖고 있었다. 반면 팔마는 약학 외길이다. 창약 연구라면 매우 관심이 있지만 원하는 건 아무것도 없다고 대답했다.

"이 바보야, 받을 수 있는 거면 받아둬."

그래도 갖고 싶은 게 없냐, 장래의 목표는 없냐고 노아는 끈질기게 물어댔다.

"아무한테도 말 안 할 테니까 우리끼리만 있을 때 말해봐."

입을 가리는 동작을 취해가며 노아는 팔마에게 매달렸다. 넉살 좋은 소년이다.

"장래 목표? 약국을 열고 싶어. 서민을 위한 약국을."

"서민을 위한? 너, 궁정 약사면서 참 괴짜에 바보구나. 귀족은 장사 같은 천업을 하는 게 아니야. 평민이나 가질 직업이지."

말끝마다 바보라고 붙여대는 건 노아의 입버릇인 것 같았다. 시동으로서 여제와 황자에게 굽실대기만 하는 생활을 하는 반동으로 입이 거칠어졌는지도 모르겠다고 팔마는 짐작했다.

약국이란 말에 귀족인 노아는 못마땅한 표정을 지었다.

브루노처럼 학자가 되어 대학에서 교편을 잡는 건 어떠냐고 권했다.

"평민 따윈 치료해봤자 헛일이라고."

"왜?"

"바보야, 평민은 신력을 타고나지 않아서 날 때부터 몸이 약해. 비싼 약을 쓰다간 끝이 없을 거 아냐."

단순히 생활환경이나 위생 상태가 나빠서 그런 거겠지, 팔마는 내심 반박했다.

"가격을 낮춘 안전한 약을 만들면 되지."

"하하하, 이 바보 좀 봐! 비싼 원료를 어떻게 사들이게? 적자도 왕 적자다. 아무리 돈 많은 존작집 자제라도 아버지 주머니가 무한하진 않을 거 아냐."

약학에 관한 지식과 발명 재능은 있는지 몰라도 속을 까보니 세상 물정 모르는 어린애구나, 그렇게 노아는 팔마를 얕봤다. 팔마는 살짝 머리를 기울여 생각에 잠기는 척하며 이렇게 대답했다.

"약초를 재배하기 위한 영지는 조금은 필요할지도 모르겠네."

팔마의 물질 창조 능력이 있으면 원료 가격은 걱정이 없겠지만 복잡한 화합물을 만드는 데에는 한계가 있다. 그렇다면 약초와 생약에서 추출한 창약을 고려해보는 것도 나쁘지 않을 것 같았다.

"참고로 바다와 산, 사막, 평야라면 어디가 좋은데?"

"바다?"

팔마는 별 생각 없이 무심히 대답했다.

"알았어! 그거 맞지? 확실히 말한 거다!"

노아의 눈이 날카롭게 빛났다. 그제야 비로소 팔마는 자신이 상대의 말재주에 넘어갔다는 사실을 깨달았다.

◆

"팔마입니다. 진찰하러 왔습니다."

산 플루브 제국 황제 엘리자베스 2세의 백사병 치료가 시작된 지 몇 달쯤 지나자 그녀는 어느새 수습 약사 소년의 매일 같은 방문을 기다리게 되었다.

"왔구나."

겉으로는 무심히 대답했지만, 목이 빠져라 기다리고 있었다. 침대에 몸을 기대고 머리를 딿은 엘리자베스는 그를 침실로 맞이했다.

표현은 안 해도 경의와 신뢰를 담아서.

"폐하, 오늘은 좀 어떠십니까?"

팔마는 예의 바르게 인사를 한 뒤 침대 옆에 무릎을 꿇었다. 진료 가방에서 공책을 꺼내 그녀의 몸 구석구석을 살피고 맥을 짚은 뒤 일련의 검사를 하며 진료 기록을 적어가기 시작했다. 엘리자베스는 그의 공책을 본 적이 있었는데, 어린 나이임에도 불구하고 세밀하고 복잡한 내용이 적혀 있어 깜짝 놀랐었다. 그는 그녀와 나눈 대화는 물론이고 그녀가 무얼 고민하고 괴로워하고 있는지까지 꼼꼼히 기록해두었다.

"약은 현재까진 잘 듣고 있는 것 같습니다."

"시원스럽지 않구나. 겸손 떨 것 없다. 그대의 신약은 실제로 잘 듣고 있지?"

엘리자베스는 왜 그가 약효가 있다고 단언하지 않는지 의아했다. 공훈을 자랑하고 싶은 건 어느 약사나 마찬가지일 터다. 하지만 팔마는 살짝 고개를 저었다.

"오늘은 잘 듣고 있지요. 폐하가 약을 드시고 다행히 부작용도 크게 없으니 말입니다."

"내일은 어떻게 될지 모른다는 소린가."

"그렇습니다. 어제는 잘 들었고 오늘도 잘 들었지만 내일은 모르는 게 병이자 약입니다."

팔마는 병의 회복에 관한 단정적인 표현은 삼갔다.

통계상 약의 효과는 알고 있고 경과도 잘 알지만 치료에 절대적인 것은 없기 때문에 환자의 몸에서 일어나는 것이 전부다. 환자의 몸에 날마다 물어가며 필요한 약을 알아가는 것, 통계상의 최선이 아니라 개인에게 있어서의 최선을 모색해가는 것.

그는 그런 입장에 서 있었다.

"그럼 오늘 약을 조합해 올리겠습니다."

"음."

조합실을 빌려 그가 조합을 마치고 나올 때까지는 그리 오랜 시간이 걸리지 않는다. 팔마는 바로 돌아왔다.

"오늘 드실 약입니다."

약에 대해 설명한 뒤, 여제가 복약을 하기 전에 반드시 팔마도 같이 그 일부를 떼어내 같은 약을 먹는다. 하지만 그녀도 어린 황자를 둔 몸이다. 성장기의 어린 약사에게 그런 짓을 시키는 게, 건강한 그의 몸에 세균을 죽이고 부작용이 우려될 정도로 강한 약을 매일 먹이는 게 마음이 불편했다.

그래서 오늘은 팔마가 약을 먹기 전에 말렸다.

"그대는 이제 안 먹어도 된다."

엘리자베스는 팔마를 배려했다.

"네…? 그건."

언제부터였던가, 엘리자베스는 완전히 그를 신뢰하고 마음을 허락했다.

"짐이 죽어가던 때에 구해준 그대는 유일하게 짐을 죽음의 세계에서 이 세계로 데리고 와준 은인이네. 독을 탈 리가 없지. 그리고 날마다 몸이 좋아지고 있다. 그게 바로 충심의 증거야."

지금 세균 증식은 약으로 억제하고 있는 상태라고 팔마는 설명했다. 그 말을 뒷받침하듯 엘리자베스의 몸은 날마다 편해지고 있었다.

각혈도 없고 기침도 줄었다. 권태감도 개선되었다.

팔마가 처방하는 약의 종류도 줄었다. 가끔 그는 검사 결과를 여제에게 보여줬다. 담 안에 세균이 거의 없습니다, 이렇게 말하며 여제에게서 채취한 검체를 제시해 증거를 보여줬다. 단순한 위로가 아니라 실감할 수 있는 회복 속도를 확인했다. 팔마의 치료는 내일을 살아갈 수 있을 거란 희망을 주는 치료였고, 절대로 불안정하지 않았다.

그래서 성실하게 매번 독이 있는지 맛을 볼 필요는 없다고 말하기로 했다. 전면적으로 신뢰하고 있다고.

하지만 팔마는,

"제가 먹지 않으면 기미 담당이 먹게 될 겁니다. 이 약에는 아시다시피 부작용도 있으니까요."

기미 담당에게 무슨 일이 있어선 안 된다며 진지하게 말했다. 황제의 입에 들어가는 것은 생성수를 제외하고는 반드시 기미를 거쳐야 하기는 했다.

"만약을 대비한 기미가 아닌가."

엘리자베스는 기미 담당까지 신경 쓰는 팔마의 배려에 놀라 쓴웃음을 지었다.

"그대는 어리지만 약사로서의 책임감이 강하구나."

여제는 감탄했지만 정말로 먹지 않아도 된다고 했다.

"고맙습니다. 그럼 이제 안 먹겠습니다."

엘리자베스의 식사 전 기미는 전보다 엄중해졌다. 궁정에 백사병을 가져온 자가 있을 수 있기 때문이었다. 팔마는 모든 하인과 시녀를 조사해 감염자 몇 명을 발견했지만, 여제의 감염과의 인과관계를 알 수 없어 고의로 감염시켰는지 여부는 추궁할 수 없었다.

만약 고의인 경우, 엘리자베스의 암살 또는 실각을 노리는 자가 있다는 게 된다. 암살의 공포와 항시 마주하고 있는 엘리자베스이지만 그녀는 팔마를 의심하지 않고 제외했고, 신하들과 시의들도 여제가 팔마를 특별하게 보는 걸 당연하게 받아들이고 있었다.

"이 병은 그대에겐 안 옮나? 그대의 아버지에겐 내가 옮긴 것 같던데."

"감염에는 조심하고 있고, 매일 직접 검사도 하고 있습니다."

팔마는 여제와 일정 거리를 유지하고 특수한 마스크를 착용해 감염에 조심하고 있었다.

"브루노의 치료는 어떻게 되고 있지?"

"네, 현재까진 양호합니다. 걱정해주셔서 고맙습니다."

브루노는 상태가 심각하지 않기 때문에 치료 경과도 양호했다.

"참고로 만약 이 세균에 감염된다 하더라도 약 10% 정도의 인간만 발병하게 됩니다."

"이런… 짐은 그 10%에 해당한 건가."

여제는 불운을 한탄했다.

"그렇지요. 누군가가 폐하를 고의로 감염시키려 했다 하더라도 뜻대로 되긴 어려웠을 겁니다."

"그러니까 운이 나빴던 거군."

그 말을 들은 엘리자베스는 조금이나마 마음이 편해졌다.

너무 안정을 취하느라 누워만 지내다가 체력이 저하될 수 있다는 이유로 가장 증상이 나쁜 시기가 지나 검사 결과도 음성으로 나온 때를 봐서 팔마는 날씨가 좋은 날에 여제에게 마스크를 하고 궁정의 정원 안을 산책하도록 권했다.

그날도 맑은 오후였기에 아름답게 관리된 바로크식 정원을, 두 사람은 느긋하게 한 시간 가량을 들여 산책했다. 여제의 산책에 함께한 팔마는 좋은 말벗이 되기도 했다.

"폐하, 무슨 고민이나 걱정거리는 없으십니까?"

약을 먹고 몸의 치료를 마친 뒤에는 팔마는 여제의 마음의 치료에 나서려 했다. 아이에게 무슨 말을 하겠는가, 처음엔 얕잡아보던 엘리자베스였지만, 어느새 그녀는 팔마를 상담상대로 삼고 있었다.

그녀가 괴로우면 말없이 푸념을 들어줬다. 말을 재촉하지 않고 끝까지 들은 다음 그녀가 필요로 하는 말을 필요한 만큼 들려줬다. 결코 가벼운 위로도, 임시방편적인 말도 아닌, 확실한 증거와 무게를 가진 말이었다.

물과 같은 소년이라고 그녀는 생각했다.

상대의 상태와 증상에 맞춰 자신의 모습과 말투를 바꾸는, 그것은 그녀에게 매우 기분 좋은 거리감이었다. 그는 안이하게 격려하지 않는 이해자였다.

그래서 그녀는 다른 신하들에겐 절대로 드러내지 않는 약한 모습을 털어놓을 수도 있었다.

"치료가 끝나 쾌유한다 해도 여태까지 그런 것처럼 직무를 볼 수 있을까?"

"폐하의 몸은 이대로 순조롭게 좋아지기만 한다면 전과 똑같아질 겁니다. 아직 젊으시기도 하고요."

"그리고 신술은 예전처럼 쓸 수 있을까?"

제국 최강의 화염술사라 인정받는 그녀. 그녀가 황제 지위에 있을 수 있는 것은 최강의 신술사라는 칭호가 있기에 가능한 일이다. 힘이 약해진다면 제위를 넘겨줘야 한다.

"지팡이를 휘둘러보시지 그러세요. 저는 뒤돌아 있겠습니다."

팔마가 그녀에게 등을 돌린 건 신술을 쓰지 못해 창피당하지 않도록 배려한 것이었다. 여제는 오랜만에 지팡이를 뽑아 들고 신력을 담았다.

살짝 지팡이를 휘두르기만 해도 자유자재로 큰 화염이 피어올랐다. 화염의 수호신은 그녀를 저버리지 않았던 것이다.

"예전처럼 신술은 쓸 수 있는 것 같군. 신력의 양도 줄지 않았어."

"그거 다행이군요."

팔마는 그녀가 아직까지 황제의 자질을 갖추고 있다는 것을 순순히 기뻐했다.

"하지만 그래도 짐의 생명의 가치는 한 번 사라졌었네."

안락사에 처할 상황이 됐을 때 황제로서의 권위와 위엄, 가치는 일단 완전히 사라졌다. 그랬는데 다시 권위를 되찾고 주위의 인정을 받을 수 있을까. 신력이 있어도, 신술을 쓸 수 있어도 다시 황제가 될 수 있을까가 고민이라고 그녀는 팔마에게 속내를 털어놓았다.

팔마는 한참 맞장구를 치며 듣고 있다가 슬쩍 그녀에게 물었다.

"그럼 폐하의 존재 가치는 제로가 됐다고 느꼈을 때, 그래도 당신이 필요로 하고 당신을 필요로 한 건 누구인가요?"

"…루이야."

그녀의 외아들, 단 하나뿐인 가족인 황자의 이름을 그녀는 입에 담았다.

그 말을 들은 팔마는 안도하듯 미소 지었다.

"당신이 어떤 상태가 된다 하더라도 가족이란 관계는 달라지지 않습니다. 어린 황자 전하는 당신을 매우 필요로 하고 있어요. 그러니 황제로서가 아니라 일단 어머니로서 폐하는 황자 전하에게 무가치하지 않습니다."

루이도 백사병에 감염됐었다. 그건 그가 병으로 쓰러진 엘리자베스의 곁을 떠나려 하지 않았기 때문이다. 그에겐 엘리자베스가 필요했다.

엘리자베스는 대답할 말이 없어 포기했다. 루이의 어머니로서 살 수 있었고, 루이에겐 무가치하지 않다고 느꼈기 때문이었다.

"그대와 이야기를 하다 보면 어린애와 이야기하는 것 같지가 않군."

브루노의 교육 덕분인가, 엘리자베스는 감탄했다.

"무례한 말씀 올리게 되어 죄송합니다."

팔마와 이야기를 하다 보면 문득 자기보다 연상인 어른과 이야기를 하는 것 같은 착각이 들 때가 있다. 신기한 소년이라고 엘리자베스는 생각했다.

정원 산책을 마친 두 사람은 여제의 침실로 돌아왔다.

진료 가방 안에 도구를 담고 돌아갈 준비를 마친 뒤 팔마는 다시 한번 말했다.

"사람은 연속적으로 죽어가는 존재입니다. 한 번 죽었다고 생각한 폐하라면 두 번째 인생은 한 번도 죽음을 경험하지 못한 사람보다 더 잘 살 수 있을 겁니다."

평범하다고만 생각했던 하루하루가 죽음 직전에 몰린 사람이 볼 땐 얼마나 귀중했는지, 그 눈으로 봐온 일상 세계가 얼마나 귀한 것이었는지 지금이라면 알 수 있을 것이다.

그런 취지의 말을 팔마는 여제에게 전했다.

"저도 다음 인생은 좀 더 잘 살아볼 생각입니다. 하루하루를 소중히 여기면서요."

"그게 무슨 의미인가?"

마치 한 번 죽었다가 두 번째 인생을 사는 사람 같은 말에 여제는 귀를 의심했다.

"그럼 내일도 찾아뵙겠습니다. 편히 쉬십시오."

여제의 질문에 대답을 피하고서 팔마는 궁정을 떠났다.

◆

어느 오후의 궁정. 여제는 집무실로 브루노를 호출했다.

"갑자기 불러서 놀랐겠군."

"황제 폐하께서 부르시면 언제나 기쁜 일이지요."

"브루노, 그대의 아들에 대해 할 말이 있네. 거기 앉게나."

여제는 브루노에게 긴 의자를 가리켰다. 이야기가 길어질 것 같아 브루노는 자리에 앉았다.

"네."

이번 여제의 치료 건으로 팔마에게 상을 주겠다는 이야기를 하시려나… 그 정도는 브루노도 눈치를 채고 있었다. 엘리자베스는 공로자를 포상하고 중히 다루는 걸로 유명했다.

"그대의 아들은 천재야. 그리고 그는 짐의 생명의 은인이기도 하네."

여제는 맑은 표정으로 그렇게 말했다.

"칭찬해주셔서 황송하기 그지없습니다."

"천재를 일반인의 틀에 묶어놔서는 안 되지. 조사해보니, 약국을 하고 싶어한다더군."

브루노는 처음 듣는 말에 귀를 의심했다. 팔마의 꿈에 대해 들어본 적도 없었고, 브루노와 같은 궁정 약사가 되려 할 거라고 생각했었다. 그래서 예상을 뛰어넘는 말에 답할 말이 궁해졌다.

"약국이요…."

"그대는 좋게 생각하지 않는가."

"어린아이가 하는 말이라 한때의 흥미로 금세 마음이 바뀌지 않을까 싶습니다. 그리고 귀족이 평민을 상대로 장사를 한다면 웃음거리가 되겠지요. 그걸 제 아들은 이해하지 못하니, 제대로 분별을 할 수 있는 나이가 될 때까진 내버려둬도 되지 않을까 싶습니다."

브루노는 팔마가 약국을 창업하길 희망한다는 말을 듣고도 진지하게 생각하지 않았다.

"만민을 위한 약국을 열고 싶다더군."

"그것은 평민도 해당한다는 말씀이십니까?"

귀족이 귀족 이외의 사람을 진찰한다는 건 말도 안 되는 소리다. 브루노는 그런 발상조차도 하지 못하고 있었다.

"그래. 귀족의 약사뿐만 아니라 평민에게도 약을 나눠주고 싶어 하는 것 같아. 훌륭한 마음가짐이라 생각하지 않나?"

여제는 팔마의 꿈을 후원해주고 싶어하는 것 같았다.

"약값을 생각한다면 현실적이지 않을 것 같습니다. 금세 파산하겠지요."

"바로 그걸 해결해주겠다. 알겠나, 자금 원조는 제국이 맡는다."

여제는 브루노의 눈동자를 응시하며 책상을 쳤다. 그것은 위압과 강제력을 동반한, 반박을 허용하지 않는 말투였다.

"황공하오나 폐하, 제 아들은 미성년자라 장사는 할 수가 없습니다."

어떻게든 그렇게 두지 않으려고 브루노는 말을 골라 열심히 진언했다.

하지만 여제는 팔마의 약국 창업에 적극적이었다.

"그럼 장사를 잘 아는 자를 붙이면 되지. 때를 놓치면 안 되는 법."

"하지만 아직 수습 약사의 몸인지라."

"자식을 궁정 약사로 만들 수는 없나? 어떤가?"

"네…?"

브루노의 입이 떡하니 벌어졌다.

"궁정 약사 조건은 충족한다고 들었네."

궁정 약사가 되는 조건은 엄격하다.

약학 역사에 이름을 남길 정도로 획기적인 발명을 한 자.

어려운 치료법, 훌륭한 약을 개발한 자.

고명한 스승 밑에서 1급 약사 과정의 약학과 물 속성 신술의 전 과정을 마치고 약신을 수호신으로 가진 자.

필기 고사를 만점으로 통과한 자.

시의와 궁정 약사 전원으로부터 기량을 인정받은 자, 또는 중요성이 높은 세계적인 논문을 다섯 편 이상 쓴 자.

마지막으로 황제에게서 인정받은 자다.

"궁정에서 일하는 약사단, 시의단이 궁정 약사가 되는 걸 인정하겠다고 했습니까?"

여제는 힘차게 고개를 끄덕였다.

"그대를 제외하고는. 짐의 판단 하나로는 궁정 약사 자리를 허락할 수가 없네."

"필기고사는 언제 치렀습니까?"

브루노는 보게 한 기억이 없다. 백 점 만점을 받지 못하면 3년간은 같은 시험을 볼 수 없기 때문에 다른 모든 자격을 충족한 뒤에 보는 약사로서의 마지막 시험이다.

"다른 궁정 약사가 기습으로 보게 했다는군."

"그, 그럴 수가!"

수습 약사의 대두를 좋게 생각하지 않은 약사가 팔마의 코를 납작하게 하려고 시험 문제를 풀도록 시킨 것이다.

"그대의 아들은 그 자리에서 매우 쉽게 모든 문제를 풀었고, 그약의 일부는 거의 효과가 없다, 독물이라는 해석까지 했다는군. 시험 문제를 낸 약사가 큰 창피를 당했다고 들었네. 어른 못잖은 정도가 아니라 어른보다 훨씬 더 위에 있다는 보고를 들었어."

"그렇습니까….."

"궁정 약사에 연령 요건은 없지. 이 이상 무슨 자격이 부족하다는 건가."

팔마는 브루노가 모르는 사이에 기준을 모두 충족했다.

이렇게 되면 브루노는 반론을 펼 수가 없었다.

팔마는 보호해야 할 아이이고 아직 미숙하다, 그렇게만 생각하고 있는 건 브루노뿐인 것 같았다. 이미 궁정 내에서 팔마의 가치는 확고하게 자리를 잡아가고 있었다. 신동으로 떠받들렸고, 더 이상 어린애 취급을 하는 사람은 없었다.

"그대의 아들은 나라를 바꿀 수 있는데, 그대 밑에서는 위축될 수 있어."

작지만 자신의 영지를 갖게 하는 게 중요하다고, 여제는 팔마의 독립을 재촉했다.

"알겠습니다."

브루노는 깨끗이 받아들였다.

약신의 가호를 받고, 아마 자신보다 훨씬 더 올바른 약학 지식을 가졌을 지금의 팔마라면 세상에 내보내도 부끄럽지는 않을 것이다. 아니, 오히려 자신의 존재가 팔마에게 걸림돌이 되는 게 아닐까, 그런 생각마저 들었다.

"전수 허락을 내리지요."

"음, 영단일세. 세상은 조금씩 쌓이는 선의 덕분에 더 좋아지는 법이라네."

황제는 집무실 창을 활짝 열고 눈을 가늘게 떴다.

◆

6개월의 치료 기간을 마치고 거의 완쾌한 여제는 브루노와 팔마를 정식으로 궁전으로 초대했다.

약사로서가 아니라 귀빈으로서였다.

사전에 두 사람에겐 정장을 하고 오라는 명령이 떨어졌다. 팔마는 브루노와 함께 여제가 보낸 멋진 마차를 타고 궁전으로 향했다. 브루노는 팔마에게 완쾌 축하 파티라고 했다.

"황제 폐하가 주최하시는 공식 연회라니, 어떤 걸까요?"

"가보면 안다."

브루노는 뭔가를 알고 있는 듯했다.

"행동에 유념할 것들을 미리 배워두는 게 좋을까요?"

실수를 하면 큰일이라며 팔마는 사전에 물어보고 싶었다. 하지만 브루노는 연회 내용을 자세히 알려주려 하지 않았다.

브루노는 수많은 훈장을 달고 있었다.

궁전에 도착하자, 분위기가 평소의 궁전과 달랐다. 궁전은 색색가지 진귀한 꽃들로 장식되어 있었고, 통로에는 시종들이 모두 나와 마중을 해주었다. 안내받은 옥좌 연회실은 4층 높이의 돔 모양의 공간으로 대리석 계단 위에 황금 옥좌가 놓여 있었다. 홀에는 제국 내의 대귀족과 신하들이 줄지어 앉아 있었다.

팔마는 불안해하며 브루노 옆에 앉아 자세를 바로하고 여제가 오길 기다렸다.

"황제 폐하께서 드십니다…!"

신하와 제후들은 일어났고, 궁정 악단이 장엄한 찬가를 연주하는 가운데 긴 심홍색 로브를 걸친 여제가 측근들을 이끌고 위풍당당하게 입실했다.

'우와…, 폐하, 오늘은 몰라보게 아름다우시네…!'

팔마는 눈을 휘둥그레 떴다.

제관을 쓰고 지팡이를 들고 옥좌에 앉아 가신들을 위엄에 찬 눈

으로 바라보는 모습은, 팔마의 말을 얌전히 따르던 환자가 아니라 산 플루브 제국의 황제 엘리자베스 2세였다. 그녀에겐 황제로서의 품격이 있었다.

장미 같은 뺨, 눈동자, 윤기 나는 은발. 눈부신 미모를 한껏 과시하고 있었다.

여제는 쾌유 인사를 신하들에게 했고, 대신들이 축하의 말을 바쳤다.

그리고 마지막으로 여제는 수석 시종으로부터 칙서를 받아들고 읽기 시작했다.

"존작, 수석 궁정 약사 브루노 드 메디시스."

"네."

브루노는 자리에서 일어나 우아하고 격식에 맞게 단상으로 올라가 여제의 앞에 서서 인사를 했다.

브루노의 이름이 호명되는 걸 듣고서야 팔마는 이제부터 논공행상 의식이 시작된다는 걸 깨달았다.

"그대는 짐의 시료에 매진해주었다. 그 상으로 새로 마세일령의 통치를 맡기겠다."

"네."

"특히 공자의 신약의 약초 생산과 조달에 쓰도록."

여제는 지팡이 끝을 브루노에게 내밀었고, 그 끝을 브루노가 쥠으로써 지배권이 양도되었다. 봉토 수여 의식이다. 마세일령은 무역이 번성한 항구 도시다. 연안의 완만한 경사면을 이용한 풍요로운 농지를 가진 약초의 대생산지였다.

"네. 군주께 종속된 자로서 신의 이름을 걸고 신의를 다 바쳐 숭

경하겠습니다."

브루노의 명의이긴 하지만 실질적으로 팔마에게 준 봉토라 해도 다름없었다.

헤에, 팔마가 브루노가 기뻐하는 모습을 자기 일처럼 바라보고 있는데.

"수습 궁정 약사 팔마 드 메디시스."

'네?'

팔마는 너무 놀라 말문이 막혔다.

신하들이 술렁였다. 브루노에게 봉토를 하사했을 뿐만 아니라 아들에게도 그 이상 가는 상을 내리는 건가, 선망의 시선이 사방에서 쏟아졌다. 하지만 그의 공에 이의를 제기하는 자는 없었다.

"그대의 활약은 눈이 부셨고 탁월한 지식과 훌륭한 치료 수원을 선보였다. 짐이 지금 살아 있는 건 오로지 그대 덕분이다."

팔마는 자리에서 일어나 여제 앞으로 가긴 했지만 직립부동 자세로 굳어버렸다. 신하들이 주의를 준 덕분에 정신없이 머리를 조아렸다.

"수습에서 궁정 약사로 승격을 허한다. 그리고 특별히 제도에서의 약국 개업을 허가한다."

"네?"

팔마는 이번에야말로 완전히 굳었다. 수습 기간 종료를 정하는 건 여제가 아니라 브루노인데….

"뭘 그리 놀라는가. 그대의 스승이 전수 허가를 내렸다네."

여제는 방긋 웃었다. 브루노가 팔마의 궁정 약사 수습 기간을 종료시켰다고 여제에게 아뢰고 어엿한 약사가 되는 걸 허가했다, 그런 취지의 말이었다.

팔마는 여제의 옆에 공손히 자리하고 있는 노아와 눈을 마주쳤다. 노아는 재미있다는 듯이 씨익 웃었다. 바보, 라고 그 입모양이 말했다.

'우리끼리 이야기라더니! 하지만… 고맙네.'

노아가 끈질기게 팔마에게 물었던 건 어떤 상을 원하는지 조사해 오라는 여제의 지시 때문이었다는 걸 팔마는 뒤늦게 깨달았다.

제국 칙허 약국을 열어 약을 팔 수가 있다.

그것은 그야말로 완벽하게 팔마의 희망에 딱 들어맞는 상이었다. 노아가 여제에게 말하지 않았다면 이뤄지지 않았을 것이다.

그뿐만 아니라….

'아, 혹시 브루노 씨가 마세일 영주가 된 것도 쟤가 한 짓인가?'

팔마는 그제야 눈치를 챘다. 노아의 질문에 무심히 바다 쪽 영지가 좋다고 대답했는데, 우연은 아닐 것이다.

여제는 놀라움과 흥분을 감추지 못하는 팔마에게 지팡이를 내밀었다.

'이럴 때 뭐라고 말하더라?'

팔마는 너무 놀라 머리가 터질 것 같았다. 정신이 하도 없어 시대극조로 답례를 했다.

"네, 황송하기 그지없사옵니다, 폐하."

브루노를 따라 팔마는 여제의 지팡이 끝을 잡았다. 하사 의식이다.

지팡이는 붉은 기를 띤 빨간 빛을 내뿜고 있었다.

하지만 팔마가 지팡이를 건드린 순간, 지팡이에 달린 보석이 하양게 빛나기 시작했다.

'아, 실수했다! 이건 건드리면 안 되는 거였는데!'

지팡이는 신력계 기능을 겸하는 것 같았다.

"음?"

여제의 표정이 순간 굳었지만, 팔마는 황급히 손을 떼고 브루노의 옆자리로 물러났다.

불과 1초쯤 지팡이가 빛나던 걸 제대로 본 사람은 없을 거라고, 그렇게 믿고 싶었다.

그녀는 논공행상 후의 파티에서도 팔마를 옆으로 불렀다.

"그대의 약국은 어디에 마련할 생각인가?"

"네, 어디라고 정하진 않았습니다만, 사람이 모이는 곳을 생각하고 있습니다."

그걸 진지하게 생각하는 건 나중 일이다. 여제에겐 약국 창업도 천천히 하겠다고 말했다. 팔마는 이 세계에 익숙해지면 서서히 그 준비를 해갈 생각이었다.

"그건 큰길이 좋다는 말이로군?"

매우 현실적인 질문이라고 의아해하면서도 팔마는 그렇다고 대답했다.

"그대는 예전과 분위기가 바뀌었군. 어린애답지 않고 참으로 차분해. 그리고…."

여제는 팔마의 정체를 간파하듯이 눈을 가늘게 떴다. 팔마의 팔 주변에 시선이 고정되어 있었다.

"그렇지는 않습니다만, 그런가요?"

"말하고 싶지 않은가. 그럼 눈감아주도록 하지."

"네."

"그대는 짐의 은인이니까."

여제는 한쪽 눈을 감았다. 봐준 건가, 팔마는 식은땀을 흘렸다.

"황자의 가정교사를 맡아줄 수 없겠나?"

"전 교육 방면엔 아는 바가 없고, 그보다 약사로서 공부를 해야 하니 용서해주시기 바랍니다."

팔마에게 거절당한 여제는 아쉬운 얼굴이었다.

엘리자베스의 주위에 여러 궁정인과 귀족들이 모여 여제 폐하의 눈치를 살폈다.

화려한 궁정의 양상이 펼쳐졌다.

"보아하니 제정은 아직 평안하겠구나."

늘 물만 들이켜던 브루노가 오늘은 웬일로 고급 와인을 마시며 궁정 요리에 입맛을 다셨다. 그도 완전히 어깨의 짐을 내려놓은 심정일 거다.

"아버지 일도 일단락되었네요."

팔마가 그렇게 말하며 위로하자, 브루노는 팔마의 옷깃에 새롭게 단 궁정 약사의 황금 장식 배지를 만져줬다. 조금 전에 여제가 팔마에게 수여한 명예다.

"잘 어울리는구나."

"괜찮은가요?"

스승인 브루노는 정말로 약사가 되는 걸 인정해준 걸까.

팔마는 그렇게 생각하며 황송해했지만, 그런 걱정은 기우였다.

"약학에 있어 내게서 배울 건 거의 없을 거다. 인생에서 배울 건 있겠지만 말이야."

이제부터 어엿한 한 사람 몫을 하게 된 네가 뭘 할지 아버지는 기대되는구나, 그는 그렇게 말하며 새 와인 잔을 들었다.

"건배."

팔마는 어린이용 주스가 든 잔을 기울여 브루노의 잔에 갖다댔다.

"황제 폐하와 아버지께."

"새로운 궁정 약사의 탄생에도."

여제의 쾌유로 산 플루브 제국의 정세도 안정될 것이다.

브루노와 함께 팔마는 축배를 들며 마음껏 진수성찬을 음미했다.

이튿날, 팔마 앞으로 한 통의 친서가 도착했다.

"누구지? 비싸 보이는 봉서네…."

봉투 안에서 나온 종이를 펼쳐 보니.

『그대의 신력 양은 유사 이래 비유할 바가 없다고 본다. 짐에게서 제위 박탈을 꾀한다면 성인이 되어 신술을 갈고닦은 뒤 정정당당하게 짐에게 결투를 신청하도록 하라. 성인이 되기 전의 그대와 싸우는 건 공평하지 않으니까.』

보낸 사람은 '산 플루브 제국 황제 엘리자베스 2세'였다. 황제 폐하였다.

몸이 완전히 좋아진 여제는 근육 뇌 모드에 들어갔는지, 오랜만에 나타난 호적수를 보고 의욕에 넘친 모습이었다.

"어쩌지…."

『제위는 사양하겠습니다. 정말입니다. 그러지 마세요. 전 약학에

만 관심 있고, 나중에는 허가해주신 약국을 경영할 테니 부디 황제
자리를 계속 지켜주십시오.』

이런 취지의 답장을, 팔마는 곱게 포장해 최상급 경어로 꾸며 돌
려보냈다.

◆

"나중에는 약국을 하고 싶다고 했는데… 왜 오늘?"

수습 약사에서 정식 궁정 약사로.

여제가 직접 내린 칙허로 막 그 자리에 오른 팔마는 저택에서 놀
라 말문을 잃었다.

드 메디시스가의 저택에 숙련공들이 쳐들어온 것이다. 약국 창업
에 관한 창업 자금은 제국이 맡는다는 여제의 의지를 전하는 칙사
가 찾아온 것은 어제였다.

그리고 바로 오늘, 이런 일이 벌어진 것이다.

'폐하, 너무 성급하신 거 아닙니까.'

팔마의 마음의 소리다.

약국 창업 칙허를 받은 팔마를 위해 제국에서 약국 시공 공사를
떠맡았다고 했다. 여제의 명령은 중하기 때문에 황제 폐하 전용 가
게에서 모아온 실력 좋은 석공, 석수, 목수, 대장장이, 목재상, 유리
장인, 지붕 장인 등, 감독부터 유명한 장인, 그 제자까지 엄선한 장
인들이었다. 그들은 궁전 건조에도 관여한 일류 장인이라고 했다.

"아직 마음의 준비도 안 됐고 초안도 안 나왔는데, 일단 가셨다가
나중에 오시면 안 될까요?"

팔마는 일단 숙련공들을 내보내려고 했지만, 그들은 저택의 문 안으로 발을 들이밀었다. 그렇게 문을 사이에 두고 밀고 밀리길 한 끝에.

"도련님, 황제 폐하의 하명을 받은 몸이라서요, 네."

이대로 돌아갈 수도 없고, 건설 예정지도 정해졌으니 오늘부터 공사에 들어가지 않으면 저희도 목이 날아갑니다! 라며 물고 늘어졌다.

'확실히 날아가겠네, 물리적으로.'

근육 뇌 모드인 여제니까.

"어머, 벌써 왔어? 일도 빨리 하네."

옥신각신하고 있는데 엘렌이 찾아왔다.

브루노가 전서구를 보내 호출했다고 했다. 팔마의 약국 창업을 도우라는 말이었다. 여제가 당장 팔마에게 약국을 맡기라고 브루노에게 엄명을 내렸기 때문에 브루노는 엘렌에게 팔마를 도와달라고 요청한 것이다.

그러고 보니 브루노는 오늘은 다른 귀족에게 왕진을 간 상태였다.

"팔마가 출세한 건 기쁘지만 황제 폐하에게 뭘 그런 걸 조른 거야? 그분은 성미가 급하신데. 지난번에도⋯ 아, 불경죄로 잡히겠다."

팔마는 그 재미있을 것 같은 에피소드를 캐묻고 싶었지만 일단 포기했다.

"여기엔 깊은 사정이 있어서 이야기하면 길어져."

약국 창업 건은 노아에게 잡담한 것을 밀고당했을 뿐이다. 노아는 무사히 임무를 다해 여제의 점수를 땄을 거고.

"긴 이야기는 하지 말고, 그래서 어떤 약국을 할 거야? 대략의 초안은 있을 거 아냐?"

엘렌이 적극적으로 물었다.

"벌써 정해야 해? 진짜 마음의 준비가 안 됐는데. 다른 약국도 좀 살펴보고 싶고."

작업실로 쓸 공간이니 잘 숙고해 디자인을 정하고 싶었다. 뭔가에 쫓기듯 정할 게 아니라고 팔마는 생각했다.

"안 돼. 지금 당장 안 하면 장인들의 목이 날아갈걸, 사회적으로."

엘렌도 장인과 같은 말을 했다. 목이 물리적으로 날아가지 않는 거면 다행이긴 한데.

"폐하 진짜 무섭지? 어떻게 쓸지 차분히 검토도 하고 싶고…."

"마음에 안 들면 다시 세우면 되지 않으냐고 하실걸."

"폐하는 강권 발동이 심하시네…."

팔마가 장인이 건네준 부지만 그려진 백지 도면을 보며 신음하는데, 로테가 엘렌과 팔마에게 차와 과자를 가져왔다.

"그런데 놀랐어요. 황제 폐하께서 직접 궁정 약사로 서임을 내려주시다니 굉장하잖아요. 팔마 님 출세하셨네요! 그리고 벌써 장인들이 오다니, 진짜 약국을 하시는 거군요!"

로테는 팔마의 영예를 자기 일처럼 기뻐했다.

"나리, 아직 초안 못 정하셨습니까? 제발 좀요."

"죄송해요."

기다리고 있는 길드 장인들은 조급해했다. 팔마는 펜을 움직이는 수밖에 없었다.

"그럼 마음대로 한다."

그는 자포자기했다. 마음대로 설계해도 된다고 했으니 최악을 각오하고 도면을 그리기 시작했다. 초안만 있으면 적당히 잘 시공하겠다며 숙련된 장인 우두머리는 그들의 일에 자신감을 보였다. 블랑슈도 종이와 펜을 가져와 팔마 옆에서 그림을 그리기 시작했다.

약국의 입지는 차분한 제도의 대로변 모퉁이에 있는 최고의 부지를 여제가 잡아주었다. 약사 길드의 상점가에서는 조금 떨어진 곳이었다. 장사 라이벌들과 마주치지 않게 하려는 여제의 배려일 것이다. 블랑슈가 인형 그림을 다섯 장쯤 완성했을 무렵.

"다 됐다! 자잘한 것들은 공사 중에 생각할게."

"헤에, 어떻게… 어?! 우와…!"

어린애가 그리는 그림이니 희망 사항을 듣는 정도라고 생각했던 길드 장인들은 오후가 되어 팔마가 건네준 도면을 보고 깜짝 놀랐다. 온갖 치수까지 다 들어가 정리된 도면이었기 때문이다.

"이렇게 정밀한 거면 일하기 쉽죠."

팔마와 엘렌은 장인 우두머리들의 의견과, 다른 약국의 실내 구조 등을 참고로 해 도면을 채워나갔다.

도면이 완성된 그날부터 엄청난 속도로 공사가 진행되었다. 공사 기간을 좌우하는 건 건축 예산이다. 제국의 발주라면 돈 걱정은 안 해도 되기 때문에 최고급 건축 자재가 선정되었고, 많은 장인들이 투입되었다.

착공한 지 며칠이 지나자, 제도 한쪽에 벌써 새로운 점포의 골격이 나타나기 시작했다.

"도련님, 가게 이름은 어떻게 할까요?"

석공이 팔마에게 약국 이름을 물었다. 주위의 가게를 보니, 가게 이름이 벽면에 크게 조각되어 있었고 각인에는 금박을 발라놓았다. 저렇게 하면 되나 싶어 팔마는 참고하기로 했다.

"제국약국이요?"

"그건 너무 거창하네요."

제국 칙허점임을 나타내는 금색 상징은 가게 벽에 이미 걸려 있다. 제국 전용 가게는 제도 내에 수십 개 점포가 있지만, 제국 칙허 점은 한층 더 격이 높고 인가를 받는 경우가 매우 드물다. 그 칙허 점이라는 영예를 받은 곳이 바로 팔마의 가게다.

격식과 실적이 있는 약국이라고 창업 전부터 제국의 보증을 받은 것이다.

"공사 기간이 지연되니까 빨리 정해주세요."

"당장이요?"

"당장이요."

장인은 성미가 급했다. 그냥 수수하게 이름을 붙인다면 '드 메디 시스 약국'이 되겠지만, 도전적인 일이기 때문에 집안의 이름을 대 대적으로 사용하긴 꺼려져서 고민에 빠졌다.

"하지만 이세계(異世界)의 약국이니까."

이것도 아니고, 저것도 아니라며 고민하던 끝에, 결국 좋은 안이 나오지 않아 팔마는 그렇게 중얼거렸다.

"헤에, 이세계의 약국이요."

장인이 팔마가 중얼거리는 말을 들었다. 그리고 몇 시간 후, 멋들 어지게 장식된, 금박을 바른 조각 간판이 완성되었다.

이세계 문자인 그 가게 이름을 전생의 알파벳으로 변환하면 아마 라틴어풍으로 『DIVERSIS MUNDI PHARMACY』일 것이다. 『이세계 약국』이라는 말을 그대로 직역한 것 같았다. 이게 어떻게 된 거냐고 팔마가 눈을 휘둥그레 뜨고 쳐다보는데.

"성역 약국? 그걸로 한 거야? 너무 거창하지 않아?"

현장 감독을 하러 온 엘렌이 새로운 간판을 보고 한마디 던졌다. 그 말을 듣고 놀라는 팔마.

"성역이라니, 왜 그렇게 되는데?!"

팔마는 엘렌이 한 말에 놀라 당황했다.

이세계라는 단어는 이 세계에서는 일반적이지 않기 때문에 성역이라고 의역되나 보다.

"폐하의 칙허가 있고 비호도 아끼지 않겠다고 하셨으니 동업자들이 볼 땐 성역이긴 하겠다. 아니면 약신님이 있는 시점에서 성역일지도 모르지만, 아무튼 그런 의미로 붙인 거야?"

"아냐, 아냐! 이건 실수인데."

'아아, 사고 쳤네! 이런 이름을 쓰면 괜히 안 좋게 보일 텐데!'

팔마는 실수를 후회했지만, 일을 마친 석공과 조각사는 도시락을 먹고선 재빨리 돌아가버렸다. 미안하지만 불러서 다시 해달라고 할까 생각도 했다.

"동업자와 다투고 싶지 않단 말이야. 약초도 안 주려고 하면 어떻게 해."

업주를 방해하거나 나쁜 소문을 내면 곤란하다. 그리고 가게의 이름으로 볼 때 이 세계에서 상당히 영향력이 있는 걸로 보이는 '신전'에도 정면으로 싸움을 거는 것처럼 보이기도 했다. 어쨌든 '성역'

이니까.

"상관없어. 이미 완성됐는데, 그냥 이걸로 가도 되지 않아?"

엘렌은 별거 아니라는 듯이 말했다.

"응?"

"이름을 바꿔봤자 소용없다고. 평민인 3급 약사 길드와는 전면 대결을 하게 될걸. 귀족이 가게를 내는 거잖아? 그런 전례는 들어 본 적도 없다."

타협은 불가능하다고 엘렌은 날카롭게 분석했다.

"폐하의 비호가 있다 하더라도 공격은 당연히 드셀 거야. 방해도 직접적으로든, 간접적으로는 장난 아니게 해댈 거고."

"그런 경험이 있는 거야?"

"음, 이 업계는 좀 여러모로 그런 게 있어."

애매모호한 엘렌의 말은 마치 예언처럼 들렸다.

 ## 9화 이세계 약국 창업

제국 칙허 약국과 제국 최연소 궁정 약사가 도대체 뭐냐.

마치 그렇게 묻는 듯 시민과 각 길드의 상공업자들이 대낮부터 끊임없이 찾아왔다. 비싼 게 없나 싶어 건설 현장에 도둑까지 들었기에 팔마는 집안의 기사에게 야간 경비를 의뢰했을 정도다.

얼마 지나지 않아 제국 약사 길드 간부들이 찾아와 당당히 가게 앞에서 정찰을 시작했다. 팔마와 그 자리에서 마주친 약사들은 적개심을 노골적으로 드러내며 접근했다.

"아아, 이거 약국 종업원이신가. 점주님은 어디 계시나?"

길드장으로 보이는 덩치 좋은 초로의 남자가 모자를 벗어 들고 가게 앞에서 건설 작업을 지켜보던 팔마에게 인사를 건넸다. 은근히 무례한 태도였다.

"제가 점주입니다."

팔마는 딱히 기분 상해하지도 않고 대답했다.

겉모습이 아무리 봐도 어린애여서 그런지 애 취급을 하고 얕잡아본다 해도 화낼 수 없었다.

"이거 실례했네! 너무 젊으시군. 제국 약사 길드장인 베론입니다."

"안녕하세요, 베론 씨. 궁정 약사 팔마 드 메디시스입니다. 여기에서 가게를 운영할 예정이라 신세를 지게 될 것 같네요. 잘 부탁드립니다."

"약국을 창업한다고 듣고 찾아왔는데, 칙허인이 있군요. 아아, 폐하도 참 특이한 짓을 하시네. 아, 이거 실례."

어린애라고 완전히 모욕하는 정도가 아니라 비아냥거려도 알아차리지 못할 거라고 생각했나 보다. 팔마는 별로 화도 안 났다.

"뭐, 보다시피 젊긴 하지만요."

"참 거창한 이름의 약국인 것 같습니다만, 도대체 어떤 약을 판매하실 겁니까? 당신 나이에 판매를 한다 하면 알사탕이신가?"

팔마의 궁정에서의 평판을 모르는 그들은 강하게 나왔다. 사탕을 빠는 흉내를 내며 조롱하는 길드장 베론에 동조해 주변의 약사들이 은근히 비웃으며 부채질을 해댄다.

"아하하, 이거 참."

하지만 팔마는 이런 시비에 대한 내성이 쓸데없이 강한 편이라

가볍게 받아넘겼다.

전생에서도 신약을 개발할 때마다 몰려드는 건 호의적인 반응만은 아니었다. 전 세계 연구자들로부터 반론과 의심, 표면상으로는 알 수 없는 비아냥으로 가득 찬 말이 날아들곤 했다. 라이벌 연구실과의 특허 경쟁 다툼도 있었다. 그것에 일일이 차분히 대응했던 걸 생각하면 지성이 없는 시비야 댈 데도 아니었다.

"알사탕은 팔 겁니다."

팔마는 고개를 끄덕이며 생긋 웃었다.

"그것도 약의 하나인 제형이니까요."

처음부터 사탕형 알약을 팔 예정이었다.

땀을 많이 흘리는 장인들을 위한 염분, 미네랄 보급용으로 소금 사탕도 괜찮을지 모르겠다.

그는 어린애답게 귀엽게 대답했다. 시비를 전혀 개의치 않는 팔마를 누르려고 베론은 한마디 더 찌르고 싶은 모양이었지만, 칙허인이 있는 궁정 약사에게 대놓고 폭언을 할 수는 없었다. 귀족에 대한 평민의 불경 행위는 처벌 대상이다. 허락되는 건 비아냥대는 것까지라고 엘렌은 말했었다.

"아아, 제형이라니 공부 좀 하셨네."

베론은 짜악짜악, 과장되게 박수를 쳤다.

"그런데 베론 씨, 창업을 하려면 약사 길드에 소속되어야 하나요?"

장사를 하려면 동업 조합에 등록을 해야 한다는 게 생각나 팔마는 일단 물어보기로 했다. 수속 등은 동업자와 다투지 않고 원만하게 처리하고 싶었다.

"안타깝게도 약사 길드의 약사는 평민들만 해당합니다. 귀족 등록은 받질 않아요."

평민 약사는 오랜 밑바닥 생활을 거쳐 길드에 인정을 받아야 겨우 독립할 수 있다고 했다. 개업을 하려면 적어도 10년의 시간이 필요하다.

"꼭 가맹하고 싶다면야 받아주기야 하겠지만요. 독립할 때까지 길고 힘들 겁니다만?"

베론은 진지한 척 가장하며 도발했다.

귀족 약사란 게 꽤나 싫은지 비아냥대지 않고선 못 참겠는가 보다.

"아닙니다, 제의는 고맙지만 저도 약사로서의 최소한의 기능, 그리고 지식은 수행했습니다. 약사 길드 가맹점과는 다른, 독자적으로 개발한 신약을 판매할 겁니다."

팔마는 귀족이기 때문에 평민 길드에는 가맹할 필요가 없었다.

"그렇군요. 그러는 게 좋을 겁니다. 그런데 궁정 약사님 약은 무척 비싸겠지요? 서민들이 어디 감히 손이나 댈 수 있겠습니까."

궁정 약사는 비싼 원료를 써서 약을 조합한다는 건 잘 알려진 사실이다.

약값 시세를 알고 있는 길드 간부는 장사가 잘돼야 할 텐데요, 이렇게 말하며 노골적으로 동정하는 표정으로 비아냥댔다.

팔마는 흥이 깨진 기분으로 대답했다.

"아, 싼 약을 제공할 수 있을 겁니다."

"싸요? 아니, 이거, 고귀한 분은 역시 서민들의 주머니 사정을 고려를 안 하시는구먼! 당신들의 싸다는 게 얼마나 싼 건지."

"자, 자. 주절주절 잘도 늘어놓고들 있는데, 도대체 무슨 말을 하러 온 거야? 이 약국을 없애고 싶다면 말해보시지?"

바깥의 불온한 분위기를 감지했는지 엘렌이 가게 안에서 나타났다.

그녀는 가슴 앞에 팔짱을 끼고서 당당하게 그들을 노려보며 팔마에게 가세했다. 엘렌은 제도에서는 이름이 알려진 브루노의 첫 번째 제자, 모두가 실력을 인정하는 이였다.

"아닙니다, 동업자끼리 잘해봅시다. 그럼 가볼게요."

빈말만 남기고 베론은 길드 간부들을 이끌고서 냉소를 지으며 떠났다. 마치 약사 길드에서 선전 포고라도 한 것 같은 모양새였다.

그들이 떠난 뒤에 고민에 찬 표정으로 하늘을 올려다보는 팔마.

무심한 말이 어린 마음에 상처를 준 건가 걱정이 된 엘렌은 그를 격려했다.

"신경 쓸 거 없어, 팔마. 우리는 우리 방식대로 하자고. 경쟁이 아니니까."

그렇게 말하며 위로하려는 엘렌에게 팔마가 말했다.

"사탕만이 아니라 철분을 넣은 웨이퍼도 팔까 생각하는데 어때? 그리고 영양 보조 식품도. 웨이퍼는 비용이 어떻게 되려나? 맛도 종류대로 구비하고 싶은데. 어느 맛이 좋을지 조사해봐야겠어."

"하여간…."

괜히 걱정했다며 엘렌이 웃었다.

"아, 엘렌, 무슨 말 했어?"

"하고 싶은 대로 하면 될 거야."

베론의 도발 중에 나왔던 '사탕'이라는 말에 팔마는 상품 아이디어를 얻은 것 같았다. 넘어져도 그냥은 안 일어나는 정신력이다. 셀 수 없는 시행착오를 겪으며 연구에 매진해온 전생. 거기서 익힌 팔마의 맷집은 건재했다. 팔마의 강한 정신력과 긍정적인 사고방식에 맥이 빠지는 것과 동시에 경의를 표하는 엘렌이었다.

"약사 길드는 신경 쓸 거 없어. 대단한 항의도 못하면서 자존심만 세서 문제라니까. 심술이 도가 넘는다 싶으면 불경죄로 처벌할 수 있고, 내가 신술을 써서 강으로 날려도 되니까. 알았지?"

이런 무시무시한 소리를 한다.

신술로 평민을 압도할 수 있는 귀족이 기가 죽을 필요 없다며 위로한다. 팔마는 엘렌이 격려하는 것임을 깨닫고는 신경 안 쓴다고 대답해줬다.

"그보다 상품을 생각해야지. 나, 조제 약국으로 할 생각이었기 때문에 상품은 생각을 안 했었는데 판매 공간도 필요하려나?"

그는 약사 길드에 대해선 정말로 신경 쓰지 않았다.

마스크와 붕대, 오블라토, 반창고, 영양 드링크 등을 팔까 하는 생각으로 머리가 꽉 찼다.

"그러고 보니 팔마, 약초는 어디서 조달할 거야?"

진지한 얼굴로 물으며 엘렌이 양손으로 허리를 짚었다. 잘록한 허리에 가늘고 긴 손가락이 파고드는 게 선정적이었다. 엘렌은 자각도 없이 섹시한 모습을 보여주기 때문에 팔마는 가끔 이렇게 기습 공격을 당하곤 한다.

"스승님은 학자니까 판매할 정도의 원료는 안 갖고 계셔. 독자적인 판로를 뚫는 수밖에 없을 거야. 재료 조달, 원가 계산에 생산 비용, 거기에 드는 생산자에게 지불할 임금도 계산해야지."

"아, 그렇구나."

"그래. 잊고 있었어? 팔마 너 똑똑한 척하면서 맹한 구석이 있구나."

엘렌은 키득거렸다.

"하하, 응. 깜박했어. 엘렌은 역시 대단해…."

"어째 거짓말하는 것 같은 말투인데!"

"아니야."

'물질 창조가 가능하니까 다른 약초에 의존할 필요는 없긴 하지만 말할 수는 없지.'

어디에서라도 원료를 사들이거나 조달하는 모습을 안 보이면 수상하게 여기겠구나, 팔마는 인식을 새로이 했다. 물질 창조가 가능하다는 건 아직 아무에게도 말하지 않았다.

브루노에게도, 엘렌에게도 가능하면 숨겨야 할 정보라고 생각했다. 아무리 가까운 사람이라도 어떤 반응을 보일지 모를 일이다. 엘렌도 팔마에게 그림자가 없는 걸 보고 그렇게 두려워했으니 완전히 괴물 취급을 받는다면 설 곳이 없다.

"기왕이면 폐하께서 스승님한테 하사하신 영지를 조금 빌려 약초 재배를 해보는 게 좋을 거야. 널 위해 쓰라고 폐하가 명령하셨다고 스승님이 그러셨거든."

엘렌이 제안했다.

"그러고 보니 아버지의 봉토가 늘어났었지."

"마세일령에선 주요하거나 진귀한 약초도 생산되고 있고, 새로운 약초도 비교적 구하기 쉬워. 항구가 있으니까 임슬라권, 인두권에서 원료를 직접 수입하기도 쉽고."

엘렌은 지리에 밝았다. 팔마는 그 이름에 귀를 쫑긋 세웠다.

'뭐? 이슬람권과 인도권?'

이름이 지구 세계의 그것과 비슷했다.

그러고 보니 팔마는 이 세계의 지도를 아직 보지 못했다.

"그래. 조만간 마세일령 영지민들에게 인사하러 갈게."

생각해보면 프랑스의 항구 도시 마르세유와 비슷한 지명이었다. 우연인가.

"영주의 아들이니까 영지민들에게 인사는 안 해도 돼. 넌 참 독특하다니까."

약초를 생산해주는 영지민들은 어떤 사람들일까, 그런 기대를 하는 속 편한 팔마였다.

◆

팔마는 약초 조달 루트를 대충 잡고 나자, 브루노와 엘렌의 협력을 얻어 약국 창업에 필요한 각종 도구를 부지런히 조달했다.

천칭과 약병, 조제 숟가락과 약포지, 플라스크와 비커, 약 선반, 연구에 필요한 여러 유리 기구, 약품, 약초, 큰 냄비와 작은 냄비, 필기도구 등등, 그 종류를 들자면 끝이 없었다.

그러고서 예상되는 질환 치료약을 물질 창조로 만들어 약병에 담았다. 약포를 접은 건 로테다. 하루 종일 콧노래를 흥얼거리며 어렵지 않게 대량의 약포를 만들어줬다. 그녀는 평소에도 단순 작업을 해서 그런지 능숙했다.

마스크와 붕대, 서포터 등도 장인에게 주문 발주했다. 목사탕에 소금 사탕, 비타민 등을 포함한 웨이퍼 등도 팔마가 고안해 과자점에 발주했다. 약국에서 생산할 수 없는 건 망설이지 않고 상인에게 발주한다. 많은 상인을 이용해 수요를 낳고 약국에 친근감과 신뢰를 갖게 하자는 의도도 있었다.

"당분간 상품은 제조 속도가 쫓아오지 못할 거야, 창업한 뒤에 서서히 해나가도 돼."

"조제 위주니까 환자가 원하는 걸 들은 뒤에 판매용 상품을 갖추도록 할까."

헬스 케어 상품 판매와 조제 업무. 팔마가 중시하고 싶은 건 조제 업무다. 주객이 전도되어선 안 된다고 팔마도 수긍했다. 일용 잡화점이 아니니까.

"그러는 게 좋을 거야. 상품을 구비해봤자 팔 시간도 없을 거고. 그런 건 천천히 해도 돼. 일단은 장사를 궤도에 올려야지."

"나 장사는 해본 적 없는데 어떻게 될지."

"나도 해본 적 없어."

바빠 보이는 팔마와 엘렌을 지켜보던 로테는 팔마와 함께 짐을 꾸리는 걸 돕고 있었는데, 왠지 소외감을 느낀 것 같았다.

"바빠 보이시네요, 팔마 님. 낮에는 약국 일을 하시는 건가요? 밤에는 돌아오실 수 있죠?"

"밤엔 집에 갈 거야."

팔마는 이마에 땀을 흘리며 짐 꾸리는 손길을 멈추지 않았다.

"그런가요…, 힘내세요!"

약국 창업 준비를 하며 팔마와 만날 시간이 줄어들어서 그녀는 의기소침해했다. 그만큼 블랑슈를 돌보는 시간이 늘었기 때문에 오히려 블랑슈와는 많이 친해진 것 같았다.

"내가 없는 낮에는 로테도 일이 줄어들 테니까 좀 쉬고 산책도 해. 낮잠이라도 자면서 편히 지내. 블랑슈랑 놀아도 좋고."

팔마는 로테의 업무 양을 줄이려고 배려한 거였다.

하지만 로테는 바쁘긴 해도 팔마와 떨어지는 게 싫은 기색이었다.

"조제와 진료에 전념하고 싶으니까 약국 서무랑 재무를 맡아줄 사람을 고용하고 싶은데."

그런 이야기를 팔마가 엘렌에게 했을 때, 로테가 재빨리 손을 들었다.

"저요! 저요!"

폴짝폴짝 뛰며 자기 자신을 홍보한다.

"로테? 왜 그렇게 뛰는 거야?"

"저, 계산 잘해요. 잘 안 틀려요. 글씨도 잘 쓰나… 네, 아마 잘 쓸 거예요. 청소도 구석구석 잘합니다. 그러니까 팔마 님한테 고용되고 싶어요! 부탁드려요!"

팔마는 농담이라고 생각해서 상대하지 않았다.

"네가? 로테는 아직 아홉 살이잖아. 종업원은 성인을 쓸 생각인데."

"그렇게 따지면 점주인 팔마 님은 열 살이잖아요오. 어린이 점주잖아요오. 그럼 저도 괜찮잖아요오."

그 조르는 말투가 귀여워서 팔마는 마음이 흔들렸다.

"로테가 일을 잘하긴 하는데."

충동 반, 재미 반으로 제안한 거라고 생각했기에, 팔마는 이걸 어떻게 하나 고민했다.

"그렇죠, 그렇죠."

에헴, 로테는 납작한 가슴을 당당하게 폈다.

그녀는 급사이면서도 읽고 쓰기와 계산을 잘했다.

하지만 혼자 장부를 적는 건 힘들다고 팔마는 그녀를 달랬다. 듣고 보니 로테도 자신이 없어진 모양이었다.

"그럼 잡일이라도 좋아요. 팔마 님에게 도움이 되고 싶어요! 절! 꼭, 이 샤를로트를 도우미로! 제발! 부디! 이 샤를로트를 꼬오옥!"

눈을 반짝반짝 빛내며 창 밖을 향해 선거 연설이라도 하듯이 떠들어댔다.

"알았어, 알았어! 밖에 대고 뭘 그렇게 큰 소리로 떠드는 거야."

어린 소녀에게 아동 노동을 시켜도 될까 싶었지만 팔마는 거절할 이유를 찾지 못했다. 브루노에게 로테를 고용하고 싶다며 허락을 청하자 마음대로 하라고 했다.

"그럼 너무 힘들지 않은 일을 조금만 부탁해볼까."

"마음껏 부려주셔도 돼요! 마구마구! 잡일은 맡겨주세요!"

"잘 부탁해."

"신난다! 팔마 님 너무 좋아요! 그럼 제 감사의 노래를 들어주세요!"

로테는 신이 나서 자기가 만든 노래를 열창했다. 여전히 미성의 소프라노였다.

"2번입니다. 박수 쳐주세요!"

'로테가 있으면 약국 분위기도 밝아지겠네.'

그녀는 어떤 곳이든 뮤지컬 극장으로 바꿔버릴 것 같았다.

이렇게 해서 팔마는 엘렌과 로테 두 명을 약국 직원으로 고용하게 되었다.

"오라버니, 저도 오라버니한테 고용되고 싶어요….."

블랑슈도 로테에 이어 그런 소리를 했지만 팔마는 거절했다.

"넌 공부해서 글씨를 쓸 수 있게 된 다음에."

"네."

아쉽게 입을 삐죽거리는 블랑슈였다.

저녁 무렵이 되어 팔마가 조달품 서류를 정리하는데 한 여성 고용인이 팔마의 방 앞에서 문을 노크했다.

"들어와요."

"도련님, 실례합니다."

그날 찾아온 것은 로테의 엄마인 카트린이었다. 로테에게서 약국 직원으로 고용되었다는 이야기를 듣고 황급히 팔마에게 확인하러 온 거였다. 카트린은 빨간 머리에 행동이 우아한 상급 고용인이다. 로테와 함께 팔마의 신변을 돌봐주고 있었다.

"저, 딸아이를 약국 직원으로 고용해주신다는 말을 들었는데, 그게 사실인가요?"

조심스레 말을 꺼낸 카트린은 무척 황송해했다.

"음, 샤를로트 본인이 희망해서. 진지하기도 했고."

"너무 과분한 이야기입니다."

"임금도 확실하게 지불할 건데, 뭐 문제라도 있을까?"

아직 어리니까 고용하지 말아달라고 하려나, 팔마가 긴장하는데.

"저, 약국 일이라면 어떤 건가요?"

전혀 상상도 안 간다는 듯이 카트린이 난처한 얼굴로 물었다.

"샤를로트는 미성년자라 주로 사무와 간단한 작업을 부탁할까 해."

"약초 지식도 없고 장부도 써본 적이 없는데, 딸애한테 그런 걸 맡기셔도 괜찮겠어요?"

"사무 업무라고 해도 간단한 거고, 약초 지식은 필요 없어."

"도움이 안 되는 게 아닐까요? 거치적거리기만 하는 건 아닌지 걱정입니다."

그 아이는 나대길 좋아하고 아무것도 못하면서 자기 분수를 몰라서… 카트린은 한탄했다.

"샤를로트는 그냥 있기만 해도 주변 사람들이 밝아지니까 고맙지."

"그 아이는 도련님을 정말 잘 따라서… 나대지 말라고 몇 번을 타일러도 말을 듣지를 않아요. 무례하게 군 걸 용서해주십시오, 제가 제대로 교육을 못 시켜서."

매일 밤낮, 자나 깨나 팔마 이야기를 시작하면 멈출 줄 모른다고 카트린이 고백했다.

"만약 도련님께 방해가 된다면 확실하게 말씀해주세요. 그 아이는 분위기 파악을 못하는데다 기운 넘치는 것 빼곤 장점이라곤 없는 바보 같은 아이라… 도련님 흉내를 내서 매일처럼 읽고 쓰기와 계산 공부를 하고 있긴 합니다만."

카트린이 로테를 폄하하기 시작했기에 자신이 감싸줘야겠다 싶어졌다.

"아, 샤를로트는 전혀 방해가 안 돼. 눈치도 빠르고 같이 일해주면 좋지."

팔마는 그렇게 말했다. 실제로 로테가 있어주는 게 더 도움이 되는 경우도 있었다.

"그, 그런가요. 그럼 제가 괜한 말을 드렸네요."

"응, 그럼 그렇게 알아줘."

팔마는 카트린이 한 말이 신경 쓰여 로테를 찾아보았다. 그러자 로테는 고용인 대기실 책상 앞에 앉아 뭔가를 열심히 하고 있었다.

"로테."

팔마가 말을 걸자 로테는 놀라 펄쩍 뛰었다. 꽤나 들키는 게 싫었는지 무척 당황했다. 팔마가 로테에게 뭔가를 묻는 일 자체가 드물었다.

"으악, 팔마 님."

책상 위에 와락 엎드려 황급히 공책을 감추는 로테를 팔마는 의아해서 바라보았다.

"뭐하는 거야?"

당황한 나머지 제대로 숨기지도 못하고 펼쳐놓은 공책을 팔마는 곁눈질로 확인했다.

"으아아, 아무것도 아니에요오. 무슨 일이신가요?"

"아아, 그렇구나. 공부하고 있었네. 자습을 하다니 대단한걸."

팔마는 로테를 다시 보았다. 공책에는 날짜가 적혀 있어서 매일 공부하고 있다는 걸 알 수 있었다. 여러 권의 공책이 쌓여 있었다.

"글씨 잘 쓸 수 있게, 계산 틀리지 않게 노력하고 있어요. 매일 독서와 쓰기 30페이지랑 계산 50문제를 풀고 있어요."

로테는 성실하고 꾸준히 노력을 하는 타입이었다.

"멋진데. 글자를 잘 쓸 수 있으면 약국 서류도 보기 편해지고 환
자들도 좋아할 거야. 돈을 다루는 데 계산이 정확하면 좋고."

"그런가요. 모든 약의 지식을 갖고 계시고 신술 같은 엄청난 힘을
쓰시는데다 황제 폐하에게서도 인정받으신 팔마 님에 비하면 겨우
한 살밖에 차이 안 나는데도 그것밖에 못하는 건데…."

'초등학생 4학년이라고 생각하면 사칙 연산과 그보다 조금 어려
운 계산, 읽고 쓰기만 할 수 있어도 대단한 거야, 로테.'

일본의 초등학생과 비교해도 지극히 평균적인 학력이라고 팔마
는 생각했다. 게다가 로테가 자기 입으로 자랑하듯이 계산을 완벽
하게 한다면 매우 우수한 부류에 들어간다. 비하할 필요 없다고 로
테에게 말해주고 싶었지만, 로테는 팔마와 자신을 비교하고 있으니
괜한 위로는 역효과만 날 뿐이다. 책상 위에 시집과 성전도 있는 걸
봐선 자주 읽는 것 같았다. 그걸로 봐선 로테는 교양도 조금 있는
것 같았다. 하지만 로테는 말했다.

"귀족과 평민은 같은 아이라도 신술을 쓸 수 있는 것뿐만 아니라
머리가 달라요."

조금 쓸쓸해하는 로테의 말에 팔마는 깜짝 놀랐다.

"뭐?"

"귀족은 아무래도 재능이 차고 넘치니까 존경받아야 하죠."

단순히 신력의 유무와 교육 과정이 다를 뿐이라고 팔마는 생각했
지만, 로테는 그렇게 생각하지 않는 것 같았다.

"로테가 날 돌봐준 시간에 공부를 한 만큼 지식과 기술을 조금 더

가진 것뿐이야. 네 덕분이지."

"…그런가요. 전 팔마 님에게 도움이 되고 있는 걸까요?"

"로테가 할 수 있는 많은 일을 나는 못하잖아. 로테야말로 대단해."

고용인으로서의 매너, 침대와 테이블 정리, 완벽한 청소, 옷 입는 법과 조리 방법 등 로테는 고용인으로서의 교육을 받아 어엿하게 그 일들을 해내고 있었다. 자신은 그런 일들을 못한다며 팔마는 솔직하게 고마워했다. 그 말을 들은 로테는,

"그럼 지금까지 공부한 걸 살려서 열심히 모실게요! 저, 그것밖에 못하지만요. 팔마 님의 급사로 도움이 되고 싶으니까!"

천진난만한 미소를 다시 되찾았다.

팔마는 자신의 입장과 대비해 급사라는 로테의 처지를 생각했다.

'그렇구나, 대등해질 수는 없는 거지….'

아무리 노력을 한다 해도 신력이 없는 그녀는 귀족이 될 수 없다. 팔마와 달리 미래의 출세는 준비되어 있지 않은 것이다. 그녀의 삶의 보람은 뭘까. 드 메디시스가가 아니더라도 귀족 저택에서 생애를 마치는 것일까. 모든 의미에서 지구 여성이 처한 환경과 이 이세계는 다르다. 이 세계에서는 타고난 처지, 신분이 모든 걸 좌우한다. 그녀는 평민이고 팔마와 비교하면 억압받는 인생을 살게 될 것이다.

로테와의 관계가 오래갈까, 아니면 로테도 나이가 차면 좋은 인연을 만나 이 저택을 떠나게 될지도 모르지만… 지금은 자신을 잘 따라주는 로테와 함께 있는 시간을 소중히 여기고 싶었다. 그녀는 무엇과도 바꿀 수 없는 존재라고 생각하는 팔마였다.

"같이 잘해보자, 로테."

팔마는 로테의 손을 꼭 잡았다.

"네! 잘 부탁드려요!"

"그리고 내 방에 있는 책 중에서 마음에 드는 게 있으면 가지고 가서 읽어도 돼."

고용인이 구할 수 없는 책을 팔마는 많이 갖고 있다. 그런 의미에서 축복받은 것이다.

"정말요? 기뻐요! 궁금한 책이 많거든요."

"응, 마음대로 가져가."

"우아! 팔마 님, 좋아해요!"

로테의 미소가 폭발했다. 익숙한 그녀의 모습으로 돌아왔다.

이튿날 아침. 낯선 마차가 드 메디시스가에 준비되어 있었다.

"어, 세드릭 씨."

친숙한 상급 고용인이 퇴직금을 받고 짐을 꾸려 나가려 하고 있었다. 고용인들이 총출동해 꽃다발 등을 건네며 그를 배웅했다. 로테도 신세를 졌었는지 작별이 아쉬워 눈물을 글썽였다. 블랑슈는 아끼는 인형 하나를 선물로 줬다.

떠나려는 고용인은 드 메디시스가의 재무를 맡아온 세드릭 루노였다. 그가 마침 저택을 떠나려는데 팔마와 마주쳤다. 세드릭은 팔마를 보았다.

"오오, 팔마 님."

"무슨 일이야?"

"팔마 님, 저 세드릭은 오늘로 퇴직을 하게 되었습니다."

오랜 노동과 혹사로 양쪽 무릎이 망가져 브루노가 퇴직을 요청했다고 했다. 해고라고 하면 듣기 불편하지만, 브루노는 그를 임무에서 벗어나게 해 시골에서 편히 쉬도록 하려는 의도도 있는 것 같았다. 거기다 세드릭은 브루노에게서 영지를 받았다고 했다.

브루노와는 조금 전에 작별 인사를 했고, 마침내 저택을 떠나려던 순간이었다.

"난 그런 이야기 못 들었는데. 아버지한테서도 못 들었어."

"주인님이 갑자기 말씀을 하셔서요. 조금 전에 팔마 님 방에 인사를 갔었는데, 안 계셔서 그대로 실례를 했습니다."

"왜 이렇게 갑자기!"

세드릭은 저택의 고용인들 중에서도 교양이 있는 총명한 인물로 남작위를 가진 귀족이다. 드 메디시스가에는 작위를 가진 고용인이 몇몇 있었는데, 그중에서도 특히 우수한 인물이라 팔마는 세드릭을 존경하고 있었다.

브루노에게선 직접 들을 수 없는 저택 사정도 팔마에게 가르쳐줬고, 아이라고 해서 대충 둘러대지 않고 제국의 사회 사정에 대해서도 자세히 알려줬다. 지금 그를 잃게 되면 팔마로선 큰 손실이었다.

고용인이 퇴직할 때에는 드 메디시스가에서는 작은 송별회를 여는 게 관습이라고 했다. 오랫동안 일한 그를 위로하지도 않고 내쫓는 건 비정한 짓이었다.

그날은 그달의 중순으로 갑작스러운 해고라 해도 타이밍이 너무 나빴다. 최소한 월말까지는 일을 하게 해줘야 하는 거 아니냐고 팔마는 이 인사를 묘하게 생각했다. 고용인들이 세드릭을 대하는 태도를 볼 때 브루노도 상당한 실책을 저지른 게 아닌가 하는 생각도 들었다.

"팔마 님과 주인님 두 분께 오랫동안 신세를 졌습니다."

하지만 지팡이를 짚고 공손히 머리를 조아리는 세드릭은 40대로 아직 은퇴라고 하기엔 단연코 젊었고, 그걸 아쉬워한 팔마는 마지막 인사로 눈물 짓는 세드릭에게 말을 걸었다.

"세드릭, 앞으로 어쩔 거야?"

"주인님이 주신 퇴직금과 영지가 있으니 시골에서 소소하게 살 수는 있을 겁니다. 아직 저택에서 일할 의욕이 있긴 하지만 무릎이 말을 안 듣네요."

세드릭은 한심하다는 듯이 자신의 무릎을 두드렸다.

"아직 일하고 싶다고?"

"그럼요. 당연하지만 조금만 더 도움이 된다면…."

팔마는 그 말을 놓치지 않고 말했다.

"그럼 같이 일해주지 않겠어?"

"전 보다시피 무릎이 안 좋아서 걷기도 불편하고 웬만한 심부름은 할 수도 없습니다."

세드릭은 괴롭다는 듯이 무릎을 문질렀다.

진안을 써보니 무릎 관절이 염증을 일으켜 물이 찬 상태였다.

"가게에서 앉아서 무리하지 않는 범위에서 사무 일을 봐주면 돼. 그건 잘하잖아? 세드릭, 회계도 잘 보고 제국의 법률도 잘 알잖아. 공문서도 작성할 수 있고. 그러니까 지식을 빌리고 싶어. 그리고 무릎은 약을 쓰면 어느 정도 좋아질 수 있을 거야. 약은 내가 정기적으로 처방해줄게."

"아니…, 주인님께선 이 무릎의 통증을 고칠 약은 없다고 하셨습니다. 쉬는 게 제일이라고요."

보수적 치료법으로 안정하는 건 맞는 말이다. 그래서 브루노는 세드릭에게 약을 처방하지 않았다.

"쉬는 게 좋긴 하지만 내가 조금 더 편하게 만들어줄 수 있을 거야. 습포도 있고. 세드릭이 원한다면 말이지만."

"이런 저를 써주시겠다면야."

세드릭은 엉엉 울며 곧바로 수락했다.

"믿고 있어, 세드릭."

이렇게 해서 세드릭은 팔마에게 재고용되는 형태가 되었다. 세드릭은 저택에서 계속 살아도 된다는 허락을 받았다. 브루노뿐만 아니라 드 메디시스가의 가족들이 고용한 고용인도 저택에 들여도 된다는 규칙이 있기 때문이었다.

"조금 전에 꾸린 짐을 풀어야겠네요. 선물은 어떻게 하죠?"

세드릭은 어색하게 웃었다. 세드릭이 남아줄 거란 말에 고용인들은 기뻐했다.

"그 인형 가져도 좋아."

블랑슈도 웃었다.

그나저나 브루노가 세드릭을 자른 타이밍이 너무 묘하다고 팔마는 생각했다.

약국이 완성되기까지 며칠 안 남은 어느 날.

출장에서 돌아온 브루노가 서재로 팔마를 불렀다. 브루노는 바쁜 듯 두꺼운 서적을 읽으며 뭔가를 적고 있었다. 제국 약학교에 관한 서류인 것 같았다. 브루노도 궁정 약사로서, 그리고 대학의 총장으로서 바쁜 몸이었다.

거의 잠을 안 자는 건 아닌가, 팔마가 걱정한 적도 있다. 고개를 들지 않고 브루노는 팔마에게 말했다.

"개업 준비는 잘되고 있느냐? 엘레오노르한테선 순조롭다고 듣긴 했는데."

"네, 큰 탈 없이 진행되고 있습니다."

"우리 집의 약초원에 있는 건 뿌리째 뽑는 것만 아니면 마음대로 쓰도록 해라. 그렇게 들었겠지?"

"네, 엘레오노르 선생님이 그렇게 말씀하셨습니다."

브루노는 손뼉을 크게 쳐 상급 고용인 시몬을 불렀다.

"그걸 가져오게."

"네."

무슨 일인가 싶어 긴장하는데, 브루노의 명령으로 상급 고용인인 시몬과 고용인 세 사람이 커다란 상자를 가져왔다. 그리고 시몬이 웃으며 팔마에게 열쇠를 건네자 브루노가 재촉했다.

"열어봐라."

당황스러워하며 잠긴 상자 뚜껑에 손을 대는 팔마.

안에서 나온 것은 상자 가득 가지런히 담긴, 눈부신 신품 제국 금화였다.

유복한 브루노에게도 한 재산은 될 양이란 걸 팔마도 알 수 있었다.

'세상에나⋯.'

팔마는 그 황금의 눈부신 빛에 몸을 떨었다. 이런 재산은 못 써.

"이걸로 당분간 약국 경영을 꾸려나가면 될 거다. 제국의 자금 원조를 받고 있다는 건 알고 있다만 위대한 일에는 돈이 필요한 법,

아무리 아껴 써도 한계가 있지. 돈이 부족해 마음껏 일을 못하는 경우가 왕왕 있단다."

평소에 드 메디시스가는 가구 등을 봐도 명성에 비해 소박하고 검약하게 사는 게 가풍이었다. 특히 브루노는 저택 안에서는 상당한 구두쇠였다.

아무리 봐도 무리하는 것 같아 팔마는 말문이 막혔다.

"돈은 많아도 방해가 되지 않는다. 그런 거야."

그렇기는 하지만, 팔마는 주눅이 들었다. 넙죽 받을 수는 없었다. 브루노가 수십 년에 걸쳐 피땀 흘려가며 벌어들인 돈이다.

"세드릭을 고용한다고? 이야기 들었다."

어디서 들었는지 브루노는 소식이 빨랐다.

"네, 그럴 예정입니다."

"그래. 그건 좋은 판단이야. 그 사람은 일을 잘하지, 실제로 매우 충성스럽게 일해줬다."

브루노의 입꼬리가 살짝 올라갔다. 마치 일이 뜻대로 흘러간다는 듯이. 팔마는 그제야 이해했다.

'아, 이건… 그런 거였구나. 일부러 해고한 거였어.'

"이 자금은 그에게 맡기거라, 그는 완벽하게 재산을 관리해줄 거다. 너는 미성년자이니 혼자 계약하지 못하는 것도 그가 잘 주선해줄 거야. 걱정이 되면 은행에라도 맡기도록 해라. 아니, 그게 좋겠지."

"이렇게 많은 돈을 받을 수는…."

"소중한 내 자식이 활약을 하려는데 가끔은 아버지다운 모습을 보여줄 수 있게 해다오."

"아버지… 이건 호화 저택을 세울 수 있을 만한 금액인데요."

이 세계의 통화 사정에 둔한 팔마였지만, 그것만은 확실했다.

"널 노바르트 의대에 입학시키려고 은행에 맡겨둔 학비도 들어 있다."

대학 학비는 비싸기 때문에 양가의 자제 중에서도 특히 우수한 자만 들어갈 수 있다고 했다.

"네겐 약신님의 계시가 있어 대학엔 안 가도 될 것 같고, 폐하께서 궁정 약사 배지를 하사하셔서 이제 어엿한 약사니까 말이야."

반박하려던 팔마를 브루노가 막았다.

"이런 때에 멋진 모습을 보이고 싶은 게 바로 부모란다."

브루노는 턱수염을 쓰다듬으며 고개를 끄덕였다.

"고맙습니다, 아버지. 소중히 쓰겠습니다."

팔마는 돈을 받기로 했다. 나중에 세드릭에게 확인을 해보니 브루노의 재산의 5분의 1에 상당하는 금액이라고 했다. 크게 도와준 것이다. 서투른 브루노의 축복에 팔마는 감사했다.

◆

이렇게 해서 완성된 이세계 약국.

그것은 점포, 휴식 공간, 연구실을 겸한 4층 건물의 조제 약국이었다. 그 구조는.

1층은 점포.

고객 상담에 필요한 카운슬링 코너를 겸한 대기실과 조제실을 갖춘 기능적인 공간이다.

내장과 채광이 밝아, 빛을 싫어하는 약은 차광병이나 약 선반 안에 보관해둔다. 의약품, 화장품 등을 취급하는 공간도 있으며, 기본적으로 개인 맞춤으로 조제한다.

2층은 휴게실, 진료실.
중병 환자나 격리가 필요한 환자는 여기서 진찰과 투약, 휴식을 하게 한다. 경과 관찰이 필요한 경우에도 여기서 용태를 살핀다. 진찰실 한 개, 침대가 네 개. 욕실도 있다.

3층은 직원 휴식 공간.
침대와 소파, 조리가 가능한 리빙 다이닝이다. 점심시간 등에는 일단 약국을 닫고 직원이 휴식을 취한다. 부엌이 달려 있다.

4층은 창약 개발 연구실. 팔마가 연구에 몰두할 수 있는 잠금 장치가 되어 있는 방이다. 여기에서 약제 개발 등을 한다. 넓지 않은 연구실이지만, 혼자 사용하기 때문에 크기는 적당하다. 야간에는 엄중히 잠가둔다.

"헤에, 약국에 앉을 공간이 있네."
쾌적하게 앉을 수 있는 긴 의자가 가게 입구에 있는 걸 보고 엘렌이 눈을 휘둥그레 떴다.
"약을 필요로 하는 사람은 환자가 많잖아. 그러니까 앉아서 기다릴 수 있느냐 없느냐는 중요한 거야. 찾아오기 쉬워지지."
일본에서는 당연한 거지만, 이 세계의 약국은 그런 발상은 없는 것 같았다.

정수기도 계산대 옆에 고객용으로 비치해뒀다.

"손님은 공짜로 맑은 물을 마실 수 있는 거야? 물은 공짜가 아닌데?"

엘렌은 눈을 휘둥그레 떴다.

"사면 그렇겠지."

"설마 신술의 물 생성으로?"

그렇다며 팔마는 고개를 끄덕이고 물을 마셨다. 신술로 물을 생성해 담아둔 거라 상당히 차가웠다. 로테는 벌써 여러 잔을 들이켜고 있었다.

"에헷! 죄송해요. 맛있어서 그만!"

귀엽게 웃으면서 45도 각도로 몸을 기울이며 변명하는 걸 보니 잔소리도 나오지 않았다.

"나중에 보충해둘게. 맛을 봐준 거지?"

"그럼요, 맛을 본 거예요! 많이 맛을 봤어요!"

로테는 힘주어 말했다.

자주 채워놔야겠다고 팔마는 다짐했다.

"물은 공짜로 내가 생성할 수 있고 수분 보충이 필요한 사람도 있으니까. 맑은 물을 구할 수 없는 세계에서 물을 마실 수 있다면 손님을 모으는 데 좋을 것 같아서."

"사람 참 좋다. 신술로 생성한 물은 평민은 마실 수 없는 귀한 거니, 그걸 먹으려고 평민들이 줄을 서겠지. 생성수를 병에 담아 팔면 비싼 거 알아?"

엘렌이 고개를 저었다.

"기본적으로는 약국에 볼일이 있는 사람, 약을 사주는 사람에게만 제공할 거야. 나머진 꼭 깨끗한 물이 필요한 환자에게."

물을 노리고 오는 손님도 있을지 모른다며 엘렌은 감탄했다.

재방문 비율이 높아질 거다.

"아주 합리적이네, 지금까지 없던 가게가 될 거야."

길 맞은편의 옷집 주인이 찾아와 가게 입구에서 고개를 내밀었다.

"나리, 의뢰하신 물건이 완성됐습니다."

"아, 벌써 됐어?"

점주를 점포로 맞이해 얼음 넣은 물을 내주고 물건을 확인했다.

"크기는 어떻습니까? 두 벌씩 마련했습니다."

새로 만든 작업복을 걸쳐보았다. 우아, 그 모습을 지켜보던 로테가 박수를 쳤다.

"딱 좋은데, 고마워!"

그 자리에서 바로 대금을 지불했다. 팔마는 일부러 근처 가게들에서 약국 창업에 필요한 물건들을 조달했다. 인사를 대신한 거였다.

덕분에 동네 사람들에게 얼굴을 알릴 수 있었다.

매일 한 번은 점포에 찾아와 필요한 게 없는지 물으러 오는 점주도 있었다.

"팔마 님, 그 옷 특이하네요. 그런데 장식미는 없지만 새하얗고 예뻐요."

로테가 멋집니다! 하고 연발하며 황홀하게 쳐다보았다.

재단사가 팔마에게 만들어준 것은 긴 소매에 스탠딩 칼라가 달린 케이시 형태라 불리는 점포용 백의, 그리고 실험할 때 입는 긴 백의였다.

가슴에 가게의 문장을 넣고 궁정 약사의 증거인 왕관 형태의 금배지를 칼라에 달았다. 이 세계의 의사와 약사는 검은 계통의 코트나 평상복을 입는 것 같았지만 팔마는 역시 백의가 익숙했다. 4층 연구실에서 실험을 할 때에는 소매가 긴 백의를 위에 걸친다. 점포에 나설 때에는 약품이나 오염이 묻은 백의는 벗어둔다.

그에겐 그림자가 없기 때문에 순백의 가운은 눈부셔서 그림자가 없다는 걸 가려줄 수 있다.

"역시 백의를 입으니까 안정된다….."

전직 연구자인 팔마에겐 작업복과 같은 것이다. 진지하게 감상을 말하는 걸 듣고 처음 입는 옷인데 무슨 소리를 하는 걸까 싶어 로테와 엘렌은 서로를 쳐다보며 의아해했다.

"우린 뭘 입으면 돼?"

백의는 안 입어도 되니까 더러워지면 쉽게 확인할 수 있는 밝은 색 계열의 옷을 입어달라고 팔마는 두 사람에게 말했다. 하지만 며칠 후에는 엘렌에게도 똑같이 스탠딩 칼라의 사이드 버튼을 단 백의를 마련해줬다. 몸매가 여실히 드러나는 옷이다. 직접 입어 보니 몸에 꽉 꼈다.

장인이 치수를 잘못 쟀는지, 엘렌이 꽉 끼게 만들어달라고 한 건지는 모르겠다.

"엘렌도 백의를 만들었네?"

팔마가 뭐라고 말하기 전에 엘렌은 꼬물거리며 귀엽게 변명했다.

"아니, 다들 복장이 제각각이면 가게의 통일성이 없어 보이잖아.

제복으로 만들어봤지. 어때?"

"좀 끼는 것 같은데."

'가슴'이라고는 말하지 않았다. 창업 전부터 성희롱이라니, 말도 안 되는 이야기다.

"그런가? 난 딱 맞는 게 좋거든."

"나 알아요. 팔마 님의 백의가 멋져 보인다고 엘레오노르 님이 그러셨어요."

로테가 즐겁게 본인 앞에서 팔마에게 비밀을 알려준다. 그 말을 들은 엘렌은 당황해서 로테의 입을 막았다.

"아유, 로테! 그런 말은 안 해도 돼."

"우후훗, 엘레오노르 님도 참. 팔마 님, 저도 봐주세요! 엘레오노르 님이 만들어주셨어요!"

로테는 밝은 백색의 기능성 드레스를 입고 프릴이 달린 앞치마를 두르고 있었다.

세드릭도 하얀 겉옷에 앞치마를 두르고 있었다. 엘렌의 용돈으로 마련해준 거라고 했다. 엘렌은 배포가 컸다.

"아아, 좋은데. 다들 잘 어울려."

"에헤헷. 마음이 이렇게 꽈악 긴장되네요!"

직원 전원의 복장이 정해졌다.

"오늘은 접객 연습을 하자."

"접객 연습?"

팔마의 갑작스러운 제안에 엘렌이 무슨 소리를 하냐는 듯이 고개를 갸웃거렸다.

"접객은 그냥 있는 그대로 하면 되잖아. 그냥 평범하게 하면 돼,

괜히 딱딱하게 예의 차려봤자 환자가 긴장만 한다고."

"그건 그렇지만, 환자와 고객이 기분 좋게 방문해 오래 찾아주면 좋으니까. 차가운 인상을 주고 싶지도 않고. 정중한 말투와 태도로 손님을 대하도록 신경 써줬으면 좋겠어."

"예를 들면?"

엘렌이 물었다.

"환자의 이름을 부를 때에는 님을 붙일 것. 어서 오세요, 안녕하세요 같은 인사는 먼저 할 것. 나가는 손님에겐 건강하세요라고 할 것. 환자와는 눈을 마주치고 이야기하고 환자의 이야기는 잘 들을 것… 그리고."

"잠깐만."

엘렌이 말을 막았다.

존작가의 차남이자 제국에 네 명밖에 없는 궁정 약사 중 한 명, 제국에서도 최고의 직함을 가진 약사가 무슨 소리를 하는 거냐고 엘렌은 팔마가 제정신인지 의심했다.

"팔마, 네가 존댓말을 쓸 필요는 없어. 존작가의 공자로서 아버지의 명예도 있다고. 평민은 의연하게 대해도 돼, 평민에게 알랑거리는 대귀족은 다들 우습게 본단 말이야. 귀족은 귀족다운 태도를 지키라고 아버지한테서 안 배웠어?"

엘렌은 팔마를 꾸짖었다. 엘렌의 생각은 굉장히 귀족적이었다. 어릴 때부터 교육을 받은 것도 있겠지만 로테도 엘렌의 말이 틀리지 않다고 동의하며 옆에서 고개를 끄덕였다.

"나보다 신분이 더 높은 귀족이 오면 어떻게 하지?"

팔마는 반대로 엘렌에게 물었다.

"그건 존댓말을 써야 하지. 귀족에겐 귀족의, 평민에겐 평민의 말이 있다고."

"그럼 잘 차려입은 상인과 가난한 복장의 귀족이 온다면, 엘렌은 어떻게 귀족과 평민을 구분할 거야? 가난하게 차려입은 귀족에겐 거만하게 대해도 되는 거야?"

귀족과 평민을 구별할 수 있는 건, 먼저 이름을 밝히지 않는 한 지팡이의 유무와 복장밖에 없다. 그러니까 귀족이 약사에게 얕보이지 않기 위해, 좋은 치료를 받기 위해 한껏 몸단장을 하고서 이 약국을 찾게 된다면 그건 팔마가 원하는 바가 아니었다. 그냥 지팡이를 짚은 평민도 있다. 겉모습만으로는 구분할 수 없었다.

"하지만 상대의 신분에 따라 말투를 바꾸는 건 당연한 거라고. 치료의 내용도 그렇고."

"난 어떤 환자나 편하게 와줬으면 좋겠어. 정말 몸이 안 좋으면 잠옷 바람으로 와도 좋고. 그리고 의료 서비스 내용도 신분으로 구별하지 않고 똑같이 하고 싶어."

약국을 할 거면 고객을 신분으로 구별해선 안 된다고 팔마는 주장했다. 손님은 손님, 환자는 환자라고.

"세상은 그렇게 굴러가지 않아. 네가 창피를 당할걸. 이 세상은 귀족 사회니까."

엘렌은 짧게 못을 박았다. 그 말을 로테가 옹호했다.

"네, 전 귀족 여러분을 공경합니다! 물 신술과 흙 신술을 쓸 수 있으니까요. 평민은 흉내 낼 수 없어요! 평민은 귀족에게 은혜를 입고 있습니다."

로테가 악의도 없이 고개를 끄덕이는 걸 보고 엘렌은 살짝 불편한 표정을 지었다.

"전 기껏해야 토지와 작물을 비옥하게 하고 정화하는 정도밖에 못하지만요."

흙 신술사인 세드릭은 자조하고선 온화하게 엘렌에게 지적했다.

"그러고 보니 신분으로 말투를 바꾸는 거라고 한다면 백작가 아가씨인 엘레오노르 님도 존작 공자이신 팔마 님에게 경어를 쓰셔야 하는데, 괜찮으시겠습니까?"

엘렌은 전에는 팔마의 스승이었기 때문에 편한 말투를 쓸 수 있었지만, 이제 팔마는 독립해 약사로서는 대등한 것도 아니라 엘렌보다 위였다. 게다가 집안으로 따지면 엘렌이 밑이다.

엘렌은 평소에는 말이 없는 남작 세드릭의 말에 넘어가 창피하는 듯이 얼굴을 붉혔다.

"알았어, 접객 연습을 하자."

그 후에 어서 오세요, 건강하세요 등 점주의 선창 후에 씩씩하게 복창하는 세 사람의 목소리가 약국에서 들려오게 되었다.

"저 약국 직원들은 무슨 연습을 하는 거래?"

"존작 차남이 바보인 거 아냐?"

주위의 상점에선 이런 소문이 돌았다.

이렇게 접객 기술도 향상되고 약국 준비도 다 갖춰져 오픈일이 코앞으로 다가왔다.

"약국을 창업하기 전에 마음에 담아뒀으면 하는 게 있어."

팔마는 이제 약국을 시작하기에 앞서 세 직원 앞에서 훈시하듯 말했다.

도대체 무슨 말을 하려나 긴장하는 세 사람.

팔마는 진지하게 말했다.

"먼저 직원들이 모두 건강을 유지하도록 노력해줘."

"약사가 건강한 거야 당연한 거지. 안 그러면 나쁜 기가 옮아서 악령을 불러오게 되니까."

엘렌이 즉시 대답했다.

"전 언제나 건강합니다!"

로테도 씩씩하게 대답했다.

"그렇게 명심해줘."

전생에서 과로사를 했던 그는 반성하고 이번엔 좋은 직장을 만들 생각이었다. 영업과 근무 시간은 아침 9시부터 오후 5시까지 철저하게 지킨다. 주말 이틀은 휴식. 겨울 휴가와 여름휴가가 있다. 유급 휴가도 있다. 물론 팔마 자신도 창약 연구 개발에 불타서 밤샘을 하지 않는다. 이번에는 단단히 명심할 생각이었다.

"과로할 생각 없어."

난처하게 웃는 엘렌. 팔마는 그렇게 해달라고 대답했다.

"'의는 인술이다. 인애의 마음을 근본으로 삼아 사람을 구하는 것에 그 뜻을 둬야 한다.'"

팔마는 잠시 숨을 골랐다. 이 다음은 긴 문장이 이어지지만 일단 요지만 말했다.

"먼 이국에 그런 말이 있어."

"그 시 마음에 드는데. 어느 나라 시인이야?"

엘렌이 출전을 물었다. 이 세계의 것이 아니라 에도 시대에 카이바라 에키켄이 쓴 지도서 「양생훈」의 한 구절이다.

전생의 그가 좌우명으로 삼아온 이념이다. 의료 윤리에 관련된 윤리 규정은 '히포크라테스 선서'와 '제네바 선언' 등도 있는데 그것들도 이세계 약국의 직원들에겐 요약해서 전달했다. 팔마는 전생에서 '나의 일생을 인류 봉사에 바칠 것을 엄숙히 서약합니다'에 너무 치우쳐 인생을 과하게 바친 끝에 과로사했기 때문에 적당히 해야 하지만.

"그러니까 여길 찾은 환자는 구분하지 않고 구하고, 치료하지 못했다 하더라도 그들의 마음에 힘이 되어준다, 그런 마음가짐으로 일해주면 좋겠어."

"그렇군요. 이념은 잘 명심했습니다."

세드릭은 감명을 받았는지 메모를 했다. 요소요소의 말이 마음에 들었는지 이중으로 동그라미가 쳐져 있었다.

"대강의 취지는 알겠어. 팔마는 좌우명이 많은 것 같지만."

엘렌도 동의했다. 그녀는 메모를 하지 않았다. 느낌으로 기억하는 파인 것 같다.

"당면한 구체적인 목표가 있습니까?"

세드릭이 팔마에게 물었다.

팔마는 두 손을 가볍게 말아서 힘껏 주먹을 움켜쥐었다. 기합을 넣는 동작이다.

"제도 시민의 평균 수명을 지금보다 열 살 늘이고 싶어."

팔마는 선언한 후에 한 사람, 한 사람의 얼굴을 바라보았다.

"네?"

엘렌은 기가 막힌다는 소리를 내며 떨떠름한 표정을 지었다. 세드릭도 깜짝 놀란 얼굴이었다.

로테는 평균 수명이 뭔지를 몰라 혼자만 멍한 얼굴이었다.

"무, 무슨 소릴 하는 거야? 평균 수명이 늘어나는 거였어? 지금까지 바뀐 적이 없는데."

"통계에 따르면 지난 10년간에도 바뀌지 않았습니다."

"할 수 있어. 그게 당면한 목표야."

팔마는 단언했다.

그의 말이 진심이라는 걸 이해하고 엘렌은 "하아…." 맥 빠진 한숨을 쉬었다. 지금 대륙 사람들의 평균 수명은 50세 정도이다. 귀족까지 포함한 숫자다.

"굉장한 생각을 하는구나…, 발상이 사람하고 달라."

팔마를 약신의 화신이나 그에 버금가는 뭔가라고 믿고 있는 엘렌은 솔직히 감동했다.

약신의 계획이 마침내 시작되려는 건가 싶어 기대감도 높아진 것 같았다.

"그러니까 아무튼 다 함께 잘해봅시다."

팔마가 손을 내밀자,

"네! 즐겁게 일해봐요!"

로테가 씩씩하게 대답하며 팔마의 손에 자기 손을 겹쳤다.

"큰 은혜에 답하기 위해 이 늙은이 세드릭, 분골쇄신, 멸사봉공의 각오로 나서겠습니다."

세드릭은 의자에 앉은 채 팔을 걷어붙이고서 패기를 실어 손을 뻗었다.

"응, 그러니까 분골쇄신하지 말고 몸과 마음에 여유를 갖고 일해줬으면 좋겠어."

"아하하, 이거 실패했네요. 그렇지요!"

지금 방금 그 소리를 들었는데 말입니다, 그렇게 말하며 세드릭이 웃는다.

"으휴, 할 수 없지."

엘렌이 키득거리며 마지막으로 손을 올렸다.

"이세계 약국의 성공을 바라며."

◆

이튿날, 날씨는 무척 맑았다.

준비도 완벽하게 마친 이세계 약국에서 창업 의식이 열렸다.

아름답게 치장한 황제의 칙사단이 파견되었고, 가게 앞에서 황제가 보낸 칙사를 읽고 칙허 약국이라는 허가증을 점주에게 전달한다. 악단 연주도 행사를 화려하게 꾸며줬다.

그 광경을 산 플루브 제도 시민은 멀리서 지켜보고 있었다.

귀족이 가게를 낸다는 진귀한 사태 때문인지 여러 시민들이 구경하러 모여들었다.

새로 만든 은색 격자문이 활짝 대로를 향해 개방되고 백의를 입은 두 명의 약사, 그리고 도우미 두 명까지, 총 네 명이 가게 앞에 일렬로 섰다.

"…따라서 우리가 제도 서민 여러분의 건강하고 풍요로운 생활을 지탱해드리고 싶습니다. 진심으로 환자 개개인의 희망에 맞는 처방을 위해 애쓰고 몸과 마음의 케어를 통해 여러분이 선택해주시는 약국이 될 수 있도록 직원 일동이 기술과 정신을 연구하는 데에 힘

쓰겠습니다."

아무리 봐도 열 살 남짓한 어린애로밖에 안 보이는 점주 약사가 궁정 약사라고 자처하며 커닝페이퍼를 보지도 않고 시민들에게 유창하게 인사를 한다.

"존작의 차남이래."

"저 나이에 궁정 약사 자격을 갖고 있다는데."

숙덕숙덕, 시민들이 곳곳에서 수군거린다.

"대귀족이 이런 데서 뭘 하는 거야? 부모의 권력으로 칙허 약국을 세운 건가?"

"경어다… 평민을 어떻게 대하는지 모르나 봐."

대귀족의 공자가 정중한 태도와 말투로 시민에게 호소하는 모습에 그들은 깜짝 놀랐다.

"귀족은 하인 이외의 평민하고는 말을 하질 않으니까. 그런데 연설 참 기네. 아빠가 써준 연설문일 텐데 외우느라 고생 좀 했겠어."

"외워 온 것 같지 않은데. 억지로 시키는 것 같지도 않고."

시민들은 팔마의 연설에 흥미진진해했다.

"그럼 오늘부터 영업을 개시하도록 하겠습니다."

그들은 입을 모았다.

직원 일동이 가로로 줄을 서서 시민들에게 깊이 머리를 숙였다. 첫 인사가 터져 나왔다.

"안녕하십니까, 시민 여러분. 어서 오십시오."

시민들은 귀족이 평민에게 머리를 숙인 혁명적인 광경을 목격했고, 이 사건은 좋은 화제가 되었다.

이렇게 해서 이 세계에서는 조금 독특한 약국이 제도 한쪽 구석에 태어나게 되었다.

궁정 약사 팔마 드 메디시스(10세).

1급 약사 엘레오노르 본푸아(16세).

재무/법무 사무 담당 세드릭 루노(42세).

사무/서무 담당 샤를로트 소렐(9세).

'만민을 위한 약국'을 내세운 제국 칙허 신예 약국, 이세계 약국은 진기원 1145년에 창업하게 되었다.

 ## 10화 화장품과 오럴 케어

창업으로부터 한 달.

화려하게 오픈한 약국에는 손님이 없었다.

우려했던 약사 길드의 괴롭힘은 아직 없었다.

엘렌의 말에 따르면 귀족의 가게가 어떻게 경영되는지 지켜보고 있을 테니 영업 부진인 경우라면 방해하려 들지 않을 거라고 했다. 참으로 한심한 이야기였다.

만민을 위한 약국이라고 외쳤지만 고객층은 유복한 상인이나 하급 귀족 등이 가끔 찾아오는 정도다. 안성맞춤으로 3급 약사 가게에서 뭔가 사는 건 격에 안 맞는다고 생각하는 귀족도 있어서 수요를 적당히 채우는 가게가 되었다.

그들이 원하는 건 화장품과 핸드크림 등이 많았다. 본격적인 병의 경우에는 귀족을 상대로 한 1급 약사, 2급 약사나 의사가 왕진을 오기 때문에 귀족은 굳이 이세계 약국에서 약을 살 필요가 없었다.

게다가 그들은 한껏 치장을 하고 찾아왔다.

어느 무도회에 가는 건가 싶은 복장이었다. 훈장을 단 귀족도 있었다.

어리다곤 해도 존작의 차남이 경영하는 제국 칙허인을 단 가게에 들어오려면 상당히 긴장되나 보다.

『누구시든 편히 평상복 차림으로 찾아주세요.』

그런 글을 간판에 적어야 하나 팔마는 고민했다.

아니, 그전에 평민도 편하게 찾아와주었으면 하는 게 근본적인 고민이었다.

그런 날들 가운데 어느 점심 휴식 시간. 3층 직원 휴게실에서 직원들은 점심을 먹으며 쉬고 있었다. 참고로 무릎이 안 좋은 세드릭이 3층 휴게실에서 쉴 수 있도록, 세드릭을 고용하기로 결정한 날부터 돌관 공사로 급히 카운터웨이트식 수동 엘리베이터를 설치해서 세드릭도 3층까지 편하게 올라올 수 있었다.

점심을 먹으며 나누는 그들의 화제는 다름 아닌 어떻게 평민을 불러 모으느냐 하는 것이었다. 휴식을 취하며 점심 회의를 하는 셈이었다.

"아무 이유도 없이 손님이 몰려올 리가 없지."

엘렌은 빵을 한 손에 들고 로테가 갓 짜준 오렌지 주스를 마시고 있었다.

"뭐, 시간이 있으니까 환자 한 명 한 명을 느긋하게 볼 수 있어서 좋긴 하지만. 아무래도 진짜 시료가 필요한 사람에게 약이 전해지지 않는 게 좀."

팔마가 기대한, 진짜로 곤궁한 환자가 찾아오질 않는다.

"그런 것도 있을 줄 알고."

로테가 힘차게 자리에서 일어났다.

"제가 생각을 해봤습니다!"

로테는 며칠에 걸쳐 이세계 약국에 대한 길거리 조사를 했다.

직원 중에 로테만이 평민이기 때문에 사람들과 편하게 대화를 나누기 쉬웠다.

"발표하겠습니다! 산 플루브 제국 시민 100명에게 물었습니다! 복수 회답 가능!"

"잘했구나, 로테. 고마워. 결과가 무섭지만."

팔마가 박수를 쳤다. 그리고 동시에 긴장도 해야 했다.

"어서 발표해. 로테가 너무 유능해서 큰일이네!"

엘렌이 추켜세웠다.

"그럼 가장 많았던 항목. 칙허인이 무섭다, 마흔여덟 명."

그게 1위였구나, 세 사람은 힘이 빠졌다.

"경어를 못 쓰기 때문에 귀족 약사와 대화를 할 수 없다, 불경죄로 잡힐 것 같아 가까이 갈 수가 없다, 마흔여섯 명."

아아, 그거. 세 사람은 납득했다.

"귀족 가게에 입고 갈 에스프리한 옷이 없다, 스물다섯 명."

에스프리는 필요 없잖아, 엘렌이 지적했다.

"문지기 기사가 무섭다, 열아홉 명."

이해는 가지만 웃고 있으면 문지기가 아니잖아, 팔마는 문지기를 변호하고 싶었다.

"어린 약사에게서 약을 받는 건 신용이 안 간다, 열여덟 명."

나였냐! 팔마가 벌떡 일어나며 탁자를 짚었다.

"간판에 나와 있는 약 가격이 상담에 따른다고 되어 있어 비쌀 것 같아 무섭다, 열두 명."

"글자를 못 읽기 때문에 간판을 읽을 수가 없어 들어가기 껄끄럽다, 열 명."

"그리고… 점주가 어린애다, 여덟 명입니다."

팔마에게 다시 크리티컬 히트인 이유였다.

정신력이 강한 팔마도 자신의 존재가 원인이란 걸 알고서 다소 충격을 받은 것 같았다.

"고마워. 잘 알았다. 예상한 대로네."

엘렌은 손을 흔들고서 안경을 고쳐 썼다.

"근본적인 부분에서 가게에 들어오기 전에 망설이게 되는 거네. 약의 효과라도 알리고 싶은데 참 안타까워."

"점주가 어린애라는 말을 들으면 뭐라 반박할 말도 없고."

"신경 쓰지 마세요. 팔마 님도, 저도 어린애잖아요!"

로테가 순진하게 아픈 구석을 찔렀다.

"평민은 평민이 하는 유명하고 오래된 가게에 가고 싶어하는 법이지, 귀족이랑은 얽히고 싶지 않은 거야. 내가 이런 말을 하긴 그렇지만, 실정은 그래."

"구체적인 약 가격과 진찰료를 제시해 가게 밖에 내걸어두는 게 좋으려나요. 개선할 수 있는 게 있다면 개선합시다."

세드릭이 제안했다. 팔마는 상담에 따른다고 써둔 걸 반성했다. 환자의 사회적 지위, 빈곤 수준에 따라 약 가격을 바꾸려고 생각했었는데, 상담에 따른다는 글귀에 경계를 했나 보다.

"단골이 오는 가게로 만들어야 해."

엘렌은 그렇게 말했다.

그렇게 경원시되는 상황 속에서 매일 약국을 찾아주는 평민 노인, 장이 있었다. 장 노인은 약국 카운터를 편하게 찾았다.

"뱃사람 사탕을 주겠나. 오늘은 세 개야."

장 노인은 매일 사탕을 사러 와서 정수기 물을 마시고 산책 코스로 돌아간다.

"네, 세 개요. 감사합니다."

팔마는 흔쾌히 응했다. 매일 사러 오기 번거로우니 한꺼번에 사는 게 낫지 않나 싶었지만, 매일 거르지 않고 사러 온다.

사탕의 개수는 하나일 때도 있고 두 개일 때도 있지만, 어쨌든 그는 사러 왔다. 고정 고객이긴 했다.

팔마는 사탕 통에서 사탕 세 개를 꺼내 그에게 건넸다. 약국에서는 각종 사탕을 판매한다. 기침용 사탕, 감기 예방 사탕, 뱃사람을 위한 괴혈병 예방 사탕, 열사병 예방용 소금 사탕 등등. 이것들은 과자 가게에서 파는 사탕과 비슷한 가격이었기 때문에 유복한 상인 아이도 동화(銅貨)를 들고서 사러 오기도 했다.

"그럼 난 상품을 산 손님이니까 물을 마시겠네!"

그는 의기양양하게 말했다. 늘 뱃사람용 사탕을 주문하는데, 목적은 사탕보다 물일 거다. 직원들은 모두 눈치채고 있었다.

"어허허, 이거, 이거! 이게 참 맛있단 말이야."

장 노인은 들떠 있었다. 신나서 정수기에 종이컵을 들이댄다.

컵도 위생적으로 로테가 고객용으로 접어 만든 것이다. 팔마에게서 배워 종이접기로 접은 컵이었다.

"많이 드세요. 밖이 건조하니 수분 보충을 해줘야죠."

팔마는 싫은 기색 하나 없이 차갑게 식은 물을 권했다. 노인이 무리하지 않게 조금 따뜻하게 해서 마시는 게 좋지 않겠느냐는 충고를 했지만, 장 노인은 괜한 참견 말라는 듯이 들이켰다.

상품을 사면 물은 공짜.

상품을 사지 않으면 푼돈 정도를 낸다.

장 노인은 꿀꺽꿀꺽 목을 울리며 종이 컵 다섯 잔은 꼭 들이켠다.

"뱃사람 사탕이면 바다에 나가세요?"

그러고 보니 장 노인의 피부는 검게 그을려 있었다. 옛날엔 바다 사나이였나 싶어 팔마가 물었다.

"아니, 최근엔 나가질 않지. 옛날엔 자주 나갔었지만. 그럼 이만."

장 노인은 거칠게 손을 흔들고서 비척비척 산책 코스로 돌아갔다.

'뱃사람이었다면 상관없을 거야. 비타민 C를 섭취하는 건 좋은 거니까. 마음에 들었으면 다행인데.'

장 노인을 배웅하러 가게 밖으로 나서면 늘 골목에서 남자 여럿이 대기하고 있다. 남자 한 명이 S.I.O.라는 로고가 박힌 가방을 들고 있었다.

'산책 동료인가?'

이니셜의 의미를 모르는 팔마는 그 정도로만 생각했다.

장 노인 바로 뒤에 상류 귀족 부부 한 쌍이 가게를 찾았다. 부인은 로코코풍 헤어스타일로 머리에 하얗게 분가루를 뿌리고 한껏 높이 세워서 꼭대기에 자그마한 깃털 모자를 얹고 있었다. 신사는 실크햇을 쓴데다 두 사람 다 가면을 쓴 모습이었다.

'이 두 사람, 굉장히 수상한데!'

아무리 봐도 수상한데 집에서 붙여준 기사 문지기도 그대로 통과시켰다. 가게로 들어온 두 사람에게,

"어머니, 선반 위의 상품에 머리가 걸리지 않게 조심하세요."

팔마가 무심코 주의를 주자 부인은 당황했다.

"어, 어머나. 어떻게 알았니?"

"오실 거면 아침에 미리 말을 해주시면 좋았을 텐데요."

팔마의 부모를 새 약국의 응접용 소파에 앉히고서 세드릭이 차를 내왔다. 두 사람은 어색하게 가면을 벗었다. 베네치아 가면을 방불케 하는 가면이었다. 브루노와 베아트리스 중 누가 그걸 쓰자고 한 건지, 들키지 않을 거라 생각한 건지, 팔마는 묻고 싶었다.

"어, 어떻게 지내나 싶어서. 아직 어린애잖니."

걱정돼 죽겠다는 베아트리스와는 대조적으로 브루노는 차분하게 자리에서 일어섰다.

"점주, 가게 안을 봐도 되겠나?"

"네, 편하게 보세요."

브루노는 위압감 덩어리였다. 트집을 잡으러 온 건가, 팔마는 긴장했다.

약국 구석구석까지 눈을 빛내며 살펴보고 조제실까지 확인한 후, 말없이 테이블로 돌아왔다. 엘렌은 브루노가 갑자기 찾아온 바람에 인사를 마친 뒤 등을 곧게 펴고 직립부동 자세로 자리를 지켰다. 평소에 팔마에게 편한 말투를 쓰는 엘렌도 브루노 앞에서는 남의 집

고양이처럼 얌전했다. 로테도 한 마디도 쓸데없는 소리를 하지 않고 인형처럼 서 있었다. 내놓은 차를 한 모금 마신 뒤 브루노는 고개를 끄덕였다.

평가는 어떨까, 팔마도 자연스레 앞으로 몸이 쏠렸다.

"좋은 가게구나. 매우 신선하다만 하나하나 생각해보니 이치에 맞아."

팔마는 일단 브루노의 눈에 들었다는 사실에 안도했다.

"모르는 거나 어려운 게 있으면 세드릭에게 물어보고 있으니까 걱정 안 하셔도 됩니다."

"음, 경영이야 세드릭이 있으니 걱정하지 않는다. 그런데 손님 수는? 평민은 찾아오느냐?"

브루노는 팔마의 아픈 구석을 날카롭게 찔렀다.

"찾는 사람도 있는데 아직 많지는 않습니다. 상인과 귀족은 가끔 찾아오고요."

"그, 그래."

약사로서 독립한 아들이지만 어떻게 지내는지 걱정이 되는 게 부모의 마음일 터다. 그렇다고는 해도 브루노는 팔마보다 금전 감각과 경영 감각이 더 안 좋았다.

"평민, 평민, 평민—그것만 생각하니까 문제인 거야! 그렇죠?"

베아트리스가 미묘한 분위기를 흩어버리며 팔마에게 말했다.

"일단 지금은 귀족을 대상으로 화장품이라도 파는 게 어떠니? 귀족들 사이에서 유행하는 건 평민들도 쓸 거야. 화장품에 주력을 해보려무나."

일리 있는 말이었다. 귀족은 이미 전속 약사를 고용하고 있기 때문에 약국에서 수요가 있을 법한 것은 화장품이다. 귀족들 사이에서 유행하는 거라면 유복한 상인 등이 쓰고 싶어한다.

"어떤 화장품이 수요가 있을 것 같습니까, 어머니?"

엘렌은 피부가 고와 화장을 하지 않고, 로테는 화장이라곤 하지도 않는데다 팔마와 세드릭은 남자여서 화장품 유행에 대해선 아는 바가 없었다.

"피부 결을 정돈해주는 것과 피부를 하얗게 만드는 거라면 어느 정도는 괜찮겠지요."

베아트리스는 귀부인인 만큼 그런 것에 밝았다. 분가루뿐만 아니라 눈처럼 하얀 피부를 위해 사혈을 반복하는 부인도 있다고 했다.

"하얗게 보이면서 피부가 아기처럼 곱고 냄새 안 나면서 오래가는 분이면 날개 돋친 듯이 팔릴 거야."

베아트리스가 하는 말은 어느 여성 잡지에 나올 법한 코멘트였다.

시끄럽다는 표정으로 듣고 있던 브루노가,

"팔마, 분을 팔 거면 백분만은 팔지 마라."

그렇게 못을 박았다.

이 세계의 분에는 이세계인의 피부에도 유독한 연백(鉛白)과 수은 등이 들어 있다는 걸 팔마는 레시피를 보고서 알고 있었다. 하지만 브루노는 수은이 유해하다는 걸 모를 텐데.

"왜지요?"

"내 지론에 따르면 백분을 열심히 뿌리는 부인일수록 빨리 죽는다. 그런 건 의학의 길에 어긋나는 것이야. 하얄수록 나쁘다, 나는 그렇게 생각한다."

'그렇구나, 그는 알고 있었어.'

브루노의 지론과 경험치는 직감에 가까웠지만, 정곡을 찌르는 경우가 많았다.

그건 팔마가 어렴풋이 느끼던 바였다. 브루노는 서적을 완전히 신뢰하지 않고 자신이 접한 증상의 예를 꼼꼼히 관찰한다. 그리고 때로는 책을 의심하는 것도 주저하지 않는다.

"당신이 그렇게 말씀하시니까 그렇죠. 기분 탓이야! 나도 하얀 가루가 갖고 싶은데."

"화장 때문에 죽을 필요가 있나. 자네는 그렇게 안 해도 충분해."

"어머… 당신도 참. 충분히 예쁘다니."

베아트리스는 괜스레 기분이 좋아졌다.

'은근히 사이가 좋다니까, 이 부부는.'

부부 사이가 좋은 게 최고라고 팔마는 그들을 칭찬하고 싶었다.

베아트리스가 너무 하얀 분을 쓰는 것을 브루노는 금지하고 있었다.

그게 그녀의 건강을 지켜준 것을 베아트리스는 모를 것이다.

"네, 아직 분은 팔지 않겠습니다."

팔마가 조제 외에 파는 다른 것들은 보습액, 로션, 핸드크림 같은 약용 기초 화장품뿐이다.

"음, 그게 좋을 거다. 기껏해야 화장일 뿐이야."

브루노는 크게 고개를 끄덕였다. 하지만 팔마는 그래도 화장이라고 생각했다. 피부에 닿는 건 조심해야 한다.

그때 대로에서 엄청난 비명 소리가 들리더니 시민들이 술렁이기 시작했다.

"의사나 약사를 불러와, 빨리!!"

"하, 하지만 이 근처엔 평민 약사밖에… 아! 여긴!"

누군가가 간판을 보고 귀족 약사의 약국이 생겼다는 걸 기억해낸 것 같았다.

종자로 보이는 복장의 남자가 약국으로 뛰어 들어왔다.

"죄송합니다, 약사님. 아가씨 좀 진찰해주시겠습니까!"

"진찰? 알겠어요."

잘됐다. 환자다. 팔마는 몸을 일으켰다. 브루노는 팔짱을 낀 채 미동조차 하지 않았다.

"아버지, 어머니, 다녀오겠습니다. 엘렌은 여기에 남아서 가게를 봐줘!"

그 말을 남기고 엘렌과 부모님을 두고서 가게를 뛰쳐나온 팔마는 사람들이 모여 있는 곳으로 달려갔다.

"저 아이도 참, 이야기도 많이 못 했는데."

뒤에 남겨진 걸 한탄하는 베아트리스에게 세드릭이 말했다.

"사모님, 기다리시는 동안 팔마 님이 개발하신 새 미용액을 보여 드리겠습니다."

"어머, 향기 좋아라!"

베아트리스가 무엇에 관심을 가질지 정확하게 꿰고 있던 세드릭 은 열심히 기분을 맞춰줬다.

"사모님, 이건 신제품입니다."

엘렌도 세드릭과 함께 베아트리스에게 판매 경쟁을 펼쳤다.

"바깥 공기 좀 쐬고 오겠네."

브루노는 말없이 일어나 훌쩍 가게를 나섰다.

"저이도 참, 팔마한테 가려나?"

"그렇겠지요."

세드릭이 고개를 끄덕였다.

"저이가 팔마한테 하고 싶은 말이 있다고 그랬는데…."

팔마가 현장에 도착했을 때에는, 젊은 숙녀가 마차 안 좌석에 기대고 있었다.

"아아, 이럴 수가. 클로에 아가씨, 정신 좀 차려보세요."

팔마를 부르러 왔던 종자와는 다른 여시종이 그렇게 말하며 숙녀를 흔들어댔다.

팔마는 종자의 안내를 받아 사람들을 헤치고 어른들에게 떠밀리며 목소리가 나는 쪽으로 다가갔다.

"약사님이시다. 길을 비켜라! 이쪽입니다, 약사님."

"다… 당신이 약사님?"

이제야 기분이 좋아지는 약을 받을 수 있을 거라 생각했던 그녀는 어린애가 온 걸 보고 미심쩍은 표정을 지었다. 팔마의 판단으로는 10대 후반의 후작 아가씨로 보였다.

"전 궁정 약사입니다."

팔마는 옷깃에 단 배지를 보여줬다. 백의의 깃에 달린 왕관 모양의 궁정 약사 배지는 팔마가 일하는 데엔 필수 요소였다. 신분을 과시할 생각은 없지만 이게 없으면 어린애라고 얕잡아보고서 진찰도 맡기지 않으려 하기 때문이다.

"실례, 마차 안으로 들어가겠습니다. 안색이 좋지 않으시군요."

팔마는 그녀를 슬쩍 보고 빈혈이라고 판단했다. 다른 병도 숨어 있을지 모르기 때문에 팔마는 신력을 실은 왼손을 눈에 대고 진안을 발동시켜 인체를 투시해 골격을 샅샅이 살폈다. 골절은 없고 빛나는 부분도 없었다.

하지만 긴 드레스 자락에 가려져 있긴 했지만 팔에는 무수한 직선 모양의 빛이 보였다.

"이런."

절개창(칼에 베인 상처)이다. 정맥 절개창인 것 같았다.

'자해하는 버릇이 있나. 아냐, 이건 스스로 한 게 아니다. 혈관을 노린 거야… 그렇다면 역시.'

"'철 결핍 빈혈'."

빛의 색이 바뀌었다. 조금 전에 베아트리스와 나눈 대화에서 올랐던 화제가 바로 현실이라는 걸 깨달았다. 이건 단순한 빈혈이 아니다.

"사혈을 하셨군요. 빈혈을 일으키고 계십니다."

"아, 아니. 하긴 했지만, 의사가 했는데?"

기운 없이 늘어져 있던 그녀가 놀라 고개를 들었다.

뭐가 문제냐는 듯이. 이 세계에서는 환자가 실신할 때까지 사혈을 하는 게 표준적인 방법이다. 거듭되는 혈관 절개로 상처 부위에서 감염도 일어나고 있었다. 도가 지나치면 목숨이 위험할 수도 있었다.

"당신은 아픈 게 아닙니다. 빈혈 말고는요. 아프지도 않은데 사혈을 하는 겁니까?"

그녀는 그 후에 30분 가량 팔마와 이야기를 나눴다. 마음에 둔

귀족에게 차갑게 차인 걸 계기로 미를 추구하기 위해 눈처럼 하얀 피부를 가지려 했던 것 같다. 자세히 보니 얼굴 전체와 손에도 분이 가득 묻어 있었다. 브루노가 지적한 그대로였다. 너무 하얀 분이었다. 게다가 애초에 피부가 하얗지 않은 그녀는 특히 열심히 사혈을 했다.

지구에서도 중세에서 근대에 이르기까지 유행했던 사혈. 아플 때면 낡은 피를 뽑는 사혈이 효과적이라고 여겨지던 시기가 있었다. 현대에는 사혈을 필요로 하는 건 다혈색 등 극히 한정된 상황밖에 없다. 그녀는 그 대상이 아니었다.

팔마가 그녀의 신상에 대한 이야기를 진지하게 듣고 있는 모습을 브루노는 멀리서 지켜보다가 약국으로 돌아갔다.

팔마는 클로에를 약국으로 안내했다. 부모님은 이미 집으로 돌아간 뒤였다. 그녀를 잠시 쉬게 한 뒤 철분제를 처방하고 감염에 대비해 항생 물질을 복용하도록 권했다. 그녀는 짧게 한숨을 쉬었다.

"고마워요, 이제 좋아지려나…. 얼마지요?"

성의만 표하면 된다고 하자 종자가 놀랄 만큼 많은 금화를 건넸다.

귀족은 허세를 부리길 좋아하나 보다. 팔마는 그 절반만 받기로 했다.

"이제 사혈은 하지 마십시오. 그리고 그 하얀 분은 좋지 않습니다."

팔마는 그녀가 걱정되었다. 동기가 미의 추구인 한 그녀는 다시 몸이 좋아지면 똑같은 짓을 되풀이할 거다.

"그만둘 수는 없어. 여자는 모두 조금이라도 아름다워지길 바라는 법인걸."

"…알겠습니다."

팔마는 그녀의 희망을 이해하기로 했다.

"1주일 후에 약국으로 와주세요. 당신의 피부에 맞는 화장품 세트를 준비해놓겠습니다."

팔마는 그렇게 약속하고 그날부터 4층 연구실에 틀어박혔다.

미백이 되면서 해가 없는 파운데이션을 만들자, 그렇게 결심하고서.

며칠 후 황혼 무렵. 어두워진 제도에서는 상점들이 하나둘 문을 닫고 있었다.

"엘레오노르 님, 창문 다 닫았어요."

"고마워, 로테. 여기도 다 됐어."

"회계와 장부 정리도 끝났습니다."

세드릭이 엘렌에게 대답했다. 가게 정리가 끝났다.

"그럼 난 이만 가볼게. 팔마는 아직도 일하나?"

"보고 올게요."

로테는 4층으로 이어지는 계단을 경쾌하게 올라갔다.

"팔마 님, 저희도 저택으로 돌아가죠. 연구는 내일 하시는 게 어떠신가요? 마차가 마중을 왔는데요."

로테가 걱정스레 연구실 문을 노크하며 팔마를 살폈다. 문 너머에서 팔마가 "고마운데 먼저 돌아가. 오늘은 여기서 잘게"라고 대답했다. 로테는 문 앞에서 잠시 기다리는 것 같았다. 팔마는 연구실에서는 문을 잠근 채 연구한다. 물질 창조를 들킬 수 없는데다 약품을 잘못 흘리기라도 하면 위험하기 때문이다. 실험 기구 취급법에 익숙한 사람만 출입이 허락되어 엘렌이 가끔 들어오는 정도였다.

"팔마 님, 저희보곤 너무 애쓰지 말라고 하셨잖아요. 그런데 팔마 님은 너무 애쓰고 계세요. 점심도 거르시고요. 전 걱정입니다."

잠시 침묵이 흐른 뒤, 연구실 문이 열렸다.

"고마워, 로테. 걱정 끼쳐서 미안해. 오늘 작업은 이만 끝낼게. 집에 가자."

"네!"

또 몰두해버릴 뻔했다고 팔마는 생각을 고쳐먹었다. 쉽게 몰두하는 성격이라 조심해야 하다. 어린 몸에는 휴식 없는 노동은 부담도 크다.

이번엔 과로사하는 건 사양이다. 여유를 가지지 않으면 오래가지 못한다고 팔마는 반성했다.

"오늘 저녁은 뭘까. 고기면 좋겠다."

"그렇죠! 배고프네요. 전 디저트가 기대돼요."

"로테는 늘 배가 고프다고 하던데, 많이 안 먹는 거야?"

"먹어요! 하지만 다음 날 아침이면 배에서 꼬르륵거리는걸요. 어쩌겠어요."

로테는 배를 두 손으로 문질렀다.

"성장기라서 그렇겠지."

"성장기예요! 팔마 님도 그렇죠! 우리 같이 무럭무럭 성장하기로 해요!"

로테의 밑도 끝도 없이 밝은 모습에 팔마는 늘 기운을 얻고 위로를 받는다. 그녀는 팔마에게 소중한 존재였다.

두 사람은 마중 온 마차에 올라타 사이좋게 저택으로 돌아갔다.

무리하지 않고 건강하게, 영업시간 내에 연구를 계속하길 며칠.

4층 연구실에서 직원 휴식실로 내려온 팔마를 보고서 직원들은 마시고 있던 음료를 뿜고 말았다.

"푸읍! 팔마, 얼굴이 그게 뭐야!"

엘렌은 요란하게 물을 뿜은 뒤 더러워진 백의를 갈아입으러 나갔다.

"팔마 님, 얼굴이 하얘요!"

로테가 눈을 휘둥그레 떴다.

"어때? 하얘?"

"하얗다기보단 재미있네."

부끄럽게 묻는 팔마에게 백의를 갈아입고 온 엘렌이 다시 웃음을 참으며 말했다.

"왜 자기 피부에 바른 거야…, 나나 로테를 시키면 될 텐데."

팔마는 거울을 안 봤기 때문에 어떤 몰골인지 궁금했다.

"지금까지 본 것 중에서 제일 하얗네. 게다가 투명감도 있고 입체적이야!"

만져보고 싶은 피부야, 라고 말하며 엘렌이 손가락을 움직였다. 세드릭까지,

"놀랍도록 하얗군요."

이렇게 말을 더했다.

팔마는 원래 새하얀 피부가 아니다.

신술 훈련이 있기 때문에 밖에 있는 시간도 길어서 표준적인 어린애만큼 햇볕에 그을려 있었다. 그런데 얼굴만 눈처럼 새하얗게 변한 것이다.

이 세계 여성의 하얀 피부를 두드러지게 해주는, 정말로 하얀 약용 파운데이션, 목표로 한 그것이 완성됐다.

아, 하지만… 엘렌은 난처하다는 표정을 지었다.

"스승님이 너무 하얀 건 안 된다고 하셨는데. 이렇게 하얘도 괜찮은 거야?"

"걱정할 것 없어, 여기엔 연백도, 수은도 안 들어갔거든. 안전하고 피부에도 좋아."

'사용하기 전에 알레르기 테스트도 해야지.'

하얀 분을 원하는 베아트리스에게도 주는 게 좋겠다고 팔마는 진지하게 생각했다.

"잠깐만, 연백과 수은이 왜 나쁜데?"

브루노는 감각적으로 이해하고 있는 것 같았지만 엘렌에겐 독물이라는 인식이 없었다.

"그게 사실은 독이거든. 굉장히 하얘지긴 하지만."

체온계 등에 들어 있는 금속 수은은 독성이 크지 않지만, 유기수은화합물을 포함하는 것은 맹독이다. 그런 독성에 대해 팔마는 엘렌에게 꼼꼼히 설명했다.

"다들 분에 쓰는데?! 연백이랑 수은이 문제였어?!"

엘렌은 이유를 이해하고서 소름 끼쳐했다.

"그런 이유가 있으면 수은이랑 연백을 안 쓰면 되잖아? 적어도 화장품에만이라도."

"나도 그렇게 생각해. 아무튼 두 사람 다 피부에 발라볼래? 여성의 의견도 듣고 싶네."

태어나 처음으로 파운데이션을 발라본 로테는 거울을 보고 환성을 질렀다.

"우아… 피부에 착 붙어요! 바른 느낌이 거의 안 드네요."

"로테는 안 발라도 돼, 아직 어려서 탱탱한걸…."

"에이, 그러는 엘레오노르 님도 마찬가지잖아요!"

"어머, 그래?"

두 사람은 닭살 돋는 여자들의 대화를 나누고 있었다. 거기에 끼어드는 팔마.

"아, 피부가 따끔거리거나 하진 않아?"

"전혀요. 가렵지도 않아요."

세드릭까지 손등에 발라보고 감탄했다. 하지만 독신 남성인 그에겐 전혀 쓸 데가 없었다.

"팔마, 이거 나도 줘."

엘렌은 포기 못하겠다며 크림을 끌어안았다.

"팔마는 이런 것까지 아는구나."

"응, 뭐…."

전생에서 약학자, 약학 대학원 준교수였던 팔마는 제약 회사로부터 빈번히 공동 연구 신청을 받았었다. 화장품 신상품 알레르기 테스트, 외부 평가 등에도 협력했었다. 그런 경위로 그는 화장품에도 다소 지식이 있었다.

"그런데 이 크림은 뭐야?"

"이건 햇볕에 타는 걸 막아주는 분이야. 사용하다 보면 맨살도 하애져."

"타는 걸 막아줄 수가 있어? 저 끝없이 쏟아지는 햇빛을?"

"그래."

빛은 파도로 이뤄져 있고 그 종류가 다양하다는 것, 이 분에 사용한 특별한 원료에는 자외선 흡수 소재가 포함되어 있다는 것을 설명해줬다.

"중간부터는 무슨 말인지 이해가 안 돼."

엘렌은 좀 쉬자며 하품을 했다. 로테는 헤에 하고 멍하니 있었다.

"간단히 말하면 햇볕을 차단하는 거야. 그러니까 햇볕에 닿아도 되는 거지. 귀족 자녀도 타는 걸 신경 쓰지 않고 외출할 수 있어."

"그런데 엄청난 상품이다! 양산을 버려도 될 때가 왔구나!"

"양산은 안 버려도 되는데."

의뢰한 여성의 피부는 검게 타고났다기보다는 햇볕에 잘 타는 체질이었다. 그녀는 쇼핑을 좋아해 외출할 기회가 많았고, 마차를 탔다고는 해도 지면에서 반사되는 빛과 창으로 들어오는 햇볕에 매일 조금씩 타게 되는 것이다. 그걸 막기만 해도 충분히 하얘질 수 있다.

팔마가 그런 그녀에게 제안하려는 것은 쉽게 화장할 수 있는, 피부에 비교적 좋은 화장품이었다.

첫 번째는 CC크림.

원래는 성형외과에서 사용하던, 수술 후 염증을 일으킨 피부를 자극 없이 커버하는 의료용 크림(BB크림)을 기본으로 해서 개량한 것으로 일본과 각국에서는 CC크림이라 불리며 다양한 브랜드에서 제품을 내놓고 있다. 이 크림에는 다음과 같은 효능을 가진 성분이

섞여 있다. 자외선 차단, 피부 톤 업, 피부 톤 정리, 보습, 피부에 좋은 각종 비타민 등이다.

스킨로션 다음에 바로 발라주기만 해도 30초면 화장이 끝난다. 이 CC크림만 발라도 피부에 밋밋한 인상은 주지 않는다. '분을 바른다'가 아니라 빛의 굴절을 이용해 '빛을 두른다'고 형용할 수 있다. 피부는 입체감과 투명한 느낌을 실현하게 된다.

두 번째는 견운모(세리사이트)를 배합한, 광택을 더해주는 마무리용 루스 파우더.

그녀가 원하는 '구름처럼 하얀 피부'를 연출하기 위해 마무리 파우더를 준비했다.

세 번째로 잊어서는 안 되는 피부 보수 성분을 배합한 세안 기능.

피부에 바른 화장품을 모공의 블랙헤드까지 깔끔하게 제거한다. 스킨케어는 바로 미의 기본이다.

이것을 원래 약국에 두었던 보습계 화장수, 약용 비누와 세트로 판매한다.

세계에서 하나뿐인 그녀를 위한 화장품 세트가 그렇게 완성되었다.

그리고 약속된 날, 클로에의 마차가 약국 근처에 아침 일찍 세워져 있었다. 그녀는 창 밖으로 고개를 내밀고서 부채를 흔들고 있었다.

"아가씨, 빨리 오셨네요. 역시 대단하세요."

팔마도 이 부분은 지적하지 않을 수가 없었다. 기대가 넘쳐서 그런지 팔마가 출근하길 기다리고 있었다.

"안녕하세요, 약사님. 지난주에는 고마웠어요…, 분은 다 됐나요?"

"네, 됐습니다."

팔마는 카운슬링 코너로 그녀를 안내한 뒤 상자에 담아둔 화장품 다섯 개 세트를 가져왔다. 작은 병에 넣은 샘플을 건넸다. 알레르기 테스트를 하고 피부에 안 맞으면 돈은 받지 않겠다고 했다.

"더 커야 하는데. 돈이라면 있어요."

클로에는 금화를 넣은 지갑을 아낌없이 팔마 앞에 내놓았다.

"이걸 다 쓸 때까지 피부에 이상이 생기지 않는다면 대용량으로 판매하겠습니다. 자, 써보세요."

팔마는 백화점 화장품 코너 직원처럼 꼼꼼하게 세안을 한 뒤 솜에 적신 화장수를 권했다.

"그다음은 분입니다."

주걱을 이용해 하얀 크림을 용기에서 뜨는 팔마를 그녀는 신기한 구경이라도 하듯 바라보았다.

"이게 분이구나, 가루가 아니네?"

"피부에 잘 발라지도록 크림 타임으로 준비했습니다. 미용 성분이 듬뿍 들어가 있어요. 피부가 타는 걸 방지하는 효과도요."

"어머…, 믿기지가 않아. 타는 걸 막을 수 있다니! 피부에 좋아 보이는 분이네."

클로에는 얼굴에 발랐다. 크림치고는 끈적거리지 않고 기름기가 없는데다 잘 발라지는 것에 놀랐다.

"이 파우더로 마무리를 하면 됩니다. 제가 발라드리죠."

"어머, 반짝거려."

엘렌이 브러시로 가볍게 발라주자 클로에의 피부는 빛의 베일을 두른 것처럼 빛을 받아 자연스레 하얗게 빛났다. 그것은 지금까지 쓴 분처럼 그냥 치덕치덕 바르기만 했던 것과는 차원이 달랐다. 마치 자기 피부처럼 보였다.

"이게… 나야?"

신화에 나오는 미소녀 같아, 작은 목소리로 자화자찬하는 소리가 들렸다. 그녀는 거울을 황홀하게 바라보았다.

"전혀 달라… 모든 게, 어제까지의 나와는 너무나 달라!!"

"마음에 드셨나요? 여성의 미를 끌어내주는 화장입니다."

팔마는 화장품 판매원처럼 말했다.

"어머! 어쩜 좋아!"

그녀는 부끄러운지 수줍게 고개를 숙였다. 그리고 샘플 세트를 소중하게 들고는 매일 의사를 불러 사혈하는 것보다도 싸고 전에 쓰던 분보다 훨씬 좋다면서 눈물을 흘리며 기뻐했다. 그 외에도 햇볕에 타는 걸 방지하려면 모자와 양산, 또는 눈으로 들어오는 자외선을 차단하는 베일을 쓰는 게 좋다는 충고도 팔마는 덧붙였다.

"고마워, 라이벌하고도 차이를 벌릴 수 있겠어. 또 사러 올게, 꼭!"

클로에는 기쁘게 웃으며 돌아갔다.

이튿날, 이세계 약국 앞에서는 길가는 여성을 붙잡고 소리치는 로테의 모습을 볼 수 있었다.

"새로 발매된 분과 스킨케어 세트입니다! 동화 세 닢이면 샘플을 살 수 있어요….”

로테의 제안으로 신상품 샘플을 동화 세 닢에 팔았다. 로테가 바구니를 들고 길가에서 나눠주자 여성들이 앞을 다투어 손을 내밀었다.

“나도 받아갈 수 있을까?”

주름이 자글자글한 노파의 손이 동화 세 닢을 들고 있었다. 로테는 싹싹하게 대답했다.

“물론이죠. ‘모든 여성을 아름답게’가 저희 모토인걸요.”

글을 읽을 줄 모르는 사람에겐 그림으로 사용 순서를 그린 설명서를 가게 앞에 붙여두었다고 말했다.

누구든 푼돈으로 샘플을 구할 수 있다는 사실에 귀족 가게에서 파는 비싼 화장품을 한 번은 써보고 싶다는 욕구를 자제하지 못하는 것 같았다.

“뱃사람 사탕 열 개.”

“네, 늘 감사합니다.”

“그럼 난 물을 마시겠네!”

생성수가 목적인지, 사탕이 목적인지 알 수 없는 장 노인은 여전히 확실한 단골이었다. 게다가 최근엔 조금씩 사탕을 사는 개수가 늘어나고 있었다. 누구한테 나눠주기라도 하나, 팔마는 짐작했다.

그 후, 이세계 약국에는 조금씩 손님이 늘어나고 있었다. 여성 손님을 중심으로. 미백에 민감한 서민 부인들은 경이적인 재구매율을 보였다. 파운데이션 세트는 날개 돋친 듯이 팔렸고 기초 화장품, 세안 화장품도 마찬가지로 잘 나갔다.

"손님이 늘어났죠?"

로테가 조금 으쓱하며 팔마에게 물었다.

여성 손님, 그 가족, 친구… 점점 손님층은 확대되고 있었다. 소문은 맹렬한 속도로 퍼져나갔고, 귀족도, 평민도, 상인도 같은 가게를 평상복 차림으로 찾게 되었다.

판매 카운터의 점원인 로테는 하루하루 바빠져 갔다.

"네, 분 세 개죠? 네? 다섯 개요? 한 번에 세 개까지만 살 수 있어요!"

로테가 신이 나서 손님을 상대하고 있었다. 서민이든 귀족이든 여성은 미를 추구하는 데 여념이 없는 법이다.

"오늘은 매진입니다! 죄송해요…!"

이세계 약국을 찾아와본 서민들은 진열장에 구비된 상품도 다른 약국과 비할 수 없을 만큼 싸다는 걸 알게 되어 이곳은 평민들 사이에 화제가 되었다. 서서히 평민 손님들도 화장품 이외의 것을 구하러 약국을 찾게 되었다. 그리고 정수기 앞에는 예상한 대로 긴 줄이 생겼다.

과감하게 팔마와 엘렌에게 조제를 부탁하는 사람, 건강 상담을 하는 사람도 생겨났다. 경어를 못 쓴다고 불경죄로 혼나거나 하는 일은 없었다. 오히려 팔마가 평민에게 경어를 써서 다들 기분 좋게 돌아가게 됐다.

조제료는 놀랍도록 쌌고, 팔마가 처방한 약은 특히 더 효과가 좋았다.

"그럼 제3회 설문 결과를 발표하겠습니다…!"

로테가 발표에 나섰다. 예의 이세계 약국에 대한 시민 설문 발표회였다.

"이번엔 조금 기대가 됩니다."

세드릭이 마치 기도하듯 두 손을 모았다.

"약이 싸고 잘 든다, 마흔네 표."

"오오! 신난다!"

직원 일동이 크게 기뻐했다.

"자주 가던 약국을 바꿨다, 서른아홉 표."

"화장품을 더 많이 만들어줬으면 좋겠다, 서른여섯 표."

"어린이 점주를 다시 봤다, 스물다섯 표."

"다양한 사탕이 맛있다, 열다섯 표."

"물이 맛있다, 열 표."

설문 결과는 지난번과 확연히 달랐다.

이세계 약국의 고객 만족도도, 손님 수도 상승일로에 있었다.

화장품 부문에 손님이 집중되어 가게 앞에는 부인들이 장사진을 쳤고, 로테도 손님을 처리하지 못해 난처해하던 와중에, 며칠 전에 만난 후작 아가씨 클로에가 화장품 부문으로 자회사를 만들어 약국과는 별도로 파는 게 어떠냐고 제안했다. 이 무렵, 클로에는 완벽한 미백 피부로 자리 잡아 그 효과로 자신감을 갖고 있었다.

"화장품 부문에 백 퍼센트 출자할게. 약사도 전속으로 고용하고. 점주는 네가 맡아."

그건 화장품 부문을 감당하지 못하고 있는 팔마와 가끔 화장품이 매진되어 아쉬워하는 그녀 자신을 위한 길이기도 했다.

"그거 좋은 생각이네요. 고맙습니다. 세드릭 씨, 수속을 부탁드려요."

"제게 맡겨주십시오, 팔마 님. 바로 서류를 작성하겠습니다."

팔마는 찬성했고, 화장품 판매를 자회사로 돌려 독립시켜 클로에에게 맡기기로 했다.

"종업원으로는 약사를 고용해주세요. 그것도 1급 약사나 2급 약사로요."

팔마는 클로에에게 주문했다.

"평민 약사는 안 되나?"

팔마가 볼 때 역시 1급, 2급 약사는 약사 길드의 약사와는 기초 교육 수준이 달랐다. 화장품이라고는 해도 대충 취급하면 곤란하다. 그리고 화장품은 피부에 맞지 않을 경우 중대한 트러블이 날 수 있다. 고객의 피부에 맞는 것을 권해야 한다.

"화장품도 의약품의 일부입니다. 뛰어난 인재가 필요하죠."

"그렇구나, 듣고 보니 그렇네. 그럼 어떻게든 해보지."

클로에는 불과 며칠 만에 2급 약사 다섯 명과 1급 약사 한 명을 데려왔다.

화장품 부문이라 모두 여성이고 귀족 약사였다. 게다가 하나같이 미인이었다.

"점주님이 면접을 봐주시지요. 전 약사가 아니라 기량과 경력의 우열은 가릴 줄 알아도 실력의 우열은 알아보질 못하니까."

그 말을 받아들여 팔마는 한 명씩 면접을 보기로 했다.

"전원 합격입니다."

팔마도 납득할 수 있을 만큼 기초적인 교양을 갖춘 우수한 인재였다. 일에 대한 의식도 높았다.

자기보다 위인지 아닌지, 어떤 점주의 지도를 받아야 하는 건지 몰라 긴장했던 그녀들도 아직 새것 같은 궁정 약사 배지를 보고 입을 다물었다. 그녀들은 궁정 약사에게서 직접 지도를 받게 되는 것에 자긍심을 느낌과 동시에 긴장했다. 이 세계에서 궁정 약사라는 권위는 절대적인 것 같았다.

"여러분은 오늘부터 스킨케어의 전문가가 되셔야 합니다."

"약사도 아닌 인간이 귀족 약사를 용케 고용했네."

엘렌은 혀를 내둘렀다. 귀족 약사는 장사를 천하다고 여긴다. 하지만 그건 후작가의 권력으로 해결했다며 클로에는 우쭐댔다. 그녀는 재산가인 것 같았다. 이야기를 자세히 들어보니 아이디어가 남달랐다.

"출산으로 계약이 끊긴 여성 약사를 재고용했지."

출산 휴가, 육아 휴가라는 개념이 존재하지 않는 세계에서 여성 약사는 한번 출산을 하면 계약이 끊겨 은퇴해야 하는 경우가 많다. 그래서 클로에는 마지못해 은퇴한 우수한 여성 약사를 찾았다고 했다. 그 말을 들은 팔마는 클로에의 수완에 찬사를 보냈다.

"그거 멋진데. 앞으로도 출산 휴가와 육아 휴가를 활용해서 둘째, 셋째를 낳았을 때에도 일자리를 잃지 않도록 해주세요."

그리고 클로에가 고용한 약사들을 팔마가 철저하게 교육해 비밀 레시피를 가르쳤다.

그녀들은 어느 정도 화장품 조합, 판매와 스킨케어를 할 수 있게 되었다. 화장품의 특수 원료는 팔마가 주었다. 원료만은 팔마만이 생산할 수 있었다. 그리고 피부 트러블이 난 사람, 원래부터 민감한 피부를 가진 손님은 반드시 이세계 약국으로 데리고 오라고도 했다.

새 점포의 개점 준비도 착착 진행되었다.

클로에는 세드릭이 준비한 수속들을 모두 마치고 제국에 개업 신고서를 제출해 원래 빈 점포였던 제도의 최고 위치에 있는 임대 점포를 사들여 호화롭게 손봤다. 여성이 들어오기 편하도록 로코코풍 인테리어로 꾸미고 화장품 디스플레이에도 신경을 썼다. 고객의 사생활도 고려해 전용 카운슬링 룸도 여러 개 두었다.

점포가 완성되자 팔마와 엘렌, 클로에는 모의 손님이 되어 약사들의 접객 훈련에 나섰다.

"이 정도면 개점해도 되겠네요."

팔마가 보장했다. 편안한 코스메틱 살롱으로 어떤 손님이 와도 부끄럽지 않을 수준이었다. 엘렌은 기쁘게 고개를 끄덕였다.

"신난다. 이제 다들 화장품을 살 수 있게 됐어! 매진도 안 되고!"

엘렌은 2호점을 자주 찾았다. 가게 감독을 위해서이기도 했지만, 자기 화장품을 사기 위해서였다. 획득한 이익은 종업원 급료와 신제품 개발, 2호점 운영 자금으로 사용된다. 가격은 낮게 책정했는데도 막대한 이익을 낳았다.

"궤도에 오르기 시작했군."

일단 팔마는 안도하며 가슴을 쓸어내렸다.

이렇게 해서 이세계 약국의 화장품 부문에 특화한 자회사이자 관련 기업 2호점을 내고 마치 천상의 화장품 같다!

항간에 평판이 자자한 코스메틱 브랜드, 메디크(MEDIQUE)가 만들어지게 되었다.

브랜드 패키지에는 M문장과 칙허점임을 나타내는 왕관 마크가 들어갔다.

이후에 팔마의 진언으로 엘리자베스는 연백과 수은, 기타 지정 유해 물질을 이용한 제품에 대해 제국 전역 약국에서 판매를 금지했다.

◆

"흐음… 먼저 이걸 발라볼까?"

거울 앞에 앉아 그녀는 흥미진진하게 크림을 집었다.

"네, 얇게 구석구석 발라주세요. 그리고 이걸. 가루는 뿌리지 않아도 됩니다. 전체를 커버하듯이요."

계란처럼 매끈한 피부에 열심히 파우더를 바른다.

"피부 질감이 다섯 살은 어려진 것 같아요!"

"그런데 팔마, 앞으로 메디크의 신제품은 짐에게 헌상품으로 제일 먼저 가져오도록 하거라."

루스 파우더를 최고급 화장 붓으로 얼굴에 바르며 엘리자베스는 따끔하게 못을 박았다.

"네…!"

'아아, 황제이자 제국 최강의 신술사라도 스물네 살 여성이지. 패션 유행에도 민감할 거야.'

팔마는 그녀의 심경을 헤아렸다. 그리고 쥐어짠 변명은 이랬다.

"폐하는 맨얼굴도 아름다우셔서 분 같은 건 필요 없으신 줄 알았습니다."

"아하하하, 그대의 변명은 닭살이 돋는구나. 아부하는 방법을 좀 더 배우도록 하거라."

여제는 보석이 알알이 박힌 고급 부채로 우아하게 얼굴을 부채질하며 기분 좋게 말했다.

'위험했다. 다음부터는 조심해야지.'

『제국 출자 칙허점인데 발명품은 제일 먼저 폐하께 헌상하러 갔겠지?』

『네?! 폐하께요?!』

오늘 아침, 브루노와 그런 대화를 나눠서 팔마는 황급히 여제에게 상납하러 온 것이었다. 그런 암묵의 관습이 있는 줄은 몰랐다고 팔마는 식은땀을 흘렸다.

생각해보면 진귀한 유행 물품은 코스메틱 브랜드 2호점을 내기 전에 폐하께 헌상해야 했다. 오늘도 여제 옆을 지키고 있는 시동 노아의 입이 바보라고 움직였다.

여제는 기분 좋게 맨들맨들한 뺨을 문지르며 거울에서 눈을 떼지 못했다. 여러 각도에서 자세를 잡아가며 마무리 여부를 확인했다.

"음… 이거 훌륭하군! 다음번 밤무도회에는 이렇게 나가야겠다. 다른 여성들과 차이를 줘야지."

귀부인들도 줄지어 사들이고 있으니 큰 차는 나지 않을 거란 생각에 팔마는 미안해졌다. 원래 여제는 성스러울 정도로 고귀한 미인이었고, 여제 헌상용으로 미용 성분을 몇 가지 더 추가했기 때문에 늦어진 건 용서해달라는 심정이었다. 그리고 기분을 풀어줄 또 다른 재료가 있었다.

"피부에 좋은 약용 연지도 가져왔습니다. 이건 신제품입니다. 이건 폐하께서 제일 먼저 시험해보셨으면 해서요."

"오오, 이 빛은 뭔가?"

팔마의 원안을 바탕으로 메디크의 약사들과 새롭게 공동 개발한 약용 립글로스다. 자연스러운 발색과 펄의 광택이 밋밋하고 잘 발리지도 않는 붉은색과는 차원이 달랐다.

"입술이 탱글탱글하구나."

무척 마음에 든 모양이다.

"폐하, 연백과 수은, 기타 유해 물질을 인체에 사용하는 것을 규제해주셔서 정말 감사합니다."

헌상식이 끝나자 팔마는 새삼 긴급 칙령 발표에 대해 감사를 표했다.

팔마가 즉시 금지해야 할 약품 리스트를 작성해서 브루노를 거쳐 요청한 것이었다. 여제의 행동력은 여전했다.

"그것들이 독이었다니 놀랄 일이야. 수은도, 연백도 시판 약에 널리 사용되는 건데 말이야."

"그렇습니다."

"궁정 내에서 시녀들이 쓰는 것들은 모두 폐기시키지."

"네, 그게 좋으실 겁니다."

팔마는 강하게 진언했다. 궁정에서는 시녀들뿐만 아니라 영유아도 독물 범벅인 화장을 하고 있기 때문에 즉각 폐기해야 한다.

"그런데 그대 가게의 화장품 브랜드인 메디크는 잘나가고 있는 것 같더군."

"덕분에 영업이 잘되고 있습니다. 그런데….”

그 점에 대해서 조금 문제가 있었다. 화장품은 향수와 비누를 파는 가게가 취급하는 물품이기 때문에 제일 큰 라이벌인 약사 길드의 반발은 없었다. 다만.

"말 안 해도 된다. 화장품 상인들의 규제 완화 탄원이 매일처럼 들어오고 있네. 폐업 직전이라고도 하더군. 그자들도 절실한 거야.”

연백과 수은을 포함한 제품을 금지하면 기존 제품을 취급하는 업자들이 아비규환에 빠질 건 예상했던 일이다. 하지만 유해 성분만 빼서는 가루가 잘 먹지 않고 흰 발색도 살지 않기 때문에 상품 가치가 떨어진다.

"화장품 상인에겐 보상금을 주고 있네만, 그대가 생산한 화장품으로 과점 상태가 되는 건 바람직하지 않지. 그리고 관련 업계가 대량 도산할 수도 있어. 적절한 경쟁은 바람직한 거야.”

여제는 근육 뇌 사고인 것치고는 정치 감각이 정상이었다.

"네. 생산 기술을 일부 폐하에게 맡기겠으니 국가에서 개시를 해 주시면 좋겠습니다. 그리고 수은과 연백을 이용한 다른 제품의 제조법을 신속히 입안하겠습니다.”

팔마는 자외선 차단 기술만 기업 비밀로 하고 분, 기초 화장품, 비누 레시피를 공개하기로 약속했다. 그러고는 팔마는 뒤로 빠지고 여제의 이름으로 공표하는 거다.

"그리고 화장품 가격을 올려라. 좋은 걸 싸게 팔면 다른 업자들이 죽어.”

덤핑까지는 아니지만 비싸게 팔던 동종 업자들이 쓰러질 만한 가격이다. 강자인 귀족이 약자인 평민을 짓밟아선 안 된다고 여제는

지도했다.

"알겠습니다. 화장품에 등급을 둬서 가격을 설정하겠습니다."

그래도 업자가 힘들 건 예상되었기 때문에 메디크의 이익 일부를 화장품 업자 구제 기금으로 만들어 업자와 상인에게 보상을 해주면서 근본적인 개혁을 촉구하기로 했다.

그러던 어느 날, 팔마는 여느 때처럼 여제를 진찰한 뒤에 루이 황자도 진찰하고 있었다. 진찰이라고 하면 도망치기 때문에 팔마는 그가 놀고 있을 때 자연스레 진안을 사용한다. 진안을 발동시키니 입안에 파란색 빛이 군데군데 밝혀진 게 보였다. 치아 표면인 걸 봐선 구내염은 아닌 것 같았다.

아…, 팔마의 표정이 미묘해졌다. 그리고 조심스레 속으로 중얼거렸다.

"'우식증'."

파란 빛은 사라졌다. 팔마가 미뤄뒀던 문제, 충치다.

이세계에서는 설탕이 귀중품이라 평민 중에서는 설탕이 원인이 되는 충치를 앓는 사람은 거의 없다. 하지만 귀족은 단 과자를 먹을 기회가 많다. 말하자면 충치는 왕후귀족의 자격이라고도 할 수 있었다. 팔마는 매일 양치질을 하기 때문에 아직 충치는 없었지만, 양치질의 중요성을 모르는 귀족은 많았다.

참고로 충치를 앓던 시몬은 결국 신경까지 여파가 미쳐 이를 뽑았다고 한다. 진행이 심하게 된 충치는 팔마가 손을 쓸 수 없다.

"전하는 단것을 좋아하면서 양치질은 싫어하시니까."

노아가 난처하다는 표정을 지었다. 불행 중 다행인 건 충치가 생긴 치아가 유치라는 점이었다. 황자는 여섯 살, 이갈이를 할 시기까지 치아가 버티기만 하면 된다.

당구 상대를 해주는 척하며 팔마는 루이에게 말을 꺼냈다.

"전하, 식사할 때 이가 시리거나 아프진 않으십니까?"

"아니, 안 그런데."

그 정도면 많이 진행된 상태는 아닌 것 같다고 예상이 됐다. 당구를 마치고 좋아하는 과일 맛 사탕을 먹으려는 황자에게 말을 걸었다.

"전하, 죄송하지만 그대로 입을 크게 벌리고 계시겠습니까?"

"응?"

긴장하는 황자.

"충치가 있을 가능성이."

"안 돼애애앳…!"

황자는 말을 듣지도 않고 황급히 달려 도망쳤다.

"전하를 잡아올게!"

잽싸게 도망치는 황자의 뒤를 쫓는 노아의 뒤로 신하들이 줄지어 달렸다. 노아는 "전하를 쫓아라! 전하의 충치를 치료해야 해!"라고 소리치며 신하들에게 소리쳤다. 무슨 개그 쇼 같아서 팔마는 기가 막혔지만 이것도 일상다반사인 듯했다. 노아는 노아대로 황자를 돌보느라 고생이 많은 것 같았다.

궁정 내에서 대대적인 포획극이 시작되었다. 이를 빼게 두지 않겠다며 황자는 필사적으로 저항했다.

"찾았나!"

"여긴 안 계셔!"

"궁정을 빠져나가신 거 아냐?"

분수 뒤에 숨고, 조각상을 가장하고, 수풀 속에 숨는 등등, 녹초가 된 루이가 결국 발이 미끄러져 바닥을 굴렀다.

그의 앞을 막아선 것은 팔마였다.

"으윽, 여기까지인가! 분하다!"

목이라도 잘리는 사람마냥 알 수 없는 소리를 내뱉는 황자.

"전하, 입을 좀 보여주시죠. 오늘은 뽑지 않겠습니다. 약속할게요."

"진짜야? 남자 대 남자로 약속할 수 있어?"

"그럼요."

팔마가 그렇게 약속하는 것과 동시에.

"전하, 각오하십시오. 왜 이리 소란스러운가 했더니 충치셨군요. 제가 잘 뽑아드리겠습니다. 금방 끝날 겁니다."

어디서 듣고 왔는지 시의장 클로드가 펜치를 들고 다가왔다. 발치에는 자신이 있나 보다.

"싫어어어어…!"

루이는 팔마 뒤에 숨어 덜덜 떨었다.

"시의장님, 이번 전하 치료는 제게 맡겨주십시오."

팔마가 두 팔을 앞으로 내밀어 루이를 감싸며 클로드를 달랬다.

"호오, 신입 약사인 팔마로군. 그럼 어디 실력 좀 구경해볼까. 하지만 어린애 힘으로 이를 뽑지는 못할 텐데."

클로드는 일단 펜치를 치우기로 했다.

팔마는 눈물을 글썽이는 황자의 입을 벌려 확대시를 이용해 진안으로 자세히 살폈다.

충치는 검게 썩어 있어도 에나멜질에 국한되어 있는 걸 확인할 수 있었다.

"아직 초기이니 뽑지 않아도 될 것 같습니다."

"진행이 빨라. 뿌리까지 가버리면 고열의 원인도 된다. 목숨이 위험할 수도 있어."

클로드는 왜 뽑지 않느냐고 의심에 찬 표정을 지었다.

"시의장님, 충치의 정체가 뭐라고 생각하십니까?"

팔마는 검지를 세워 기습 공격하듯 클로드에게 물었다. 상대를 시험한 적은 있어도 시험받는 데엔 익숙하지 않은 클로드는 당황했다.

"그야… 그거지. 이가 썩으니까."

"이가 썩지 않는 사람도 있지요. 왜 이가 썩는 걸까요?"

"음…."

"그건 당류를 먹고 이를 녹이는 생물입니다. 충치는 그 생물을 증식시키지 않느냐, 아니면 불가능하냐 하는 구내 환경의 차로 인해 발생합니다."

"또 그 벌레 같은 생물이냐!"

시의장이 분하다는 표정을 지었다.

"네, 전과 종류는 다르지만요. 현미경으로 보면 충치는 작은 생물에 대한 감염증이 원인으로 일어난다는 걸 알 수 있을 겁니다."

구멍이 완전히 나기 전이라면 막을 수 있을 것 같지 않습니까? 그렇게 말하는 팔마에게 시의장은 생각을 고쳐먹었다.

"전하, 내일 충치 진행을 막는 약을 준비해 오겠습니다."

"안 뽑아도 되나? 속이는 거 아니지?"

황자가 믿어지지 않는다는 눈으로 팔마를 보았다.

"네, 이번엔 속이는 거 아닙니다."

"이번엔?! 다음에는 속이려고!"

"그거야 임기응변으로 해야죠."

"약사도 의사도 다 거짓말쟁이구나! 쓴 약을 쓰지 않다고 하질 않나."

황자는 매번 시의장의 말재간에 넘어가 치료를 받고 있는 것 같았다. 그런 의료 불신이 높아져 황자는 어머니의 은인인 팔마를 제외한 약사를 보면 도망치는 것이다.

"전 환자에게 필요한 정보는 전달하는 약사랍니다."

"충치 치료는 아픈가?"

"이번엔 아프지 않습니다."

팔마는 생긋 웃었다.

"나왔다. 저건 거짓말쟁이의 얼굴이야…!"

황자는 팔마의 수상한 미소에 의심을 더 키워갔다.

이튿날, 팔마는 약을 준비해 궁정을 찾았다. 사정을 들은 여제가 "치아 손질을 게을리한 건 자신이니 빼면 된다!"고 가차 없는 소리를 했다. 여제는 단것을 거의 먹지 않기 때문에 충치는 없었다. 황자의 양치질은 시녀가 하는 일이지만 황자는 여제가 없으면 도망치거나 고집을 부려 시녀 말을 듣지 않는다는 속사정을 여제는 잘 알고 있었다.

"약을 바르겠습니다."

그러자 황자는 침대에 누워 얌전히 입을 벌리고 팔마에게 처치를 맡겼다.

초기 충치는 고농도 불소를 발라주면 치아의 에나멜질로 플루오록시아파타이트층을 만들어 재석회화해 충치 진행을 막을 수 있다.

여제와 시의단에겐 충치를 막고 치아를 튼튼하게 해주는 약이라고 설명해두었다.

"호오."

클로드는 얼굴을 바싹 들이대고 의심스럽다는 듯이 팔마의 손을 보며 메모를 적었다.

"이번엔 뽑지 않겠습니다. 하지만 전하, 다음에는 뽑아야 할지도 모릅니다."

충치 부분을 깎는 치료는 치과 지식이 없는 팔마가 하기 어려운 작업이다.

"그래, 치료는 아팠습니까?"

"하나도… 안 아팠어."

"그거 다행이군요. 거짓말이 아니었네요."

팔마는 은근히 복수를 했다.

약사를 거짓말쟁이라고 의심해서 미안했다며 황자는 웅얼거렸다.

"으으…, 오늘부터 양치질할 거야!"

황자는 고개를 설레설레 저었다.

"그렇게 말씀하실 줄 알고."

팔마는 노렸다는 듯이 가방 안에서 나무 상자를 꺼냈다.

"치아 손질 세트를 가져왔습니다."

이 세계에서는 천이나 해면으로 이를 닦고 이쑤시개로 치아 틈을 청소하는 게 일반적이다. 로마에 가면 로마법을 따르라는 말을 충실히 지켜온 그였지만, 이번을 기회 삼아 오럴 케어 세트를 만들어 가져왔다.

"말털 칫솔입니다."

그가 제일 먼저 꺼낸 것은 칫솔.

나일론 칫솔이 보급되어 있지만, 그게 꼭 좋은 건 아니다. 일본에서도 말이나 돼지털 칫솔을 판다. 잡균이 번식하지 않도록 손질하는 게 어렵지만, 오히려 그게 잇몸에 좋다는 장점도 있다.

그리고 계속해서 불소를 넣은 치약, 치실, 혓바닥 클리너 등을 꺼냈다. 황자에게 사용법을 가르쳐주자 그는 열심히 들었다.

"팔마, 그 세트를 짐에게도 헌상하지 않겠나."

"네! 즉시 준비하겠습니다!"

또 여제에게 헌상하는 걸 까먹고 말았다.

이 세트를 서민들에게 널리 보급시켜 치아의 건강 증식에 도움이 되었으면 한다는 뜻을 전하자 여제는 수긍하더니 고개를 천천히 저었다. 무슨 의미인가 싶어 팔마는 여제를 주시했다.

"조건이 있다."

"네, 말씀하십시오."

"발명자에겐 이익을 누릴 권리가 있지. 하지만 이번에도 너무 과하게 하진 말도록."

과점 상태로 만들지 말라는 여제의 사전 충고였다. 획기적인 상품인 만큼 앞날이 예상되었다.

"네, 명심하겠습니다."

앞으로도 신기술을 계속해서 공개해갈 예정이라는 팔마가 각 업계에서 반발을 사지 않도록 여제는 『기술국』을 창설했다. 기술국에서 신기술, 새 발명을 일원 관리하도록 해 공개 요청이 있으면 기업 비밀이 되는 부분을 제외하고 공개하는 것이다. 기술 등록은 익명이든 실명이든 상관없이 가능하다. 팔마는 현미경, 화장품, 불소 제품 등을 현지 업자를 위해 익명으로 등록했다.

"칫솔 세트를 만들었으니 약국에서도 양치질 습관을 익히는 데 힘쓰자."

"그렇죠, 더 많이 단걸 먹을 수 있도록요!"

로테는 의욕에 넘쳤다.

팔마의 제안으로 이세계 약국 직원도 점심 휴식 시간 뒤엔 나란히 서서 양치질을 하게 되었다. 거울을 보며 칫솔질을 하는 것이다. 진안으로 보니 로테와 엘렌에게도 살짝 충치가 있었다. 세드릭은 단걸 먹지 않기 때문에 전혀 충치가 없었다. 현대의 지구인과 달라 충치가 잘 안 생긴다고는 해도 귀족 계급이면 설탕을 먹을 기회가 많기 때문에 위험하다.

"80세까지 20개의 치아는 남겨두고 싶으니까."

소위 2080운동을 목표로 삼으려는 팔마였다.

"다 됐어요! 제가 1등이네요!"

로테가 양치질을 끝냈다.

"벌써 끝났습니까?"

성실한 세드릭은 꼼꼼하게 하나씩 이를 닦았다.

"너무 빨라, 로테. 이건 경쟁이 아니야. 그래선 치석이 다 안 닦였을걸."

팔마가 지적했다.

"그, 그런가요? 저는 나름대로 제대로 한다고 했는데….."

"아 해봐."

"어, 그건 부끄러운데요. 아, 아….."

팔마가 확인에 들어갔다. 불합격을 받은 로테는 얼굴을 붉히며 다시 칫솔을 입에 넣었다.

"칫솔질의 목적은 치아 표면을 반짝반짝하게 닦는 게 아니야. 잇몸과 치아 틈에 낀 치석이라는 세균 덩어리를 제거하는 게 목적이지."

현미경으로 양치질 후 입안의 세균을 관찰한 로테는 몸을 떨었다.

"이, 이렇게 많은 세균이 우글우글…! 제 생각이 얕았어요….."

침울하게 어깨를 떨어뜨렸다. 팔마는 뒤이어 직원들에게 치실을 하나씩 건네줬다.

"칫솔질을 마쳤으면 치실. 이와 이 사이에 낀 치석을 긁어내는 거야. 그다음엔 혀를 닦자."

"이제야 끝났네. 팔마가 시키는 대로 했더니 시간이 엄청 많이 걸리는데."

엘렌이 개운한 얼굴로 칫솔질과 치실 작업을 끝냈다.

"하지만 충치는 예방할 수 있다고. 이를 잃는 것보다는 낫잖아?"

"그렇게 해서 충치를 막을 수만 있다면 사람들에게도 널리 알려야겠네요."

로테가 씩씩하게 제안했다.

"일단 저택 사람들부터 시작해야지."

특히 시몬은 치주염으로 발전했을 가능성이 있어 서둘러야 했다.

"양치질하기 힘들어서 한동안은 아무것도 먹고 싶지가 않네."

엘렌은 이를 거울에 비추어 보며 반짝거리는 걸 확인했다.

"처음엔 시간이 걸리겠지만 습관이 되면 빨라질 거야."

'그나저나… 난 치석이 하나도 없네. 치아도 오염이 안 되고. 어떻게 된 일이지?'

열심히 양치질을 하던 팔마는 애초에 치석이 없는 것 같아 맥이 빠졌다. 그래도 습관으로 양치질을 게을리 하진 않았지만…. 피부 표면의 상재균과 구내 세균 등도 현미경으로 자세히 살펴봤지만 찾을 수가 없었다.

"전체적으로 내 몸은 깨끗한 것 같아."

엘렌에게 조심스레 상담을 해보니, 엘렌은 그 말의 뉘앙스가 재미있는지 웃음을 터트렸다. 그대로 웃음을 가라앉히질 못하곤 한바탕 웃어젖혔다.

"뭐가 웃긴데."

"깨끗하다니! 당연한 거 아냐? 더러웠음 놀라겠다."

너무 웃어서 눈물까지 글썽였다.

"무슨 의미야?"

"약신이 들어 있으니까 더러운 것들이 가까이 오지 못하는 거지, 나쁜 게 도망치는 거거나?"

이런 말을 들었다. 엘렌의 눈엔 그렇게 보이나 보다.

"으음? 인간에겐 필요한 상재균도 있는데 장내 세균 같은 건 어떻게 됐을까…."

"인간이 아니니까 필요하지 않은 거겠지."

자기 몸에 대해 아직까지 의문인 팔마였다. 하지만 깊이 파고드는 건 나중에 할 일이다. 완전히 인간 외 생물이라는 증거를 발견하게 된다면 무엇보다도 자기 자신이 회복이 안 될 것 같다.

그러고서 팔마는 드 메디시스가의 가족과 고용인들에게도 오럴 케어 세트를 선물했다. 충치로 고민하던 시몬은 특히 더 감사히 받아 애용했다.

블랑슈에겐 충치 예방을 위해 특히 열심히 양치질 지도를 했다. 유치는 충치가 잘 생기기 때문이다. 칫솔을 입에 넣고 깨물다가 팔마에게 혼나기도 했다.

"오라버니, 양치질하면 단거 많이 먹어도 되는 거야?"

"순서가 반대야. 단걸 먹고 나면 양치질을 해야지."

"네…."

그리고 한 달 후, 이세계 약국은 '오럴 케어 세트'를 발매했다. 개별 판매도 준비했다. 그때까지 본격적으로 양치질을 하지 않았던 사람들은 과자를 즐기는 귀족을 중심으로 앞 다투어 몰려들었다. 충치가 생길 때마다 이를 뽑아 거의 이가 남아 있지 않은 사람들은 남은 이를 어떻게든 유지하기 위해 온갖 수단을 다 강구했었다.

"그 세트는 조금 비싸다. 조금 저렴한 게 있으면 좋겠다"는 평민들의 목소리에 팔마는 염가 버전도 준비했다. 에도 시대에 사용했던 다발 이쑤시개라 불리는, 이쑤시개와 그 반대편이 나무 브러시처럼 된 것과 불소 치약, 치실 세트가 그것이었다.

"이거면 우리도 살 수 있겠는데!"

가게 앞과 메디크에선 칫솔질 강좌와 구강 위생 강좌가 열렸다.

강좌는 큰 성황을 이뤄 연일 만원이었다.

팔마가 가르치는 게 아니라 엘렌에게 강좌를 맡겼다. 팔마는 어디까지나 이 세계에서의 약사로서 본업인 진단, 처방, 조제에 전념하고 싶었기 때문이었다.

가게에 미처 다 들어오지 못한 사람들을 위해 엘리자베스가 궁전 광장을 마음껏 써도 좋다는 허락을 해준 덕에 충치 예방 강습을 열게 되었다. 한가로운 시민이 축제를 즐기듯 모여들었다.

이렇게 해서 평민들이 오럴 케어 세트를 구입하게 되어 많은 업자들이 뒤쫓아 후발 제품을 만들게 되었고, 올바른 칫솔질을 알게 되어 사람들의 의식이 바뀌었다. 폐렴 등의 감염증을 예방할 수도 있다는 말에 특히 열심히 실천하기 시작했다.

그 무렵 황자는 여제의 명으로 단 음식을 삼가고 있었다.

"단 것은 한동안 참아야 해. 아아, 하지만 먹고 싶다….."

그런 황자의 고민을 해결하기 위해 팔마가 좋은 아이디어를 떠올렸다.

충치가 잘 생기지 않는 자일리톨이 든 사탕이 바로 그것이었다.

이것도 익명으로 기술국에 등록했다.

"충치가 생기는 설탕은 거의 들어 있지 않습니다. 충치는 잘 안 생길 겁니다."

황자는 흥분했다.

"단데도?!"

"참고로 너무 많이 먹으면 배탈이 날 겁니다."

"뭐, 그건 너무하잖아!"

황자는 독특한 청량감이 나는 그 사탕을 무척 마음에 들어 했다고 한다.

그리고 약국의 단골인 장 노인도 약국에서 신제품 사탕을 발견하고 얼굴을 빛냈다.

"오늘은 충치가 안 생기는 뱃사람 사탕 세 개를 사볼까?"

"네, 신제품입니다. 어느 맛이 좋으세요?"

"오렌지맛이지. …이거 고민 되네. 역시 늘 먹는 뱃사람 사탕도 세 개 주게."

팔마는 총 6개의 사탕을 봉투에 담아 건넸다.

"고맙습니다."

장 노인은 평소에 사던 사탕에 더해 자일리톨 배합판인 사탕까지 즐겨 먹게 되었다.

11화 마세일령 시찰과 의학의 미래

"으음, 다 왔군."

브루노는 마차 계단을 내려갔다.

파도 소리가 바다 기운을 품고 다가왔다.

"허리가 아프네."

얼굴에 부채질을 하는 팔마의 어머니 베아트리스는 마차 진동 때문에 힘이 들었나 보다.

"바다? 바다 온 거야? 바다 왔다!"

블랑슈는 목이 빠져라 기대했었는지 마차에서 폴짝 뛰어내렸다.

마지막으로 팔마와 엘렌도 그 뒤를 따랐다.

맑은 공기를 한껏 심호흡으로 들이켜고 석회질의 흙을 밟았다.

시야에 들어오는 것은 서중해.

"마세일령은 풍광이 좋구나."

"그러게. 좋은 영지인 것 같아."

엘렌도 마음에 들어 했다.

제도에서 약 하루가량 마차를 타고서 그들은 마세일 존작령에 도착했다.

진기원 1146년, 이세계 약국을 창업한 지 반년이 지났고, 팔마는 11세가 되었다.

드 메디시스가의 가족과 어쩌다 따라오게 된, 시종 일행 앞에 펼쳐진 것은 360도의 해안 대 파노라마.

새하얀 산맥과 해변, 파란 바다가 선명하게 눈에 들어왔고, 그것들이 절묘한 대비를 만들어냈다. 해안가에는 산기슭을 따라 외벽을 새하얗게 칠한 빨간 지붕의 석조 건물로 이뤄진 어촌도 군데군데 자리를 잡고 있었다. 에메랄드그린색 바다에는 쉴 새 없이 무역선이 오갔다. 커다란 무역항에 배가 정박해 있는 게 보였다. 그야말로 남프랑스를 방불케 하는 경관이었다.

"기다리고 있었습니다, 새로운 마세일 영주님."

"음, 잘하고 있나, 아담. 햇볕에 더 탄 것 같군."

"네, 밤낮 없이 영지 순찰에 매진하고 있습니다."

브루노는 마중 나온 영주 대행인 아담, 영지 대리 관리인, 농지 감독관, 기사들의 융숭한 인사를 받고 높은 언덕에 있는 영주관에 들어가 환대를 받았다. 팔마 일행도 영주관에서 가벼운 식사 등을 대접받았다.

브루노는 거주 영주가 아니기 때문에 마세일령은 유능한 드 메디시스가의 집사 중 젊은 수습인 아담을 대행 영주로 부임시켜 지배하고 있었다.

진한 인상의 거뭇거뭇한 피부에 갈색 머리를 한 남자다. 팔마는 그가 히스패닉계일 것 같다는 인상을 받았다.

"영지에는 21개의 마을, 47명의 기사와 635명의 농민, 938명의 약초생산자…."

"영지 부감도입니다. 이쪽이 약초 생산지로, 농지와 목초지는 이쪽입니다. 각 지구의 생산고는 여기 있습니다."

"부역, 병역 시엔 마을째 순서대로…."

등등 아담은 자료를 척척 제시하며 브루노에게 보고했다.

프레젠테이션 연습을 열심히 한 것 같지만 긴장을 감추지는 못했다.

"이 항구는 어떻지?"

브루노가 수염을 만지작거리며 마세일 항을 손가락으로 톡톡 쳤다.

그곳은 14개의 항로, 31개국과 3개의 식민지 항구와 연결하는, 제도로 이어지는 현관 항구 중 하나였다.

"네, 마세일 항은 아시다시피 제국에서 두 번째로 큰 무역항을 자랑하는 항구입니다. 무역고는 전년도와 그 전년도의 것, 무역 상대국 상위 10개국의 연별 추이, 수출입 추이를 여기에 준비했습니다."

"흐음, 나쁘지 않네. 무역고도, 세수도 늘고 있군."

"하지만 최근 들어 네델국 동이든 회사가 활개치고 있습니다. 예전에는 후작령이었지만 존작령이 됐으니 조금은 주제를 파악하면 좋겠지만요…. 네델국의 칙허 회사이기 때문에 조약 체결권과 교전권을 방패로 삼아 세금 징수 등에 응하지 않는 경우도 있어서."

"무역은 자유롭게 풀어줘야지. 관세율은 낮추게. 조금은 희망을 들어주는 게 좋지. 그래도 너무 멋대로 군다면 내쫓아라."

"괜찮을까요?"

"관세율을 낮추면 사람도 물건도 흘러오기 마련이다. 물류는… 팔마, 아직 거기 있었느냐? 밖에서 놀고 오너라, 모래사장이 멋지단다."

브루노는 벽과 하나가 되어 인기척을 지우고 얌전히 듣고 있던 팔마를 알아보았다. 경계를 한 건지 밖으로 내쫓았다.

"우아, 바다 보고 올게요!"

그렇게 말을 하니 어린애처럼 들떠서 밖으로 나가는 수밖에 없었다.

"어린애들끼리 바다에 들어가면 안 돼!"

"네!"

'네델국 동이든 회사… 네덜란드의 동인도 회사랑 같은 건가…?'

팔마는 마침내 원래 있던 세계와의 지리적인 공통성을 의심하지 않을 수 없게 되었다.

중세풍이라고는 해도 이세계이니 신경 쓴다고 달라지는 건 없겠지만, 자꾸만 마음이 쓰였다.

"아아아앗. 너무 맑아서 눈부실 지경이에요! 블랑슈 아가씨도 그렇죠?!"

"부드러워! 모래가 부드러워!"

브루노에게 내쫓긴 팔마가 언덕 위의 영주관에서 밖으로 나와보니, 로테와 블랑슈가 눈 아래 펼쳐진 하얀 해변을 보며 떠들고 있었다. 언덕을 달려서 모래사장 위에서 둘이 빙글빙글 춤을 춘다.

'바다를 보면 춤을 추고 싶어하다니, 둘 다 어리구나.'

팔마는 흐뭇하게 생각했다. 그리고 자신의 모습을 객관적으로 돌아보았다.

'아, 나도 어린애지.'

예상한 대로 블랑슈는 회전의 힘을 버티지 못하고 넘어져 얼굴이 온통 모래범벅이 되었다.

"에헤헷."

블랑슈의 얼굴에 묻은 모래를 로테가 손수건으로 털어줬다.

"우후후."

블랑슈와 로테는 사이좋게 웃었다. 둘 다 어린애라 그런지 죽이 잘 맞았다.

"아가씨! 모래로 성 만들어요!!"

바다 내음이 나는 건조한 바닷바람이 기분 좋게 불어와 로테의 핑크색 머리를 휘날린다. 팔마도 해변으로 내려갔다. 브루노의 말을 지켜 물가로 가까이 가지만 않으면 놀아도 되겠지.

"로테, 성 만들자! 귀여운 게 좋아!"

"모래성은요, 이렇게 만드는 거예요!"

로테는 먼저 잘 적신 모래를 가져와 바닷물을 이용해 틀을 만들고선 바닥에 떨어진 작은 나무 가지와 조개껍데기를 이용해 성의 지붕, 창과 장식 등을 더했다. 그녀는 장인이 만든 것에 못잖은 멋진 2층짜리 성을 완성했다.

"우아, 너무 예쁘다!"

"하지만 드 메디시스가 저택이 훨씬 더 멋져요, 아가씨!"

로테는 저택에 대한 자부심이 강한 것 같았다.

"저기서 물장구치고 싶어!"

직접 모래성 만들기에 도전했던 블랑슈가 잘되지 않아 바로 포기하더니, 이번에는 바다에 들어가고 싶다고 했다. 블랑슈는 아직 어려서 변덕이 심하고 쉽게 질리곤 했다.

"팔마 님, 저도 파도를 보고 와도 될까요?!"

로테는 그 자리에서 폴짝폴짝 뛰며 흥분했다. 바다에 뛰어들기 전의 준비 운동이라도 하는 건가 싶었다. 브루노가 바다에 들어가지 말라고 했는데.

"바다에는 안 들어가는 게 좋을 거야. 아버지도 그렇게 말씀하셨고. 둘 다 헤엄은 칠 수 있어?"

"전 못 쳐요. 블랑슈 아가씨도요."

로테가 고백했다. 하지만 발만 담그는 거면 괜찮지 않냐고 팔마에게 물었다.

"발만 담그는 건 괜찮지만 갈아입을 옷도 없잖아?"

"응, 그럼 파도만 보고 오는 걸로 할래!"

블랑슈는 의욕에 넘쳤다.

"보기만 하는 거다!"

블랑슈는 신발을 벗고 모래사장으로 달려갔다.

"둘 다 저렇게들 좋아하다니, 바다를 본 적이 없나?"

동행한 엘렌은 흐뭇하게 미소 지으며 상의를 벗고 그늘에 편히 자리를 잡고서 음료수를 마시고 있었다.

"더워. 땀난다. 물놀이라도 할까?"

로테와 블랑슈는 정신없이 파도를 쫓고 바닷가에 발자국을 남기며 즐거워했다.

엘렌은 수영복 대신 툭 떨어지는 반투명한 튜닉 한 장을 걸치고 있었다.

맨다리가 눈앞에 아낌없이 모습을 드러내 팔마를 깜짝 놀라게 했다. 엘렌은 옷이 비치는 걸 신경도 안 쓰는지, 몸매가 태양 아래 확연하게 드러난 바람에 눈 둘 곳을 모를 지경이었다. 그 어색함을 둘러대듯이 팔마는 고개를 돌리며 화제를 바꿨다.

"엘렌은 헤엄칠 줄 알아?"

"당연하지. 물 속성 신술사가 물에 빠지면 웃음거리일걸."

"그럼 다행이다."

"팔마도 헤엄치자. 조금이라면 괜찮잖아?"

엘렌이 혼자선 재미없다는 이유로 팔마에게 권했다.

"아버지는 어린애들끼리만 헤엄쳐선 안 된다고 하셨어."

"그래? 하긴 넌 어린애지. 하지만 난 어린애가 아니니까 나만 헤엄칠게."

엘렌도 수건을 들고 바닷가로 다가갔다.

모래사장에 반사된 햇살이 따가울 정도로 팔마의 눈을 찔렀다.

"아, 엘레오노르 님도 계셨군요! 저희 먼저 놀고 있었어요!"

두 아이는 즐겁게 파도와 장난치고 있었다. 가까이에서 구경하던

팔마도 블랑슈의 물총 공격을 받아 물싸움에 합류하게 되었다.

엘렌은 얕은 바다까지 헤엄쳐 나아가더니 바다 위에 드러누웠다.

"하아, 아하하, 재미있다!"

"에잇! 에잇!"

블랑슈는 순진하게 바닷물을 떠서 뿌려댔다. 로테의 허리 아래는 흠뻑 젖어버렸다.

"아가씨, 이러시기예요! 복수합니다!"

물장난에 완전히 정신이 팔렸을 때, 유달리 큰 파도가 몰려와 제일 체중이 가벼워 버틸 힘이 없는 블랑슈가 파도에 휩쓸려 바다 속으로 사라지고 말았다.

"어쩌지! 아가씨!"

"내가 갈게!"

팔마는 엘렌에게 로테를 데리고 모래사장으로 올라가라고 말한 뒤 바다로 뛰어들었다. 하지만 파도는 높았고, 작은 블랑슈는 보이지 않았다.

"팔마! 안 돼! 내가 갈게!"

엘렌도 헤엄치지 못하는 로테를 모래사장으로 피난시켜 무사한지 확인한 뒤에 즉시 팔마를 뒤쫓았다. 물 신술사인 엘렌은 귀족으로서는 드물게 헤엄을 칠 줄 알았지만, 같은 물 신술사인 블랑슈는 훈련이 안 되어 헤엄을 칠 줄 몰랐다.

거의 숨도 쉬지 않고 블랑슈를 쫓던 팔마는 의식을 잃은 채 파도에 떠내려가는 블랑슈를 발견했다. 헤엄쳐서 다가가려고 해도 조류가 빨라 순식간에 멀리 떠내려갔다. 이젠 헤엄쳐도 따라잡을 수 있을 거리가 아니었다. 점점 작아져 파도에 휘말려 사라지고 있다.

전생에서 병사한 동생의 모습이 겹쳐져 보였다. 그녀가 아프기 전에 수도 없이 놀러갔던 바닷가는 추억의 장소였다. 그녀는 죽을 때 다시 한번 오빠랑 헤엄치러 가고 싶다고 울어서 부모를 곤란하게 했었다. 그녀가 보고 싶었던, 그리고 그가 데리고 가고 싶었던 바다가 지금 블랑슈를 삼키는 악몽의 장소로 변해버렸다. 지금 그녀를 구할 수 있는 건 팔마밖에 없다. 하지만 도저히 파도가 빨라 따라잡을 수 없었다. 그래도 포기한다는 선택지는 있을 수 없었다.

물에 빠져도 그녀의 심장 박동은 계속되고 있다.

하지만 그녀의 생존이 허락된 시간은 그리 길지 않다.

서서히 밀려오는 죽음의 이미지를 뿌리치듯이 팔마는 숨 쉬는 것도 잊고 있는 힘껏 손을 뻗었다.

'죽게 놔두지 않을 거야, 반드시 구해내겠어!'

그가 그렇게 굳게 의식한 순간, 앞으로 내민 오른팔의 반점이 격렬하게 근질거렸다.

긴장해서 그런가, 숨을 쉬는 걸 잊어서 그런가, 어렴풋이 파랗게 빛나고 있었다.

지금까지 오른팔의 반점이 팔마의 의지에 앞서서 빛난 적은 없었지만, 그 발광은 신력의 해방을 재촉하는 것만 같았다. 평소의 감각과는 명확하게 달랐다. 블랑슈의 위기와 팔마의 뜻에 반응하고 있는 것 같았다.

'모험을 해볼까…?!'

그는 결심했다. 바다 위로 나와 크게 숨을 들이켠 뒤 단숨에 바닥으로 잠수했다.

'다행히 바다는 깊지 않다. 그러니까… 블랑슈가 떨어져도 돼!'

블랑슈 아래의 해저가 안전한지 확인했다. 그리고.

"'물 소거'."

물과 해수의 상태를 뇌리에 상세히 그리고서 그 피부에 물의 질감, 그리고 해수를 움켜쥐었다. 적당히 힘을 조절해가며 팔마는 오른손의 능력을 발동시켰다.

전력을 다하면 바다가 그대로 사라져버릴지도 모른다, 그런 엉뚱한 생각이 스쳤다.

'소규모 영역만! 닿아라, 블랑슈가 있는 곳까지!'

그러자 팔마의 이미지는 구현되어 그를 중심으로 반경 10미터 정도 범위의 해수가 사라졌고, 팔마는 구멍 난 해저 모래사장에 내동댕이쳐졌다. 처음엔 크레이터 모양으로 구멍이 났고, 원기둥 모양으로 물이 없는 영역이 바다 속에 만들어졌다. 파도에 휩쓸리던 블랑슈는 해수가 사라지자 해저로 떨어졌다.

훤히 모습을 드러낸 해저 모래사장 위에서는 물고기가 파닥거렸고, 해초는 힘없이 축 늘어져 있었다. 그것이 블랑슈를 받아주는 쿠션이 되었다. 해저는 팔마가 확인한 것보다 얕아 블랑슈가 입은 추락의 충격은 비교적 경감되었을 것이다.

'됐어…! 이게 뭐지?!'

자기가 해놓고선 이상하지 않은가. 팔마는 자신의 능력에 두려움을 느꼈다.

신술이라는 틀로는 설명할 수 없었다.

그래도 팔마는 언제 이 공백 영역이 대량의 해수에 떠밀려 사라질지 걱정되어 쓰러진 블랑슈를 들쳐 업고 육지를 향해 걷기 시작했다. 앞을 막아선 바닷물을 벽을 사이에 두고 유입을 막는 이미지로 소거해가며 그는 한 발자국씩 모래사장을 향해 걸어갔다. 능력을 유지하는 데 온 힘을 쏟았다.

◆

팔마의 뒤에서 필사적으로 블랑슈를 쫓고 있던 엘렌은 갑자기 바닷물이 사라져 해저로 추락하는 바람에 바닥에 그대로 뻗어버리고 말았다.

"푸읍!"

바닷물을 머금은 모래가 엘렌의 입안으로 밀려들어왔다.

엘렌은 무슨 일이 벌어진 건지 혼란스러웠다. 미끄러지는 안경을 다시 고쳐 쓰고 주위를 둘러보니 바닷물의 벽이 있었다. 그 영역 내부의 노출된 해저를 밟으며 블랑슈를 들쳐 업고 팔마가 천천히 해변을 향해 걸어가고 있었다.

"어? 어?! 이게 무슨 일이야?!"

엘렌은 바다 속에 덩그러니 뚫린, 물이 없는 공백의 영역과 그 안에 있는 팔마를 번갈아 쳐다보았다.

"팔마… 너 무슨 짓을 한 거야?"

생각하면 할수록 엘렌의 이해의 한계를 벗어난 일이었다.

"아, 나도 돌아가야지."

엘렌이 정신을 차렸을 때 팔마는 시선 한 번 주지 않고 엘렌 앞을 천천히 지나갔다. 그가 한 걸음 걸을 때마다 공백 영역은 이동해 그를 중심으로 전개되었다. 처음에 팔마는 물의 벽을 원통 모양으로 전개했다고 생각했다. 하지만 그게 아니었다. 물의 벽이 만들어져 내부의 물이 제거된 게 아니다. 엘렌도 물 속성 신술사이기 때문에 알 수 있었다. 영역 내부의 물이 '사라지고'만 것이다.

"팔마, 물뿐만 아니라 바닷물도 부릴 수 있는… 거야?"

팔마의 표정은 너무나 진지했고, 조금의 여유도 없이 극한까지 집중하고 있는 것 같았다. 그래도 엘렌은 겨우 제정신을 차릴 수 있었다. 블랑슈가 팔마의 능력 덕분에 살았다는 걸 깨달은 순간, 엘렌의 안경이 주르륵 미끄러져 모래에 파묻혔다. 엘렌은 자리에서 일어나 안경을 주워 팔마의 뒤를 쫓았다. 팔마가 멀어지면 되돌아오는 파도에 휩쓸린다. 같이 돌아가야만 했다.

육지로 올라온 팔마는 블랑슈를 모래사장에 눕혔고, 그녀는 몇 번 물을 토했다.

"블랑슈…!"

함께 기슭에 도착한 엘렌은 팔마와 함께 처치에 들어갔다. 인공호흡을 하기 전에 블랑슈는 숨을 되찾았다.

로테는 일련의 사건을 목격하고 너무나 무서워 바들바들 떨고 있었다.

"왜 그래, 로테? 기분 안 좋니?"

팔마는 로테의 표정이 얼어붙은 걸 놓치지 않고 알아보았다. 자신도 필사적이었다고는 하지만, 너무 과하게 힘을 쓴 모습에 본격적으로 겁을 먹은 거다. 그렇게 생각하니 너무나 슬펐다. 그런 태도를 보인다 해도 어쩔 수 없는 짓을 저지르긴 했지만….

"몸이 움직이질 않았어요…. 아가씨에게 무슨 일이 생기면 어떻게 하나 생각하니 무서워서…!"

로테는 눈물을 글썽이며 그렇게 말했다. 팔마는 어떻게 해야 좋을지 몰라 울먹이는 로테에게 도피할 곳을 제공하듯 일을 맡겼다.

"로테, 미안한데 사람을 불러와주면 고맙겠어."

"네, 바로 갔다 올게요!"

로테는 등을 곧게 펴고 깊이 머리를 조아리더니 영주관으로 쏜살같이 달려갔다.

블랑슈는 모래사장에 앉은 팔마를 끌어안고 펑펑 울었다. 팔마는 방심하지 않고 진안으로 이상이 없는지 살펴보았다. 폐수종이 될 가능성이 있기 때문이었다. 다행히 물은 거의 마시지 않았다. 상황을 지켜보기만 해도 될 것 같았다.

일단 안도한 팔마는 맥이 풀려 그대로 털썩 주저앉았다.

"오라버니… 무서웠어."

"그래, 그래. 이제 괜찮아. 무서웠지, 이제 살았어."

팔마는 블랑슈를 현세로 데리고 왔다는 실감을 음미했다.

"바다 무서워! 이제 절대로, 절대로 바다에 안 들어갈 거야….

블랑슈는 굳게 다짐한 것 같았다. 트라우마가 될 일이긴 했다.

"그래, 블랑슈는 질려버렸구나. 다음에 내가 헤엄치는 거 가르쳐줄게. 로테도 같이."

블랑슈를 달래던 팔마는 한 가지 사실을 깨달았다.

'어, 물을 소거했는데 해저에서 소금이 석출되지 않았었네. 나, 물 분자만 없앤 거 아니었나?'

그러고 보니 다급한 상황이라 '물 분자'라고 지정하지 않았었다.

자세한 건 기억이 안 나고 거리를 잴 여유도 없었지만, 체감상 반경 50미터는 사라졌을 거다. 그만큼의 바닷물을 없앴다. 대량의 소금과 미네랄이 해저에 석출되어도 당연한 일이었다. 그런데 해저에 축적되지 않았다는 건… 팔마는 돌이켜 분석해보았다.

'설마 염분까지 포함해 바닷물을 그대로 없애버린 건가. 의식도 하지 않고서.'

무의식중에 해버렸다는 부분이 팔마에겐 공포로 다가왔다. 왜냐하면 인간도 수분 덩어리이기 때문이다. 자칫 잘못했으면 구하고 싶었던 블랑슈까지 같이 없애버렸을지도 모른다. 엘렌도 휘말려들었을지도 모른다는 생각에 팔마는 소름이 돋았다.

'이 영역 지정의 부(負) 능력은 쓰지 않는 게 좋겠다. 무슨 일이 일어날지도 모르고 너무 위험해.'

팔마는 영역 소거 능력을 경계해 당분간 봉인해두기로 결심했다. 인명이 걸리지 않는다는 게 확실해지기 전까지. 그런 분석을 하던 팔마에게 엘렌이 물었다.

"팔마, 놀랐어."

"엘렌… 나, 뭘 한 걸까."

"혹시 말인데, 지금 그거 네가 부 속성이라고 생각하는 능력을 쓴 거야?"

엘렌은 조심스레 팔마에게 다가가 옆에 앉았다. 무서워하면서도 그 거리감이 전과 조금도 달라지지 않았다는 사실이 팔마는 무척 고마웠다.

"그런 것 같은데. 엘렌도 전에 그렇게 판정했잖아?"

"그렇다면 착각한 거였어. 그렇게 확실하게 바다를 없애는 능력이란 존재하지 않는걸. 도대체 뭐가 어떻게 돼서….."

"어, 그럼 엘렌이 말한 부 속성은 뭔데?"

팔마가 생각했던 부 속성의 정의는 아무래도 틀렸던 것 같다.

"부 속성은 양을 '줄이는' 능력이야. 영역째 물질을 '없애는' 게 아니라."

"그래…."

팔마는 엘렌과 신술을 훈련해왔지만, 부의 능력 발동을 보여준 적은 없었다. 고도 몇 개를 없애버린 건 부 속성 능력을 쓴 게 아니라 물의 정 속성으로 섬을 수몰시켰기 때문이었다. 엘렌은 뭐가 어떻게 된 건지 모르겠는지 당황스러워했다.

"뭐라고 설명을 할 수 있으면 좋겠지만 나도 내가 이해가 안 돼서…."

팔마는 개운치 않게 말을 골라가며 변명했다.

"블랑슈를 구하고 싶다는 일념으로 강하게 생각을 했더니 그렇게 됐어."

팔마가 그들의 눈에 어떻게 보이는지 모르는 건 아니다. 특히 로테는 처음으로 팔마가 능력을 쓰는 걸 보았다. 정체를 알 수 없는 능력에 불안감도 커졌을 것이다. 앞으로 로테가 자기를 거부한다면 한 지붕 아래에서 사는 팔마는 정신적 충격이 꽤 클 거다.

"하지만 네가 없었으면 블랑슈는 죽었을지도 몰라. 그 파도의 속도로 봐선 헤엄쳐 가도 늦었을 거고, 나는 물의 정 속성이라 신술로는 손을 쓸 수도 없었어. 그러니까 네 덕분에 블랑슈는 살아난 거야…. 내가 옆에 있었으면서도 위험을 예상하지 못해서 미안해."

엘렌은 팔마에게 고마움을 표했다.

"고마워, 오라버니…."

팔마의 품에 안겨 살아 돌아왔다는 실감을 곱씹으며 울고 있던 블랑슈가 훌쩍거리며 고마워했다.

"난 네가 없어지면 어쩌나 싶었다고."

"흐에엥… 미안해."

"살아서 다행이야. 다음부터는 조심해서 놀자. 넌 내 소중한 동생이니까."

"네에."

팔마는 아직 공황 상태에 빠진 블랑슈를 달래기 위해 그녀의 머리를 부드럽게 쓰다듬어줬다.

그런 팔마를 보던 엘렌은 저렇게 태연해 보이지만 그도 절대 여유가 있었던 건 아니라는 걸 깨달았다. 그 또한 동생을 구하려고 사력을 다했을 터다.

"고마워, 팔마."

그의 마음 하나로 세계를 어떻게 할 수 있는 게 아닐까 우려될 만큼, 신과 같은 무진장한 신력을 가진 팔마는 엘렌이 보는 한, 악의라고는 찾아볼 수 없었다. 오히려 도움을 필요로 하는 사람과 병에 시달리는 환자를 무시하지 못하고 약국을 열었고, 지금도 자기 위험은 고려도 않은 채 물에 빠진 동생을 구하러 달려가는 착한 사람이다. 엘렌은 지금까지 완전히 불식하지 못했던 경계심이 서서히 풀리는 것을 느꼈다. 그의 정체가 인간이 아닌 어떤 존재이든 아니든, 신이든 악령이든 이젠 두려워할 필요는 없을 것이다. 그는 '좋은 사람'이다. 엘렌은 그렇게 느꼈다.

"팔마 님…!"

로테의 목소리가 언덕 위에서 들려왔다. 그리고 그 뒤에서는 바쁘게 달려오는 고용인들의 모습이 보였다.

팔마가 없앤 바닷물은 이제 흔적도 없이 사라졌고, 바다에는 거대한 파도의 소용돌이만이 남았다.

"뭐? 블랑슈가 물에 빠졌었다고?"

"네, 파도에 휩쓸려서요."

저녁 식사 자리에서 브루노는 낮에 일어난 일에 대해 들었다. 블랑슈는 혼날 걸 각오하고 몸을 움츠렸다. 조심스레 몸을 낮춰 테이블 아래에 얼굴을 숨겼다.

"바다에서 헤엄치지 말라고 했을 텐데."

"바다 안에는 복사뼈까지만 들어갔었는데 파도에 휩쓸렸어요."

팔마가 블랑슈를 변호했다. 브루노는 블랑슈를 혼내지 않았다. 살아 돌아왔다는 사실이 눈앞에 있어서 그런지 더 이상 뭐라 말해도 별수 없다고 생각했나 보다.

"누가 어떻게 구했지?"

"제가 헤엄쳐서 구했습니다. 엘레오노르 선생님 도움도 빌려서 … 물은 많이 마시지 않아서 후유증도 없을 겁니다."

팔마가 일부 정보를 숨긴 상태로 경과를 설명했다. 블랑슈도 혼나지 않아 안도했는지 평소처럼 저녁을 먹었다.

"용케 구해냈구나… 오싹하네."

블랑슈의 목숨이 위태로웠을 수도 있다는 걸 알고 베아트리스의 얼굴이 창백해졌다. 그대로 기절할 것만 같았다. 베아트리스는 브루노와 함께 사교의 장에 참석하느라 블랑슈를 신경 쓸 여유가 없었다. 귀족 부인은 어머니라고는 해도 자식의 육아에 크게 관여를 못한다. 하지만 눈을 뗐다는 것에 책임감을 느꼈다.

"고용인을 붙였어야 했어. 아아, 내가 이렇게 멍청하다니까!"

베아트리스는 울음을 터트렸다. 그리고 브루노도,

"아이들만 놀게 놔둔 게 잘못이었다. 내 책임도 있네."

그렇게 후회했다.

"지나간 일은 어쩔 수 없지. 팔마, 넌 용케 헤엄을 쳤구나."

물에 빠진 사람을 어린애가 구해 육지까지 데리고 온다는 건 쉬운 일이 아니라고 브루노는 팔마를 무조건적으로 칭찬했다.

'헤엄쳤다기보단… 바닷물을 없앤 거지만.'

"네, 운이 좋았습니다."

팔마는 웃음으로 둘러댔다. 블랑슈도 팔마가 뭘 어떻게 해서 구해냈는지는 물에 빠져 의식을 잃은 상태였기 때문에 기억을 못하는 것 같았다.

"블랑슈도 당분간은 바다에 보내지 마라. 너도 알았겠지, 블랑슈?"

"네!"

이제 바다는 지긋지긋하다는 듯이 블랑슈는 뺨을 통통하게 부풀리며 고개를 숙였다. 평소처럼 건성으로 대답하는 모습이 아니었다.

"팔마 님, 이제 주무실 시간인데 뭐 부탁하실 건 없으신가요?"

목욕을 마친 후에 로테는 평소처럼 취침 전에 부탁할 게 없는지 확인하러 왔다. 주인이 시키는 게 없으면 고용인들도 잠자리에 든다. 마세일령의 시찰 여행에는 로테의 엄마는 동행하지 않았기 때문에 팔마를 돌보는 건 로테와 또 한 명의 고용인이 맡고 있다. 어린애가 어린애에게 봉사한다는 것도 팔마에겐 위화감이 느껴지는 일이었지만, 로테에게 그건 엄연한 일이었다.

"아, 오늘은 괜찮아. 로테도 오늘은 오래 이동하느라 피곤하지? 푹 쉬어."

"내일 팔마 님은 영지 시찰하러 가셔야죠. 아침 준비를 도우러 오겠습니다. 편히 쉬세요."

"로테는 내일 영주관에 있을 거야?"

"네, 블랑슈 아가씨랑 같이 영주관에서 인형놀이랑 구슬놀이를 하기로 약속했어요. 아, 그림책을 읽어달라는 부탁도 하셨습니다."

그녀는 블랑슈도 돌보고 있었다. 내일은 블랑슈를 상대하느라 바쁠 것이다.

"그래, 블랑슈가 오늘 일을 신경 쓰는 것 같으니까 많이 위로해 줘."

블랑슈는 저녁 식사 자리에서 평소보다 말수가 적었다. 어린 나이지만 나름대로 생각하는 바도 있을 것이다.

"알겠습니다. 아, 낮에 블랑슈 님을 구하셨을 때요…."

"아, 아아… 그거. 놀랐지? 그건 이제 안 할 거야."

제발 겁먹지 말고 평소처럼 대해줘, 그 말을 애써 삼켰다. 팔마는 이 세계에 와서 정신적으로도, 실제로도 가장 가까이에서 자신을 도와준 로테가 오늘을 경계로 거부하거나 거리를 두는 건 아닐까 불안했다.

"저… 무서워하지 않았으면 좋겠는데."

하지만 로테의 반응은 뜻밖이었다.

"무서워하다니, 제가 팔마 님을요? 왜요?"

"아, 아니, 그게, 로테가 그때 떨고 있었잖아."

"그렇지 않아요. 만약 블랑슈 님을 구하지 못하면 어떻게 하나 그 생각에 떨던 거예요. 팔마 님의 신술은 굉장했어요! 저, 엄청 감동한걸요! 너무 굉장해서 꿈인 줄 알았어요!"

"어, 그래? 내가 무서워서 그런 게 아니구나."

로테는 소거 능력을 사용했던 그것이 물 속성의 신술이 아니라는 걸 모르는 것 같았다. 그래서 고도의 물 속성 신술을 쓴 거라고만 생각하고 있는 것 같았다.

"하지만 제가 바로 아가씨를 구하러 가야 했는데… 죄송합니다."

"로테는 헤엄을 못 치니까 안 가는 게 맞지. 기슭에 있어줘서 다행이었어. 만약 나까지 빠졌으면 사람을 부르러 가줬을 거잖아."

물에 빠진 사람을 구하려면 일본에서는 튜브 등을 가져가거나 훈련을 받은 프로에게 맡겨야 한다. 자칫 잘못 다가갔다가 물속으로 빨려 들어가면 둘 다 죽게 된다. 블랑슈는 이미 의식을 잃어 붙잡힐 걱정은 없었다. 그래서 팔마는 위험을 무릅쓰고 그녀를 쫓아간 것이다.

"아, 네…."

"블랑슈는 소중한 가족이지만 로테도 내겐 가족처럼 소중한 사람이야. 잃고 싶지 않아."

직설적으로 한 말에 로테는 귀까지 빨갛게 붉히며 시선을 피했다. 그 반응을 본 팔마도 괜히 부끄러워졌다.

"고, 고맙습니다!"

꺼질 듯한 목소리로 말하는 로테.

"팔마 님의 배려에 힘이 나요. 위험을 가리지 않고 거침없이 뛰어들던 팔마 님도, 엘레오노르 님도 너무나 용감하셨어요. 전 두 분을 존경합니다. 그럼 안녕히 주무세요."

로테는 공손히 인사를 한 뒤 방을 나가 조용히 문을 닫았다. 로테의 진심을 들은 팔마는 이걸로 된 거 아닌가 하고 낮에 있었던 일에 대해 생각을 고쳐먹었다. 그리고 능력을 쓴 후에도 지금까지와 마찬가지로 팔마를 받아들여준 두 사람에게 고마워했다.

◆

이튿날, 팔마는 브루노를 따라 동행한 세드릭과 종자 기사들과 함께 세 대의 마차에 나눠 타고 영주관에서 제일 가까운 약초 생산 지대를 시찰했다. 어머니와 블랑슈, 엘렌은 영주관에 남았다. 팔마는 다양한 약초밭을 둘러보고 그 규모에 놀랐다.

"약초의 일대 생산지이긴 하네요. 종류도 다양하고요."

"그래, 마세일은 제국 유수의 약초 생산지다."

"생산된 약초는 어디서 소비되나요?"

팔마는 브루노에게 사정을 물었다.

"제국 각지에 출하되고 40퍼센트는 국외로 수출되지. 약국에만 파는 게 아니라 개인 소비도 있다."

구획을 나눠놓은 경작지에는 온갖 약초가 심어져 있었다. 농부들이 약초밭에서 일하다가 공손히 인사를 했다. 그런 그들에게 브루노는 말을 걸었다.

"약초 생산은 순조롭게 되고 있나?"

"아, 네. 예년대로 연공을 올리겠습니다. 올해는 향신료 작황이 좋아요."

　영주가 직접 시찰을 오는 일이 좀처럼 없는지 소작인들은 황공해 어쩔 줄 몰라 했다. 대개의 경우 마세일령의 영주는 관리를 대행에게만 맡긴다고 했다.

　"그거 다행이군. 잘 힘써주게. 세드릭, 그걸 부탁하네."

　"네, 주인님."

　지팡이를 짚고 마차에서 내린 세드릭이 소매를 걷어붙이고 지팡이째 두 손을 땅 위에 대었다.

　"시작하겠습니다."

　흠 하고 가볍게 기합을 넣자 그의 손이 따뜻한 주황색으로 빛났고, 신력은 지팡이를 통해 토양으로 전해졌다.

　그는 발동 영창을 외쳤다.

　"**'지모신의 축복'**."

　그의 지팡이를 중심으로 동심원을 그리듯이 흙이 연쇄적으로 불룩불룩 융기하기 시작했다.

　"아, 맞다. 세드릭은 흙 속성 신술사였죠."

　팔마는 세드릭이 1헥타르 정도 넓이의 토양에 축복을 내리는 것을 보고 깜짝 놀랐다. 그도 상당한 양의 신력과 기술을 가진 건지도 몰랐다.

　"팔마, 설마 잊은 건 아니겠지?"

　브루노가 난처하다는 듯이 쓴웃음을 지었다.

　"팔마 님 앞에서는 오랜만에 신력을 보여드렸으니 잊으셨을 수도 있지요. 전 흙 속성 신술사라서. 지금 대지에 지모신의 축복을 내렸습니다."

세드릭도 엄연한 신술사인 것이다. 그는 영차 소리와 함께 몸을 일으키더니 손에 묻은 흙을 탁탁 털었다.

"우리 저택에 있는 약초원의 발육을 촉진하는 중요한 임무는 그에게 일임해뒀지."

그러고 보니 약초원에서는 비료 냄새도 나지 않는데 약초가 놀라운 속도로 자랐었다. 그건 그래서였구나, 팔마는 놀랐다. 신술사가 약초를 키우면 무슨 특별한 효과가 생기는지에도 흥미가 생겼다.

"영주님, 고맙습니다!"

"이야, 멋진 기술이십니다."

소작인들은 세드릭에게 감사했다. 이제 일하기 편해지겠습니다, 올해는 틀림없이 풍작일 겁니다 등등의 낙관적인 소리를 했다.

'신술사가 작물에 손을 대면 얼마나 효과가 달라질까?'

팔마는 그 점이 의문이었다.

흙 속성의 귀족으로 엄연한 신기를 쓸 수 있는 인물은 적어 귀하게 여겨진다고 했다. 그런 우수한 인재를 자신의 밑으로 보내준 브루노에게 팔마는 속으로 고마워했다.

"다른 문제는 없나? 뭐든지 말해봐라."

브루노가 그들의 바람과 탄원에 귀를 기울였다.

"올해는 비가 조금 적어서 건조합니다. 수확량이 불안정해요."

"그래. 그럼 이건 내가 그대들에게 주는 선물일세."

브루노는 그들에게서 조금 거리를 두고 천천히 지팡이를 뽑아들더니 흙 위에 지팡이로 간이 신술 진형을 그렸다. 팔마가 아는 것이었다.

'아, 무도 신술이다!'

그린 진형 위에서 브루노는 춤을 추기 시작했다. 그것은 정(靜)과 동(動)을 조합한 복잡한 것으로, 스텝과 팔놀림은 거칠면서도 규칙성과 통일성이 있어 마치 춤을 추는 것처럼 보인다. 브루노의 몸전체에 신기루 같은 안개가 피어오르고, 춤을 추는 동안 신술진이 들려 빛나기 시작했다. 춤을 출수록 신력이 고양되는 것 같았다.

"위로의 자우(慈雨)."

발동 영창과 함께 지팡이를 허공에 한 번 휘두르자, 브루노의 신기는 비구름을 불러와 대지에 축복을 내렸다. 약초에 활력을 부여해 약초가 원래 가진 효과를 한껏 끌어내준다고 했다.

브루노는 춤을 추면 신력과 신기의 효과가 현격히 강화된다는, 매우 드문 능력의 소유자였다. 브루노가 신술을 내린 약초는 비싼값에 거래된다고 했다.

"이러면 되겠지."

브루노의 신술을 팔마는 넋을 잃고 바라보았다. 메마른 대지에 비를 뿌리는, 그야말로 신기였다. 평민이 신술을 쓰는 귀족을 공경하는 이유도 이해가 됐다.

"고맙습니다, 영주님!"

농민들은 펄쩍 뛰며 축복의 비가 고마워 몸이 젖는 것도 개의치 않은 채 노래하며 춤을 췄다.

'신술의 효과에 대해서도 검증해나가야겠다.'

신술이 있는 세계이니 약학에 어떻게 응용할 수 있는가를 슬슬 생각해봐야 한다. 신술에 팔마가 모르는 효과가 있다면 그걸 이용하지 않을 이유는 없었다.

예를 들어 신술로 생성한 물에 의약품을 녹이면 치료 효과가 높아진다. 그것을 브루노의 지론을 통해 깨달았다. 브루노는 우수한 신술사이기 때문에 약초와 조합해 치유 효과가 높은 포션을 만들어 냈다.

신술은 대상의 물성, 성질, 결과를 높이는 게 아닐까, 막연하게 그런 가설을 세워보았다.

친절한 비가 그친 뒤에는 신력을 머금은 선명한 무지개가 크게 하늘을 장식했다.

"저걸 보거라."

한바탕 춤을 춘 뒤 겉옷을 걸친 브루노는 팔마를 불러 반대편 토지를 가리켰다.

그가 가리킨 것은 농지가 아니라 과거 목초지였던 걸로 보이는 빈터였다.

광대한 평지로 볕이 잘 드는 맨땅이 끝없이 펼쳐져 있었다. 그리고 그 땅은 큰 도로와 인접해 있었다.

"저쪽에 아담에게 골라두라고 한 일등지가 있다."

"네, 좋은 땅이네요."

"약초 생산지 외에 이 일대를 네게 주마."

"고맙습니다. 소중히 활용하겠습니다."

약초원을 만들 거냐고 브루노가 물었지만, 그건 생산 농가에서 사들이면 되고 신종 씨앗은 재배를 의뢰하면 된다. 현지의 생산력을 살리며 더 많은 고용을 창출하면 된다고 팔마는 구상하기 시작했다.

이 일등지에서 팔마는 미래를 위해 뭘 할까 생각했다.

이 이세계 사람들을 위해 뭘 할 수 있을까. 그렇게 생각했을 때, 답은 저절로 떠올랐다. 그것은 혁신적인 것이어야 한다.

"저라면 제약 연구소, 혹은 제약 공장을 세워 의약품 공급을 위한 연구 및 생산 거점으로 삼겠습니다."

제약 공장을 만들어 사람들을 고용해 의약품 생산 체제를 갖추고 의약품을 제도로 수송한다.

이세계 약국뿐만 아니라 각 약국에도 판매를 한다.

"왜 그런 생각을 한 거지? 약국의 이익은 이미 충분할 텐데. 돈을 더 벌려는 거냐?"

"이익을 위해서가 아닙니다. 제가 없어진 뒤에도 이 세계의 사람들이 치료할 수 있는 병에 시달리지 않도록, 적절한 치료를 받을 수 있도록 해두고 싶은 겁니다."

"아아, 그거 고마운 일이군. 세계가 좋은 쪽으로 변화해간다면 난 환영할 거다… 그런데 마치 넌 몇백 년 후의 의료를 보고 온 것처럼 말하는구나."

브루노가 무심히 팔마에게 던진 말은 돌풍과 초원의 술렁임에 지워졌다.

팔마는 그 말에는 답하지 않고 결의를 담아 입을 살짝 다물었다.

"약신의 계획은 아직 알 수 없는 것인가."

브루노는 포기했다는 듯이 고개를 좌우로 흔들었지만, 입꼬리를 올리며 천천히 몸을 돌렸다.

"네 뜻대로 해보거라. 나는 모든 힘을 빌려주겠다."

"고맙습니다."

팔마는 힘차게 대답했다.

팔마의 약학을 향한 마음은 자신의 출세를 위해서가 아니라 궁극적으로 남을 구하기 위해서다.

사람들에게 도움이 되는 약을, 희망과 목숨을 이어주는 약을 필요로 하는 많은 사람들에게 전하고 싶다.

전생에서 사랑하는 가족을 불치병으로 잃은 뒤로 온 세상에서 병마를 완전히 몰아내겠다는 일념만으로 그는 정신없이 질주해왔다.

어떤 인연에서인지 이 세계를 바꿀 수 있을 만한 힘을 얻었다.

그래도 팔마가 하는 일은 전생이나 지금이나 달라지지 않는다.

눈부시게 빛나는 태양빛을 받아 녹음이 싹을 틔우고 힘차게 돋아나는 그 광경을 인간의 생사에 겹쳐 보며 그는 한없이 자리를 지켰다.

지금 그곳에 존재하는 생명은 결국 언젠가는 사라져버리겠지만.

그가 만난 생명이 한껏 빛을 받아 자랑스럽게 빛나고 생을 구가하다 후회 없이 스러지길.

그때까지는 살아 있는 시간을 단단히 붙들어 매 생사의 섭리에 저항하며 희망의 불빛을 밝히게 하고 싶다. 팔마는 그렇게 생각했다.

에필로그

마세일령 근처 언덕에 마세일 수호 신전이 운영하는 고아원이 있다. 그곳은 비영리 목적의 자선 단체로, 고아원에서는 수십 명의 고아들이 몇 명의 신관들과 함께 공동생활을 하고 있었다.

그곳에서 사는 한 고아 소년이 어떤 사건을 계기로 인격이 달라져버린 것처럼 변해버렸다. 식사도 하지 않고 잠도 자지 않은 채 그는 그저 두려움에 떨고만 있었다.

"왜 그래? 아침도 점심도 다 남기다니? 배라도 아픈 거야?"

늘 그릇을 깨끗이 비우던 네가 웬일이냐고 고아들을 양육하는 여성 신관 한 명이 물었다. 처음에 그는 입을 열려고 하지 않았지만, 그녀의 끈질긴 질문에 결국 털어놓았다.

"…봤어요."

침대 구석에 쭈그리고 앉아 덜덜 떠는 그의 얼굴은 새파랗게 질려 있었다.

"뭘 봤는데? 무서워할 거 없으니 말해보렴."

여성 신관은 그의 어깨를 두드려 진정시키고선 다른 고아들은 믿지 않았던 그의 이야기를 경청했다.

"악령이 있었던 것 같아요."

"뭐어, 그래? 마세일의 악령은 우리 신관들이 쫓아내고 있단다. 도대체 어디에 있는 거람."

여성 신관은 소년의 입에서 생각지도 못한 말이 튀어나온 것에 당황했다. 하지만 이 소년은 지금까지 거짓말을 한 적이 없었다. 소년은 흥분하기 시작했다.

"그 녀석은 바다에서 나왔어요! 바다에서 작은 소녀를 데리고 나타났어요. 아직 근처에 있을지도 몰라요. 제가 본 걸 알고 있을지도 모르고…."

"바다에서 나왔어?"

"지금도 저 창에서 그 녀석이 날 보는 것 같아서!"

도무지 무슨 말인지 이해가 되지 않았다.

"그게 어떤 악령이었는데? 잘못 본 걸 거야….”

그는 며칠 전에 바닷가가 보이는 언덕에서 혼자 놀고 있었다.

바닷가에서 볼 수 있는 진귀한 곤충을 찾고 있었다. 곤충 채집을 마치고 슬슬 돌아가려던 차에 바다에 이변이 일어났다는 것이다.

그리고 그는 수수께끼의 소년을 목격했다. 그는 자그마한 언덕에서 그 모든 모습을 끝까지 지켜보았다.

"남자애 악령이었어요."

"새까만 남자애였니?"

"아뇨, 검지 않았어요."

소년은 힘차게 고개를 저었다.

"그냥 악령이 아니었어요. 투명해 보이진 않았지만 검지도 않고, 그리고 그림자가 없었어요. 그러니까 악령이 그렇게 선명하게 보인 건 처음이었어요."

소년은 모든 것을 털어놓았다. 그 악령이 원을 그리듯이 넓은 범위의 바닷물을 없앴다는 것을.

다른 소녀들에게 진한 그림자가 드리운 가운데 그 소년에게는 그림자가 전혀 없었다는 것을.

"그렇게 선명하게 보이는 악령은… 있을 수 없어."

소년이 잘못 본 거라고 생각했지만, 그 너무나 절박한 모습에 일말의 불안을 느낀 여성 신관은 이튿날 아침 소년과 함께 그가 말한 곳을 찾아갔다.

"이 부근이에요."

고아는 여성 신관에 꼭 달라붙은 채 현장을 가리켰다. 보는 것도 무섭다며 고개를 돌려 외면하면서.

"그래…, 알겠어."

여성 신관은 지팡이를 움켜잡았다.

공기가 팽팽해지고 바다 바람이 그곳을 피해가는 것만 같았다. 그곳만이 부자연스럽게 조용했다. 강대한 신술이 사용된 흔적, 혹은 거대한 악령이 발생한 증거다.

"신령 웅덩이다. 발생한 지 며칠이나 지났는데 아직도 남아 있다니…. 이단, 혹은 악령이 분명하구나."

정사(正邪)를 불문하고 정말로 강한 초자연적인 힘이 발생했다는 건 의심할 여지가 없었다.

그날 안에 여러 신관의 검증을 거쳐 소년의 이야기가 거짓이 아니라는 게 판명되었다.

"금발에 어린애 악령이었어요. 제 또래에 키는…."

소년은 그림을 그려 증언했다. 신관들은 전율했다.

그림자가 없는 소년 이야기는 마세일 수호 신전의 신관장 귀에도 들어갔다.

수호 신전은 대륙 전역의 대신전 관할 하에 있는 각지의 신전 조직으로, 속성마다 복수의 수호신을 합사하고 있었다.

"그림자가 없는 아이가 있다고? 그거 참 묘한 이야기로군."

"네."

금으로 둘러진 자수가 수놓인 스탠딩 칼라의 하얀 로브와 케이프를 입고 특징적인 형태의 신관 모자를 쓴 초로의 남자, 신관장은 교구 신관의 임시 보고를 듣고 있었다.

"네, 고아원의 고아가 바닷가에서 혼자 목격했습니다. 고아의 이야기에 따르면 그림자가 없는 소년이 지팡이도 없이 바닷물을 일정 영역 없앴다고 합니다."

"어린애가 만든 이야기 아닌가. 무시하게."

신관장은 코웃음을 치며 높이 쌓인 서류에 깃털 펜으로 사인을 해나갔다.

"그러면 좋겠습니다만…."

신관은 진지하게 설명하기 시작했다.

"고아가 하도 시끄럽게 굴어서 고아원의 교무 신관이 며칠 후에 고아와 함께 바닷가로 갔다고 합니다. 그런데… 고아가 말한 곳에 신력 웅덩이가 있었다고."

"며칠이 지났는데 남아 있었단 말이냐?"

신관장은 귀를 의심했다. 황제 수준의 강력한 술사가 대규모 신술을 쓰면 신력 웅덩이가 생길 수도 있지만, 그것도 길어야 몇 시간 정도나 유지되는 게 고작이다. 며칠 단위로 남아 있었다니 도무지 믿기지 않는 이야기였다.

"지금도 웅덩이는 사라지지 않고 있다고 합니다. 여러 명의 신관이 확인했습니다."

이건 이상사태입니다, 이렇게 말하며 신관은 흥분했다.

"바닷물을 없앴다고…? 줄인 거면 물 속성의 부 신술사인가."

"그럴까요? 원기둥 모양으로 바닷물을 없앴다고 했는데, 그런 게 신술로 가능합니까?"

신력 웅덩이가 발생했다는 게 사실이라면 그림자가 없는 소년이 쓴 술법은 신술이라는 게 전제가 된다. 하지만 물을 없앴다니, 그런 신술은 본 적도, 들어본 적도 없다. 신관장은 서류를 구석으로 치우고 어느새 신관이 하는 이야기에 귀를 기울이고 있었다.

스테인드글라스를 통해 들어오는 색색가지 빛이 어두컴컴한 신관장실 안에 환상적인 분위기를 감돌게 했다. 촛대의 불빛이 엄숙하게 흔들렸다.

"그림자가 없다니, 도대체 그게 무슨 소리냐."

"악령일까요?"

하지만 악령이 백주대낮에 당당하게 돌아다닐 리가 없고, 신의 가호를 받지 않은 자가 신력 웅덩이를 만들 턱도 없다. 그런 결론이 내려졌다.

"목격된 소녀의 외모는 옅은 금발에 피부는 하얀 편. 하지만 마세일 교구에는 금발을 가진 물의 부 속성 소년은 없습니다."

기묘한 이야기였다.

신관장의 긴 재직 기간 동안에도 그런 예는 접한 기억이 없다. 애초에 부 속성은 매우 드문 속성이기 때문에 마세일 교구의 부 속성 술사는 신관장이 기억하고 있다.

"목격자인 고아는 소년의 얼굴을 기억하고 있나? 다른 교구의 신술사일지도 모르잖아."

신관장이 캐물었다.

"거리가 멀어 자세히는 못 본 것 같습니다."

상식적으로 생각하면 그림자가 없었다는 것도, 일정 영역의 물을 없앴다는 것도 고아의 허풍이거나 잘못 본 것일 뿐, 그냥 강력한 부 속성을 가진 술사일 수 있다.

그렇지 않다면 이단이나 강력한 힘을 가진 악령이 한 짓이다.

신관장은 그걸 확인하기 위해서도 상층부에 연락을 하기로 했다.

강대한 힘을 가진 어린이 술사는 미숙하기 때문에 때로 시중에서 신력을 폭주시키기도 한다.

그렇게 되지 않도록 전문 기관에서 집중 교육을 시킬 필요가 있다.

"이단심문국에 연락해서 그 소년을 찾아내라고 해라."

"알겠습니다."

대신전의 이단심문국. 그곳은 악령 조복(調伏)과 이단자 숙청을 전문으로 하는 곳이다.

그 며칠 후, 대륙의 전 신전 교구에 한 아이를 찾는 수색 지령이 하달되었다.

— 다음 권에 계속 —

Special Thanks

【감수 · 교정】

츠다 호우코우
(의사 · 작가)

쵸우 카세이
(대학 강사 · 치과 의사)

코바야시 유키타카
(치과 원장 · 치과 의사)

미스토
(의사)

이자이 요시
(약제사)

※경칭 생략

약국 문장

궁정 약사 배지

캐릭터 디자인안
팔마

캐릭터 디자인안
로테

일반 약사 배지

이세계 약국 1

2019년 8월 8일 초판 인쇄
2019년 8월 15일 초판 발행

저자 · Takayama Liz
일러스트 · keepout
역자 · 이은주
발행인 · 정욱
편집인 · 황민호
출판사업본부장 · 박종규
책임편집 · 박정훈 성명신
마케팅본부장 · 김구회
마케팅 · 이상훈 김학관 김종국 반재완 이수정 임도환
국제업무 · 이주은 김준혜 오선주 장희정 박경진 위지명 김부희
제작 · 심상운 최택순 성시원
한국판 디자인 · 디자인 우리
발행처 · 대원씨아이(주)

서울 특별시 용산구 한강대로 15길 9-12
편집부 : 02-2071-2093 FAX : 02-794-2105
영업부 : 02-2071-2061 FAX : 02-794-7771
1992년 5월 11일 등록 3-563호

http://www.dwci.co.kr/

ISEKAI YAKKYOKU Volume 1
ⓒTakayama Liz 2016
First published in Japan in 2016 by KADOKAWA CORPORATION, Tokyo.
Korean translation rights arranged with KADOKAWA CORPORATION, Tokyo.

ISBN 979-11-362-0575-9 04830
ISBN 979-11-362-0574-2 (세트)

종말에 뭐 하세요? 다시 한 번 만날 수 있나요? 6

글 카레노 아키라
일러스트 ue
번역 김진수

페오도르는 거울 안에서 미소 짓고 있는 검은 머리 청년에게 말했다. 당신의 힘을 빌려주지 않겠어? 부유대륙군(레구르 에레)을 추락시키기 위해서. 절망을 이어 붙여 희망을 자아내는 유적병장(더그 웨폰) 모우르녠을 들고 전장에 새긴 것은 마지막 거짓말. "타귀종(임프)은 악이다. 믿으면 안 돼." 마르고, 티아트, 그리고 라키슈─그녀들 곁에 있을 자격은 없지만. 이게 '모두'가 행복해질 수 있는 유일한 방법이니까. 코리나디루체의 긴 밤이 밝는다.

팡 오브 언더독 3
침몰하는 하늘

글 아사우라
일러스트 반파이 아키라
번역 김보영

지켜야 하는 것들을 위해 하늘로 날아오른다. 세계 각지를 돌아다니며 임무를 수행하는 와중에 호숫가 마을인 안 바미에 들르게 된 아루쿠와 유니. 소라의 고향인 그곳에는 그와 결혼을 약속한 시온이라는 여성이 살고 있다. 최근 들어 두 사람이 주고받던 편지가 뜸해지자 소라를 대신해서 사정을 알아보기 위해 마을을 찾은 아루쿠와 유니는 생각지도 못한 사실을 알게 된다. 한편, 총본산에서는 케시가 '수면기'에 들어가고, 그때를 기다렸다는 듯이 정체불명의 거대 비상체 여덟 개가 나타나 총본산을 포위한다.
진사로서, 친구로서 아루쿠는 극한의 공중전에 임한다! 무뢰배 일본풍 배틀 액션 제3막!

마장학원 H×H 5

글 **쿠지 마사무네**
일러스트 **Hisasi**
번역 **김승현**

제로스 최종 형태의 봉인이 풀리고 기억을 되찾은 아이네.
그 정체는 이세계의 황녀였다. 바틀란티스 제국으로 돌아간 아이네는 친동생인 황제 그레이스와 재회를?!
한편 포로로 잡힌 히메카와 일행은 놀랍게도 이세계에서 아이돌 활동을 하게 된다. 그리고 키즈나는 혼자서 간신히 아타락시아로 귀환하지만, 동료의 협력 없이는 싸울 수 없기에 반격할 실마리를 잡지 못한다. 그러나 친누나인 레이리와의 사이에 접속개장의 징조가 나타나는데?!

트집 잡을 수 없는 러브 코미디 7

글 **스즈키 다이스케**
일러스트 **아바라 헤이키**
번역 **김진수**

사랑한다.
수천수만 번의 윤회를 뛰어넘어 유우키와 세카이는 진정한 엔딩에 도달한다.
고등학생이었던 그들은 어느새 어른이 되어 술판을 벌이기도 하고, 취업활동에 열중하기도 하고, 주위의 반대를 무릅쓰고 동거를 시작하기도 한다. 판정자로서 절대적인 역할을 맡아온 하루코, 쿠루미, 치요 세 사람도 새로운 인생을 즐기기 시작한다. 배드엔딩의 연속이었던 지금까지의 부조리함을 웃어넘기는 것처럼 그들은 당연하게 '평범한 행복'을 누린다.
이것은 겨우 다섯이서 세카이와 세계를 구하기 위해 발버둥 쳤던 용사들에게 바치는, 최초이자 최후이자 최고의 「트집 잡을 수 없는 러브 코미디」.